JULES VERNE et ANDRÉ LAURIE

BIBLIOTHÈQUE
D'ÉDUCATION ET DE RÉCRÉATION
J. HETZEL ET Cⁱᵉ, 18, RUE JACOB
PARIS — 1885

$8° \Upsilon^2$
866

$8° \Upsilon^2$
866

JULES VERNE et ANDRÉ LAURIE

L'ÉPAVE

DU

CYNTHIA

DESSINS DE GEORGE ROUX

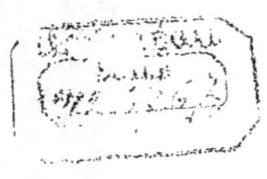

BIBLIOTHÈQUE
D'ÉDUCATION ET DE RÉCRÉATION
J. HETZEL ET Cie, 18, RUE JACOB
PARIS

1885

COLLECTION HETZEL

L'ÉPAVE

DU CYNTHIA

CHAPITRE PREMIER

L'AMI DE M. MALARIUS

Il n'y a probablement, ni en Europe ni ailleurs, un savant dont la physionomie soit plus universellement connue que celle du docteur Schwaryencrona, de Stockholm; son portrait, reproduit par les marchands au-dessous de sa marque de fabrique, sur des millions de bouteilles cachetées de vert, circule avec elles jusqu'aux confins du globe.

La vérité oblige à dire que ces bouteilles ne contiennent

1

que de l'huile de foie de morue, médicament estimable et même bienfaisant, qui, pour les habitants de la Norvège, représente tous les ans, en *kroners* ou « couronnes » de la valeur d'un franc trente-neuf centimes, des totaux de sept à huit chiffres.

Jadis cette fabrication était aux mains des pêcheurs. Aujourd'hui les procédés d'extraction sont plus scientifiques, et le prince de cette industrie spéciale est précisément le célèbre docteur Schwaryencrona.

Il n'est personne qui n'ait remarqué cette barbe en pointe, cette paire de lunettes, ce nez crochu et ce bonnet de loutre. La gravure n'est peut-être pas des plus fines, mais il est certain qu'elle est d'une ressemblance frappante. A preuve ce qui arriva un jour dans l'école primaire de Noroë, sur la côte occidentale de Norvège, à quelques lieues de Bergen.

Deux heures après midi venaient de sonner. Les élèves étaient en classe dans la grande salle sablée, — les filles à gauche et les garçons à droite, — occupés à suivre au tableau noir la démonstration d'une théorie que leur faisait le maître, M. Malarius, quand soudain la porte s'ouvrit, et une pelisse fourrée, bottes fourrées, gants fourrés, bonnet de loutre, se présenta sur le seuil.

Aussitôt les élèves de se lever avec respect, comme il convient lorsqu'un visiteur pénètre dans une classe. Aucun d'eux n'avait jamais vu le nouveau venu. Tous, pourtant, ils chuchotèrent en l'apercevant :

« M. le docteur Schwaryencrona ! »

Tant était grande la ressemblance du portrait gravé sur les bouteilles du docteur !

Il faut dire que les élèves de M. Malarius avaient à peu près constamment ces bouteilles sous les yeux, par la raison que l'une des principales usines du docteur se trouve précisément établie à Noroë. Mais enfin il n'en est pas moins vrai que, depuis des années, le savant homme n'avait pas mis le pied dans le pays, et que pas un des enfants ne pouvait se flatter jusqu'à ce jour de l'avoir aperçu en chair et en os.

En imagination, c'était une autre affaire. On parlait beaucoup du docteur Schwaryencrona aux veillées de Noroë. Et les oreilles lui auraient tinté souvent, si le préjugé populaire avait le moindre fondement à cet égard.

Quoi qu'il en soit, cette reconnaissance aussi unanime que spontanée constituait un véritable triomphe pour l'auteur inconnu du portrait, — triomphe dont cet artiste modeste aurait eu le droit d'être fier, et plus d'un photographe à la mode le droit d'être jaloux.

Oui, c'étaient bien là, évidemment, la barbe en pointe, la paire de lunettes, le nez crochu et le bonnet de loutre du fameux savant. Il n'y avait pas d'erreur ni de confusion possible. Tous les élèves de M. Malarius en auraient mis la main au feu.

Ce qui les étonnait et même les désappointait un peu, c'était de trouver dans le docteur un homme de taille ordinaire et moyenne, au lieu du géant qu'ils auraient plutôt imaginé. Comment un savant aussi illustre pouvait-il se contenter d'une stature de cinq pieds trois pouces? A peine sa tête grise arrivait-elle à l'épaule de M. Malarius. Et pourtant M. Malarius était déjà voûté par l'âge. Mais il était bien plus maigre que le docteur, ce qui le faisait paraître deux fois plus grand. Sa vaste houppelande marron, à laquelle un long usage avait donné des tons verdâtres, flottait sur lui comme un drapeau sur sa hampe. Il était en culottes courtes et souliers à boucles, avec un bonnet de soie noire d'où s'échappaient quelques mèches de cheveux blancs. Sa figure rose et souriante respirait la douceur la plus parfaite. Lui aussi, il portait des lunettes, qui ne vous transperçaient pas comme celles du docteur, et à travers lesquelles ses yeux bleus semblaient contempler toutes choses avec une bienveillance inépuisable.

De mémoire d'écolier, M. Malarius n'avait puni un de ses élèves. Ce qui ne l'empêchait pas d'être respecté à force d'être aimé. C'était un si brave cœur, et tout le monde le savait si bien ! On n'ignorait pas, à Noroë, qu'en sa jeunesse, il avait passé de brillants examens, et que, lui aussi, il aurait pu prendre des grades, devenir *herr professor* dans une grande université, conquérir honneurs et fortune. Mais il avait une sœur, la pauvre Kristina, toujours malade et souffreteuse. Et, comme elle n'aurait voulu pour rien au monde quitter son village, comme elle avait peur de la ville et craignait d'y mourir, M. Malarius s'était tout doucement sacrifié. Il avait accepté les rudes et humbles fonctions de maître d'école. Puis, quand, après une vingtaine d'années, Kristina s'était éteinte en le bénissant, M. Malarius, habitué à sa vie obscure et ignorée, n'avait même pas songé à en commencer une autre. Absorbé par des travaux personnels dont il oubliait de faire part au monde, il trouvait un plaisir suprême à être un instituteur modèle, à avoir l'école la mieux tenue du pays, et surtout à sortir du domaine de l'enseignement primaire pour aborder des leçons plus relevées. Il aimait à pousser les études de ses meilleurs élèves, à les initier aux sciences, aux littératures anciennes et modernes, à tout ce qui est habituellement le lot des classes riches ou aisées et non pas celui des pêcheurs et des paysans.

« Pourquoi ce qui est bon aux uns ne le serait-il pas aux autres ! disait-il. Si les pauvres gens n'ont pas toutes les joies d'ici-bas, pourquoi leur refuser celle de connaître Homère et Shakespeare, de nommer l'étoile qui les guide sur les océans ou la plante qu'ils foulent à terre ! Le métier viendra assez tôt les prendre à la gorge et les courber sur le sillon ! Qu'au moins leur enfance ait bu à ces sources pures et participé à ce patrimoine commun des hommes ! »

En plus d'un pays, on eût jugé ce système imprudent, propre à dégoûter les humbles de la modestie de leur lot et à

les jeter dans les aventures. Mais, en Norvège, personne ne
songe à s'inquiéter de ces choses. La douceur patriarcale des
natures, l'éloignement des villes, les habitudes laborieuses
d'une population très clairsemée, semblent ôter tout danger à
ces sortes d'expériences. Aussi sont-elles plus fréquentes qu'on
ne pourrait le croire. Nulle part elle n'est poussée aussi loin,
dans les plus pauvres écoles rurales comme dans les collèges.
Aussi la péninsule scandinave peut-elle se flatter de produire,
proportionnellement à sa population, plus de savants et plus
d'hommes distingués dans tous les genres que n'importe quelle
autre région de l'Europe. Le voyageur y est constamment
frappé du contraste que présente une nature à demi sauvage
avec des usines et des travaux d'art qui supposent la civilisation la plus raffinée.

Mais peut-être est-il temps de revenir au docteur Schwaryencrona, que nous avons laissé sur le seuil de l'école de
Noroë.

Si les élèves avaient été prompts à le reconnaître, sans
l'avoir jamais vu, il n'en était pas de même de leur instituteur,
qui pourtant le connaissait de longue date.

« Eh ! bonjour, mon cher Malarius ! s'écria cordialement
le visiteur en s'avançant, la main ouverte, vers le maître
d'école.

— Monsieur, soyez le bienvenu, répondit celui-ci un peu
interdit, un peu timide comme tous les solitaires, et surpris au
milieu de sa démonstration... M'excuserez-vous si je vous demande à qui j'ai l'honneur... ?

— Quoi !... Ai-je donc tant changé depuis que nous courions
ensemble sur la neige et que nous fumions de si longues pipes
à Christiania ?... As-tu donc oublié la pension Krauss, et
faut-il vraiment que je te nomme ton camarade et ton ami ?

— Schwaryencrona !... s'écria M. Malarius. Est-il possible ?
Est-ce bien toi ?... Est-ce vous, monsieur le docteur ?

— Oh! je t'en prie, trêve aux cérémonies !... Ne suis-je pas ton vieux Roff, comme tu seras toujours mon brave Olaf, — le meilleur, le plus cher ami de ma jeunesse? Oui! je sais bien!... Le temps passe, et nous avons un peu changé tous les deux, en trente ans!... Mais le cœur est resté jeune, n'est-ce pas? et il y a toujours un petit coin pour ceux qu'on a appris à aimer, quand on mangeait côte à côte le pain sec de la vingtième année? »

Et le docteur riait, et il serrait les deux mains de M. Malarius, qui, de son côté, avait les yeux tout humides de larmes.

« Mon cher ami, mon bon, mon excellent docteur! disait-il. Nous n'allons pas rester ici. Je vais donner congé à tous ces malandrins, qui n'en seront pas fâchés, assurément, et nous passerons chez moi...

— Point du tout, déclara le docteur en se retournant vers les élèves, qui suivaient avec un vif intérêt les détails de cette scène. Je ne dois ni te déranger dans tes travaux ni troubler les études de cette belle jeunesse!... Si tu veux me faire un grand plaisir, tu me permettras de m'asseoir ici, près de toi, et tu reprendras ta leçon...

— Volontiers, répondit M. Malarius; mais, à vrai dire, je n'aurai plus guère le cœur à la géométrie, et, après avoir parlé congé à ces gamins, je me fais un peu scrupule de rétracter le mot!... Il y aurait un moyen de tout concilier. C'est que le docteur Schwaryencrona daignât faire à mes élèves l'honneur de les interroger sur leurs études, et puis, qu'il leur donnât la volée pour aujourd'hui!...

— Excellente idée!... C'est entendu!... Me voici passé inspecteur! »

Puis, s'adressant à toute la classe :

« Voyons, quel est le meilleur élève? demanda le docteur en s'installant dans le fauteuil du maître.

— Erik Herschom! répondirent sans hésiter une cinquantaine de voix fraîches.

« PAR OÙ COMMENCERONS-NOUS? » DEMANDA LE DOCTEUR.

— Ah! c'est Erik Hersebom?... Eh bien, Erik Hersebom, voulez-vous venir ici? »

Un jeune garçon d'une douzaine d'années quitta le premier banc et se rapprocha de la chaire. C'était un enfant sérieux et grave, dont la physionomie pensive et les grands yeux profonds, qui auraient été remarqués partout, paraissaient surtout remarquables au milieu des têtes blondes qui l'entouraient. Tandis que ses camarades des deux sexes avaient tous des cheveux couleur de lin, des teints roses, des yeux verts ou bleus, ses cheveux à lui étaient châtain foncé, comme son regard, et sa peau brune. Il n'avait pas les pommettes saillantes, le nez court et l'allure massive des enfants de la Scandinavie. En un mot, pour les caractères physiques, il se distinguait de la race si originale et si nettement marquée à laquelle appartenaient ses condisciples.

Comme eux, il était vêtu de gros drap du pays, à la mode des paysans de la province de Bergen; mais la finesse, la petitesse de sa tête, portée sur un cou grêle et élégant, la grâce naturelle de ses mouvements et de ses attitudes, — tout en lui semblait indiquer une origine étrangère. Il n'est pas un physiologiste qui n'eût été frappé d'emblée de ces particularités, comme le fut le docteur Schwaryencrona.

Cependant, il n'avait au premier abord aucun motif de s'y arrêter. Aussi se mit-il simplement en devoir de procéder à son examen.

« Par où commencerons-nous? Par la grammaire? demanda-t-il au jeune garçon.

— Je suis aux ordres de monsieur le docteur, » répondit modestement Erik.

Le docteur lui posa deux questions fort simples et fut étonné de voir qu'il répondait en donnant la solution, non seulement pour la langue suédoise, mais pour le français et l'anglais. C'est une habitude qu'on prenait avec M. Malarius. Il prétendait qu'il était presque aussi aisé d'apprendre trois langues à la fois que d'en apprendre une seule.

« Tu leur enseignes donc le français et l'anglais? dit le docteur, en se retournant vers son ami.

— Pourquoi pas, avec les éléments du grec et du latin?... Je ne vois pas le mal que cela peut leur faire.

— Moi non plus! » s'écria le docteur en riant.

Et il ouvrit au hasard un volume de Cicéron dont Erik Hersebom traduisit fort bien quelques phrases.

Il était question dans ce passage de la ciguë bue par Socrate. M. Malarius pria le docteur de se faire dire de quelle famille était cette plante. Erik déclara sans hésiter qu'elle était de la famille des ombellifères, tribu des smyrnies, et il en indiqua tous les caractères.

De la botanique on passa à la géométrie. Erik donna en fort bons termes la démonstration du théorème relatif à la somme des angles d'un triangle.

Le docteur allait de surprise en surprise.

« Parlons un peu géographie, reprit-il. Quelle est la mer qui borne au nord la Scandinavie, la Russie et la Sibérie?

— C'est l'océan Glacial arctique.

— Et quelles sont les mers avec lesquelles cet océan est en communication?

— L'Atlantique à l'ouest et le Pacifique à l'est.

— Voulez-vous me citer deux ou trois ports importants sur le Pacifique?

— Je citerai Yokohama au Japon, Melbourne en Australie, San-Francisco dans l'État de Californie.

— Eh bien, puisque l'océan Glacial arctique communique d'une part avec l'Atlantique qui baigne nos côtes, d'autre part avec le Pacifique, — ne pensez-vous pas que le chemin le plus court pour se rendre à Yokohama ou à San-Francisco serait cette mer arctique?

— Assurément, monsieur le docteur, répondit Erik, ce
serait le chemin le plus court, s'il était praticable. Mais jusqu'ici tous les navigateurs qui ont tenté de le suivre se sont
trouvés arrêtés par les glaces, et ils ont dû renoncer à l'entreprise, quand ils n'y ont pas rencontré la mort.

— Vous dites qu'on a souvent tenté de découvrir le passage
nord-est ?

— Une cinquantaine de fois depuis trois siècles, et toujours
en vain.

— Pourriez-vous me citer quelques-unes de ces expéditions ?

— La première s'organisa en 1523 sous la direction de
François-Sébastien Cabot. Elle se composait de trois navires
placés sous le commandement de l'infortuné sir Hugh Wil-
loughby, qui périt en Laponie avec tout son équipage. Un de
ses lieutenants, Chancellor, fut d'abord plus heureux que lui
et réussit à s'ouvrir une route directe, par les mers arctiques,
entre la Manche et la Russie. Mais lui aussi devait, au cours
d'une seconde tentative, faire naufrage et périr. Un capitaine
envoyé à sa recherche, Stephen Borough, réussit à franchir le
détroit qui sépare la Nouvelle-Zemble de l'île Waigate et à
pénétrer dans la mer de Kara ; mais les glaces et les brumes
l'empêchèrent d'aller plus loin... Deux expéditions tentées en
1580 sont également infructueuses. Le projet n'en est pas
moins repris, quinze ans plus tard, par les Hollandais, qui
arment successivement trois expéditions sous le commandement de Barentz pour chercher le passage nord-est. En 1596,
Barentz périt dans les glaces de la Nouvelle-Zemble... Dix ans
plus tard, Henry Hudson, envoyé par la Compagnie hollandaise
des Indes, échoue également au cours de trois expéditions
successives... Les Danois ne sont pas plus heureux en 1653...
En 1676, le capitaine John Wood échoue pareillement... Et
dès lors l'entreprise est jugée irréalisable, abandonnée par
toutes les puissances maritimes.

2

— N'a-t-elle jamais été reprise depuis cette époque ?

— Elle l'a été par la Russie, qui aurait un intérêt immense, comme toutes les nations septentrionales d'ailleurs, à trouver une route maritime directe entre ses côtes et la Sibérie. En un siècle de durée, elle n'a pas envoyé moins de dix-huit expéditions successives pour explorer la Nouvelle-Zemble, la mer de Kara, les abords orientaux et occidentaux de la Sibérie. Mais, si ces expéditions ont eu pour résultat de mieux faire connaître ces parages, elles ont conclu à l'impossibilité de se frayer un passage continu par la grande mer arctique. L'académicien Van Baër, qui tenta aussi une dernière fois l'aventure en 1837, après l'amiral Lütke et Pachtusow, déclare hautement que cet océan n'est qu'une « simple glacière » aussi impraticable aux navires que peut l'être un continent.

— Il faut donc renoncer sans retour au passage nord-est ?

— C'est du moins la conclusion qui semble résulter de ces tentatives si nombreuses et toujours impuissantes. On dit pourtant que notre grand voyageur Nordenskiold songe à renouveler l'entreprise, après s'y être préparé par des explorations partielles dans les mers arctiques. Si le fait est vrai, c'est que la chose lui paraît réalisable. Et si telle est son opinion, il est assez compétent pour qu'on le prenne au sérieux. »

Le docteur Schwaryencrona se trouvait être un des chauds admirateurs de Nordenskiold ; c'est pourquoi il avait mis l'entretien sur le passage nord-est. Aussi fut-il ravi de la netteté de ces réponses.

Son regard s'était fixé sur Erik Herschom avec l'expression du plus vif intérêt.

« Où avez-vous donc appris toutes ces choses, mon enfant ? lui demanda-t-il, après un assez long silence.

— Ici, monsieur le docteur, répondit Erik, surpris de la question.

— Vous n'avez jamais appartenu à aucune autre école ?

— Assurément non.

— M. Malarius a le droit d'être fier de vous ! reprit le docteur en se retournant vers le maître.

— Je suis très content d'Erik, dit celui-ci. Il y a bientôt huit ans qu'il est mon élève, car je l'ai eu tout petit, et il a toujours été le premier de sa section. »

Le docteur était retombé dans son silence. Ses yeux perçants restaient attachés sur Erik avec une intensité singulière. Il semblait poursuivre la solution d'un problème qu'il ne jugea pas à propos d'énoncer à haute voix.

« Il n'est pas possible de mieux répondre à mes questions, et je crois inutile de poursuivre cet examen ! dit-il enfin. Je ne retarderai donc pas votre congé, mes enfants, et, puisque M. Malarius le veut bien, nous en resterons là pour aujourd'hui. »

A ces mots, le maître frappa dans ses mains. Tous les élèves se levèrent à la fois, rassemblèrent leurs livres et vinrent se ranger sur quatre lignes dans l'espace vide en avant des bancs.

M. Malarius frappa une seconde fois dans ses mains. La colonne se mit en marche et sortit en marquant le pas avec une précision toute militaire.

Un troisième signal, et l'école, rompant les rangs, prit son vol avec des cris joyeux. En quelques secondes, elle se fut éparpillée autour des eaux bleues du fiord, où Noroë mire ses toits de gazon.

TOUTE LA FAMILLE ÉTAIT RÉUNIE AUTOUR DU FOYER.

CHAPITRE II

La maison de maaster Hersebom, comme toutes celles de Noroë, est couverte d'un toit de gazon et construite en énormes troncs de sapin sur le vieux plan scandinave : deux grandes pièces séparées par une allée médiane, conduisant au hangar où s'abritent les canots, les outils de pêche et les tas de dorsels ou petite morue de Norvège et d'Islande, qu'on roule après dessèchement pour les livrer au commerce sous le nom de « rondfish » (poisson rond) et de « stock-fish » (poisson sur bâtons).

Chacune des deux salles sert à la fois de parloir et de chambre à coucher. Des espèces de tiroirs ménagés dans les murs de bois renferment la literie, composée de matelas et de couvertures de peaux qu'on exhibe seulement pour la nuit. Cet arrangement, — autant que la couleur claire des panneaux et la gaieté de la haute cheminée, placée dans un coin, où brûle toujours un grand feu de bois; — donne aux plus humbles demeures un air de propreté et de luxe domestique inconnu aux paysans de l'Europe méridionale.

Ce soir-là, toute la famille était réunie autour du foyer, où mijotait une colossale marmite contenant un mélange de « sillsallat » ou hareng fumé, de saumon et de pommes de terre.

Maaster Hersebom, assis dans un haut fauteuil de bois, faisait du filet, selon son habitude invariable, quand il ne se trouvait pas à la mer ou au séchoir. C'était un rude marin, au teint brûlé par les bises polaires, aux cheveux grisonnants déjà, quoiqu'il fût encore dans la force de l'âge. Son fils Otto, un grand garçon de quatorze ans, qui lui ressemblait de tout point et paraissait destiné à devenir, lui aussi, un pêcheur émérite, était pour le présent fort occupé à pénétrer les mystères de la règle de trois, en couvrant de chiffres une petite ardoise, d'une grosse patte qui avait l'air de se connaître beaucoup mieux au maniement de l'aviron. Erik, penché sur la table à manger, était plongé dans la lecture d'un gros livre d'histoire, prêté par M. Malarius. Tout près de lui, Katrina Hersebom, la bonne femme, filait paisiblement à son rouet, — tandis que la petite Vanda, une blondine de dix à douze ans, assise sur un escabeau, tricotait avec ardeur un gros bas de laine rouge. A ses pieds, un grand chien d'un blanc jaune, à la fourrure aussi épaisse que celle d'un mouton, dormait couché en rond.

Depuis une heure au moins le silence n'avait pas été rompu, et la lampe de cuivre, alimentée d'huile de poisson, éclairait paisiblement de ses quatre becs tous les détails de ce tranquille intérieur.

Pour dire la vérité, ce silence semblait peser à dame Katrina, qui, depuis quelques instants, manifestait par divers symptômes le besoin de se délier la langue.

Enfin elle n'y tint plus.

« Voilà bien assez de travail pour ce soir, dit-elle. Il est temps de mettre la table et de souper. »

Sans un mot de protestation, Erik, prenant son gros livre, alla s'établir plus près de la cheminée, tandis que Vanda, après avoir déposé son tricot, se dirigea vers le buffet et se mit en devoir de prendre assiettes et cuillers.

« Et tu disais, Otto, reprit la fileuse, que notre Erik a bien
répondu tantôt à M. le docteur?

— Bien répondu? s'écria Otto avec enthousiasme. Il a parlé
comme un livre, voilà la vérité! Je ne sais où il allait chercher
tout ce qu'il savait... Plus le docteur demandait, plus il en avait
à dire!... Et les mots venaient, venaient!... C'est M. Malarius
qui était content!

— Et moi aussi j'étais contente, dit gravement Vanda.

— Oh! nous l'étions tous, bien entendu! Si vous aviez vu,
mère, comme tout le monde écoutait bouche béante!... Nous
n'avions qu'une peur, c'est que notre tour arrivât d'être inter-
rogés!... Mais lui, il n'avait pas peur, il répondait au docteur
comme il aurait fait à notre maître!

— Tiens! M. Malarius vaut bien le docteur, je pense, et il
est certes aussi savant que n'importe qui! » dit Erik, que ces
éloges à bout portant semblaient gêner.

Le vieux pêcheur approuva d'un sourire.

« Tu as raison, petit, dit-il sans arrêter le travail de ses
mains calleuses. M. Malarius en remontrerait, s'il le voulait,
à tous les docteurs de la ville!... Et au moins il ne se sert pas
de la science, celui-là, pour ruiner le pauvre monde!

— Le docteur Schwaryencrona a ruiné quelqu'un? demanda curieusement Erik.

— Heu!... heu!... S'il ne l'a pas fait, ce n'est pas sa
faute!... Moi qui vous parle, croyez-vous que j'aie vu avec
plaisir s'élever cette usine, qui fume là-haut au bord du fiord?...
La mère pourra vous dire qu'autrefois nous récoltions nous-
mêmes notre huile, et nous la vendions fort bien à Bergen,
pour cent cinquante et jusqu'à deux cents *kroners* par an...
Maintenant c'est fini! Personne ne veut plus de l'huile brune,
ou l'on en donne si peu qu'à peine cela vaut-il de faire le
voyage! Il faut se contenter de vendre les foies à l'usine, et
Dieu sait si le gérant du docteur s'arrange pour les obtenir à

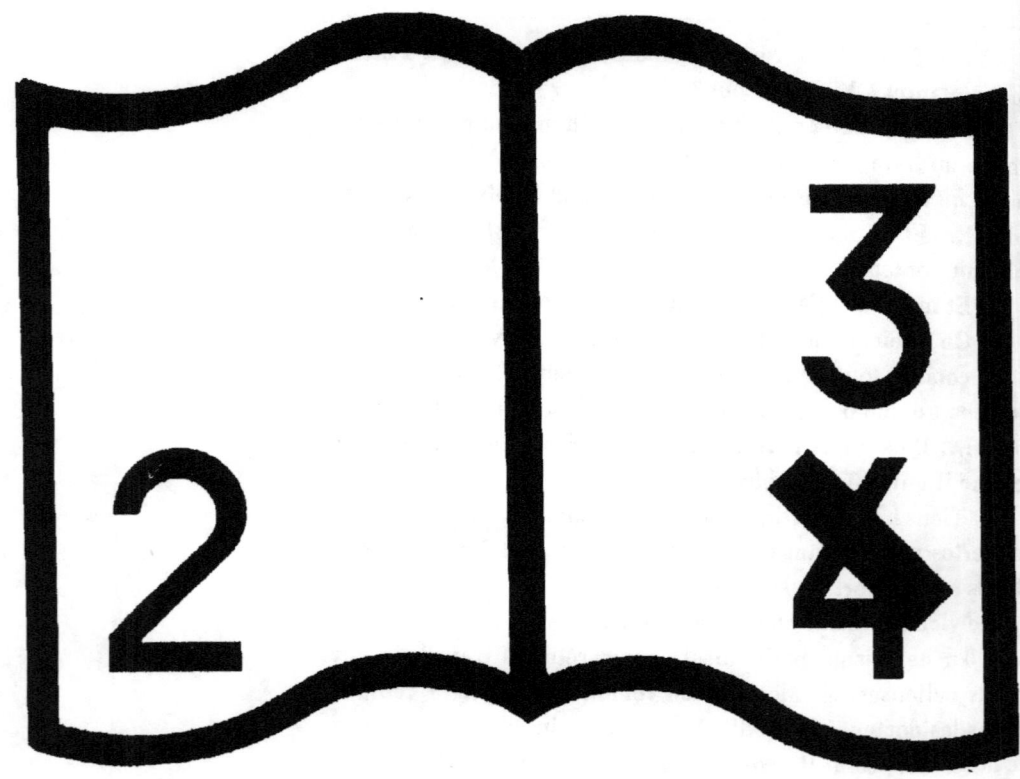

Pagination incorrecte — date incorrecte

NF Z 43-120-12

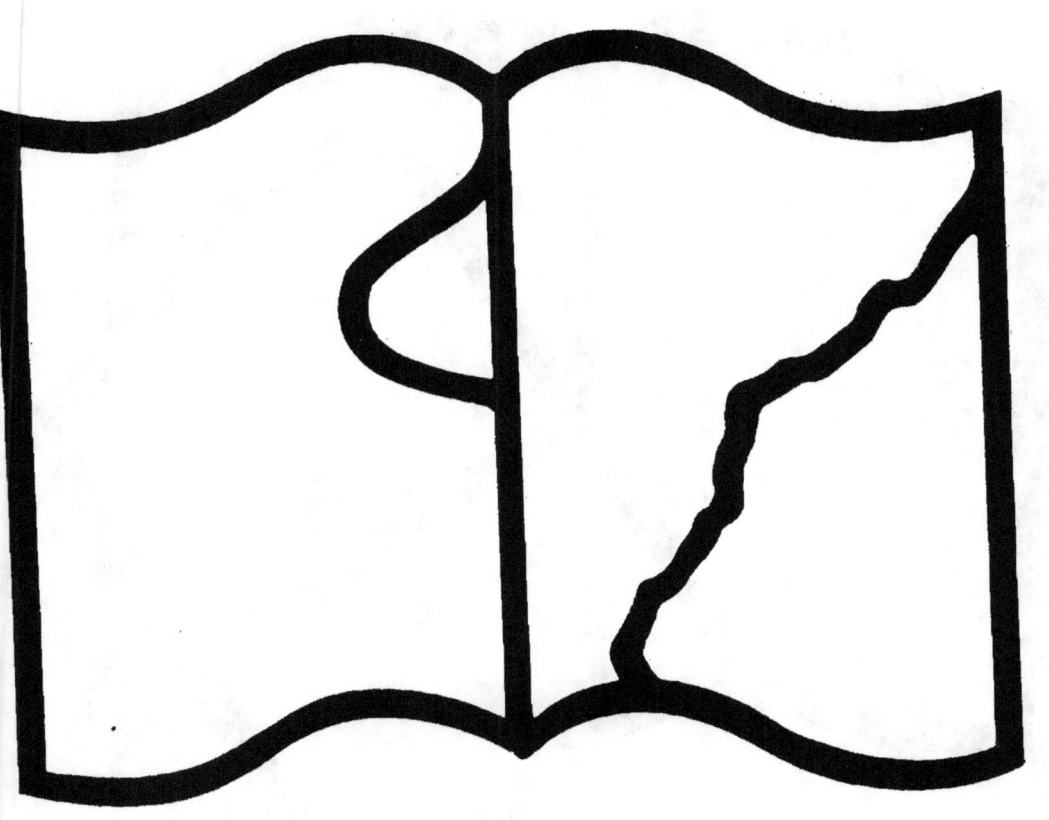

Texte détérioré — reliure défectueuse

NF Z 43-120-11

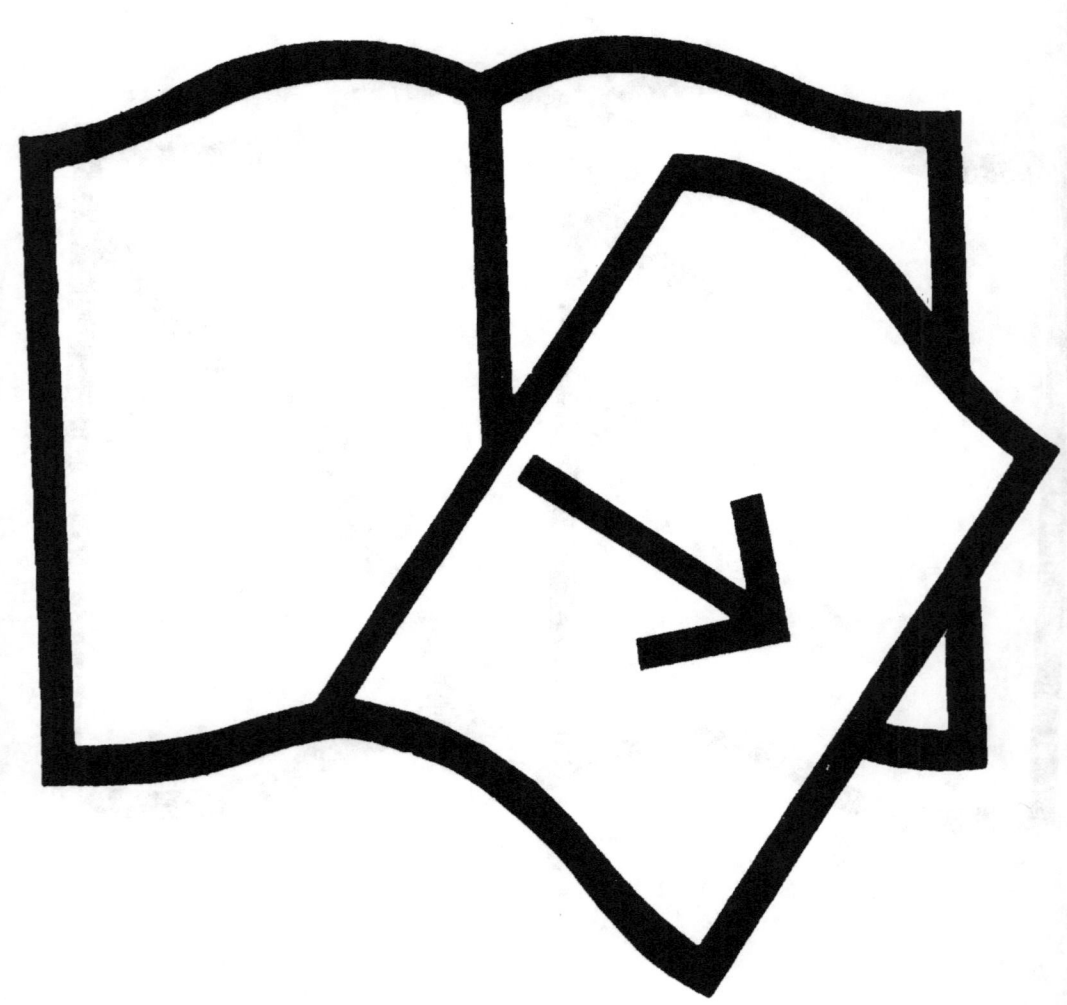

Documents manquants (pages, cahiers...)

NF Z 43-120-13

bas prix !... C'est à peine si j'en tire quarante-cinq kroners, en me donnant trois fois plus de mal que jadis ! Eh bien !... je dis que ce n'est pas juste et que le docteur ferait mieux de soigner ses malades à Stockholm que de venir ici faire notre métier et nous prendre notre gagne-pain !

Sur ces mots amers, le silence se fit. On n'entendit pendant quelques instants que le cliquetis des assiettes remuées par Vanda, tandis que sa mère vidait le contenu de la marmite sur un énorme plat de terre vernie.

Erik réfléchissait profondément à ce que venait de dire maaster Hersebom. Des objections se présentaient tumultueusement à son esprit; comme il était la candeur même, il ne put s'empêcher de les formuler.

« Il me semble que vous avez raison de regretter le profit d'autrefois, père, dit-il, mais qu'il n'est pas tout à fait juste d'accuser le docteur Schwaryencrona de les avoir diminués ! Est-ce que son huile ne vaut pas mieux que l'huile de ménage ?

— Heu !... heu !... Elle est plus claire, voilà tout... Elle ne sent pas la résine comme la nôtre, à ce qu'ils disent !... Et c'est pourquoi toutes les mijaurées de la ville la préfèrent, sans doute ! Mais du diable si elle fait plus de bien aux poumons des malades que notre bonne vieille huile d'autrefois !...

— Enfin, pour une raison ou pour une autre, on la prend de préférence ! Et comme c'est un médicament très salutaire, il est essentiel que le public éprouve le moins de dégoût possible à s'en servir. Dès lors, si un médecin trouve le moyen de diminuer ce dégoût en modifiant le mode de fabrication, n'est-ce pas son devoir d'appliquer sa découverte? »

Maaster Hersebom se grattait l'oreille.

« Sans doute, dit-il comme à regret, c'est peut-être son devoir de médecin. Mais ce n'est pas une raison pour empêcher les pauvres pêcheurs de gagner leur vie...

— Je croyais que l'usine du docteur en occupait trois cents

— Comment voulez-vous savoir rien de pareil? répliqua Hersebom, puisque c'est en mer que j'ai fait la trouvaille!

— Oui, mais le berceau était attaché sur une bouée, m'avez-vous dit, et c'est l'usage, dans toutes les marines, d'inscrire sur les bouées le nom du navire auquel elles appartiennent! riposta le docteur en fixant de nouveau ses yeux pénétrants sur ceux du marin.

— Sans doute, répondit celui-ci en baissant la tête.

— Eh bien, cette bouée, quel nom portait-elle?

— Dame, monsieur le docteur, je ne suis pas savant, moi!... Je sais bien lire un peu ma propre langue, mais les langues étrangères, bonsoir!... Et puis, il y a si longtemps de cela!

— Cependant, vous devez vous rappeler à peu près!... Et sans doute vous avez montré cette bouée, comme le reste, à M. Malarius?... Voyons, maaster Hersebom, un petit effort. Le nom inscrit sur la bouée n'était-il pas *Cynthia?*

— Je crois bien que c'était quelque chose dans ce genre, répondit vaguement le pêcheur.

— C'est un nom étranger!... De quel pays, à votre jugement, maaster Hersebom?

— Est-ce que je sais, moi!... Est-ce que je connais tous ces pays du diable?... Est-ce que je suis jamais sorti des parages de Noroë et de Bergen, si ce n'est une fois ou deux pour aller pêcher sur la côte d'Islande et du Groënland? répliqua le bonhomme d'un ton de plus en plus bourru.

— Je croirais assez volontiers que c'est un nom anglais ou allemand, dit le docteur, sans s'arrêter à cette nuance. Ce serait facile à décider d'après la forme des lettres, si je voyais la bouée. Vous ne l'avez pas conservée?

— Ma foi, non! Il y a beau temps qu'elle est brûlée! s'écria triomphalement Hersebom.

— D'après les souvenirs de Malarius, les lettres étaient romaines, dit le docteur comme se parlant à lui-même, et le

4

chiffre du linge l'est certainement. Il est donc probable que le *Cynthia* n'était pas un navire allemand. Je penche pour un navire anglais... N'est-ce pas votre avis, maaster Herscbom?

— Ah bien! voilà de quoi je m'inquiète peu! répliqua le pêcheur. Qu'il fût ingliche, ou russe, ou patagon, c'est le cadet de mes soucis!... Il y a beau temps, selon toute apparence, qu'il a dit son secret à l'Océan, par trois ou quatre mille mètres de fond! »

On aurait véritablement pu croire que maaster Herscbom était ravi de savoir ce secret aussi bas au-dessous du niveau des mers.

« Enfin, vous n'êtes pas sans avoir tenté quelques efforts pour retrouver la famille de l'enfant? dit le docteur, dont les lunettes semblèrent à ce moment briller d'une profonde ironie. Vous aurez écrit au gouverneur de Bergen, fait insérer une annonce dans les journaux?

— Moi! s'écria le pêcheur, je n'ai rien fait de pareil!... Dieu sait d'où venait le bébé, et qui s'en inquiétait?... Est-ce que j'avais le moyen de dépenser de l'argent pour retrouver des gens qui se souciaient fort peu de lui?... Mettez-vous à ma place, monsieur le docteur... Je ne suis pas millionnaire, moi!... Bien sûr, quand nous aurions dépensé tout notre avoir, nous n'aurions rien découvert!... On a fait de son mieux, on a élevé le petit comme son propre fils, on l'a aimé, choyé...

— Plus encore que les deux autres, s'il est possible!... interrompit Katrina en s'essuyant les yeux du coin de son tablier, car, si nous avons quelque chose à nous reprocher, c'est peut-être de lui avoir donné une trop grande part de notre tendresse!

— Dame Herscbom, vous ne me ferez pas cette injure de supposer que vos bontés pour le pauvre petit naufragé m'inspirent un autre sentiment que la plus vive admiration! s'écria le docteur. Non, vous ne pensez pas une chose pareille!... Mais

si vous voulez que je parle avec une entière franchise, je crois
que cette tendresse même vous a aveuglés sur votre devoir ! Ce
dernier étant avant tout de rechercher la famille de l'enfant
dans la mesure de vos forces ! »

Il y eut un grand silence.

« C'est possible ! dit enfin maaster Hersebom qui avait
courbé la tête sous ce reproche. Mais ce qui est fait est fait !
Maintenant notre Erik est bien à nous, et je ne tiens pas du
tout à lui parler de ces vieilles histoires.

— Soyez sans crainte, ce n'est pas moi qui trahirai votre
confiance ! répliqua le docteur en se levant. Il se fait tard... Je
vais vous quitter, mes bons amis, et je vous souhaite une
bonne nuit, — une nuit sans remords, » ajouta-t-il gravement.

Sur quoi il endossa sa pelisse fourrée, et, sans vouloir
accepter l'offre du pêcheur qui insistait pour le reconduire, il
serra cordialement la main de ses hôtes et s'en alla vers l'usine.

Hersebom resta un instant sur le seuil, le regardant s'éloigner à la clarté de la lune.

« Diable d'homme ! » murmura-t-il entre ses dents, quand
il se décida enfin à refermer sa porte.

CHAPITRE III

Le lendemain matin, le docteur Schwaryencrona finissait de déjeuner avec son gérant, après une inspection complète de l'usine, quand il vit entrer un personnage dans lequel il eut d'abord quelque peine à reconnaître maaster Hersebom.

Revêtu de son costume de cérémonie, de son grand gilet brodé, de sa redingote fourrée, coiffé de son haut chapeau tromblon, le pêcheur différait déjà beaucoup de ce qu'il était sous sa veste de travail. Mais ce qui achevait de le changer, c'était l'air profondément triste et humilié de sa physionomie. Il avait les yeux rouges et semblait n'avoir pas dormi de la nuit.

Tel était effectivement son cas. Maaster Hersebom, qui jusqu'à ce jour n'avait jamais eu le moindre remords de conscience, venait de passer sur son matelas de cuir de bien tristes heures! Vers le matin, il avait échangé les plus douloureuses réflexions avec dame Katrina, qui, elle non plus, n'avait pas fermé l'œil.

« Femme, je pense à ce que nous a dit le docteur! s'était-il écrié au bout de plusieurs heures d'insomnie.

— J'y pense aussi depuis qu'il est parti, avait répondu la digne ménagère.

— M'est avis qu'il y a une part de vrai dans tout cela, et que nous avons peut-être été plus égoïstes que nous ne pensions! Qui sait si le petit n'a pas droit à quelque grande fortune dont il est privé par notre négligence?... Qui sait s'il n'est pas pleuré depuis douze ans par une famille qui pourrait à juste titre nous accuser de n'avoir rien tenté pour le lui rendre?

— C'est précisément ce que je me répète, répondit Katrina en soupirant. Si sa mère vit, la pauvre femme, quel affreux chagrin ça doit être pour elle de croire son enfant noyé!... Je me mets à sa place, et je suppose que nous ayons ainsi perdu notre Otto!... Jamais nous ne nous serions consolés!

— La mère n'est pas encore tout ce qui m'inquiète, car, selon toute apparence, elle est morte, reprit Hersebom après un silence entrecoupé de part et d'autre de nouveaux soupirs. Comment supposer qu'un enfant de cet âge voyageât sans elle ou qu'il pût être attaché sur une bouée et livré seul aux hasards de l'Océan, si elle avait encore été vivante?...

— C'est vrai... mais qu'en savons-nous, après tout?... Peut-être qu'elle aussi a échappé par miracle!

— Et peut-être même lui a-t-on pris son enfant!... C'est une idée qui m'est venue parfois, reprit Hersebom. Qui nous dit qu'on n'avait pas intérêt à le faire disparaître?... L'exposer ainsi sur une bouée est un procédé si extraordinaire, que toutes les suppositions sont possibles... Et, dans ce cas, nous nous serions faits les complices d'un crime, nous en aurions favorisé le succès!... N'est-ce pas horrible à penser?...

— Qui nous aurait dit chose pareille, à nous qui croyions si bien faire œuvre de charité en adoptant le pauvret?

— Oh! c'est clair, nous n'y avons pas apporté malice! Nous l'avons nourri, élevé de notre mieux! N'empêche que nous avons agi fort étourdiment et que le petit sera peut-être en droit de nous le reprocher un jour!...

— Pour cela, ce n'est pas à craindre, j'en suis sûre! Mais

c'est déjà trop d'avoir nous-mêmes quelque chose à nous reprocher!

— Est-ce étrange que la même action, regardée d'un point de vue différent, puisse être jugée de manières si opposées! Jamais je n'aurais seulement imaginé chose pareille!... Et il a suffi de quelques mots du docteur pour nous mettre la cervelle à l'envers! »

Ainsi devisaient les braves gens.

Le résultat de cet échange de leurs réflexions nocturnes, c'est que maaster Hersebom vint consulter le docteur Schwaryencrona sur ce qu'il était possible de faire pour réparer l'erreur passée.

Celui-ci ne crut pas d'abord devoir revenir sur ce qui s'était dit la veille. Il accueillit le pêcheur avec bienveillance, causa avec lui du temps et des prix du poisson, mais feignit de prendre sa démarche pour une simple visite de politesse.

Cela ne faisait pas du tout l'affaire de maaster Hersebom, qui commença par tourner autour du sujet de ses préoccupations, parla de l'école de M. Malarius, et se décida enfin à se jeter en pleine eau.

« Monsieur le docteur, dit-il en prenant son parti, ma femme et moi nous avons pensé toute la nuit à ce que vous nous avez dit hier soir au sujet du petit... Nous n'avions jamais cru lui faire tort en l'élevant comme notre enfant!... Mais vous avez changé notre opinion, et je voudrais savoir ce que vous nous conseillez pour ne plus pécher par ignorance... Pensez-vous qu'il soit encore temps de rechercher la famille d'Erik?

— Il n'est jamais trop tard pour faire son devoir, répondit le docteur, — quoique, à coup sûr, la tâche soit aujourd'hui bien plus compliquée qu'elle ne l'aurait été au premier moment... Voulez-vous me la confier? Je m'en chargerai avec plaisir, et je vous promets de m'en acquitter avec toute l'activité désirable, — à une condition, toutefois : c'est que vous me confierez en même temps l'enfant, pour l'emmener à Stockholm... »

Un coup de massue, tombant sur la tête de maaster Hersebom, ne l'aurait pas étourdi davantage. Il pâlit et se troubla visiblement.

« Vous confier Erik... l'envoyer à Stockholm?... Et pourquoi donc, monsieur le docteur? demanda-t-il d'une voix altérée.

— Je vais vous le dire.... Ce qui a attiré mon attention sur cet enfant, en même temps que les caractères physiques par lesquels il se distingue à première vue de ses condisciples, c'est sa vive intelligence, sa vocation marquée pour les hautes études. Avant de savoir par suite de quels hasards il était venu s'échouer à Noroë, je m'étais dit que ce serait un meurtre de laisser un garçon si bien doué dans une école de village, même sous un maître comme Malarius, — car il n'y trouve rien de ce qui pourrait aider au développement de ses facultés exceptionnelles, ni musées, ni collections scientifiques, ni bibliothèques, ni émules dignes de lui... C'est ce qui m'a conduit à m'enquérir d'Erik, à demander quelle était son histoire. Avant de la connaître, j'avais déjà le plus vif désir de procurer à cet enfant les avantages d'une éducation complète... Vous comprendrez donc aisément qu'une fois en possession des renseignements que vous m'avez donnés, je me sois d'autant plus attaché à ce projet. Et ce n'est pas la mission dont je suis disposé à me charger en sa faveur qui peut m'en détourner... Je n'ai pas à vous rappeler, maaster Hersebom, qu'évidemment votre fils adoptif appartient à une famille riche et distinguée. Voulez-vous que je m'expose, si je la retrouve, à lui rendre un enfant élevé au village et dépourvu de cette éducation sans laquelle il serait déplacé dans son nouveau milieu?... Ce ne serait pas raisonnable, vous avez trop de bon sens pour ne pas le comprendre... »

Maaster Hersebom baissait la tête. Sans qu'il s'en aperçût, deux grosses larmes coulaient sur ses joues hâlées.

« Mais alors, dit-il, ce serait une séparation définitive !... Avant même de savoir si le petit retrouvera une autre famille, il faudrait le chasser de la maison !... C'est trop me demander, monsieur le docteur, trop demander à ma femme !... L'enfant est heureux chez nous !... Pourquoi ne pas l'y laisser, — au moins tant qu'il ne sera pas sûr d'un sort plus brillant?

— Heureux !... Qui vous dit qu'il le sera plus tard?... Qui vous répond que, devenu grand, il ne regrettera pas d'avoir été sauvé! Intelligent, supérieur comme il sera peut-être, il étouffera dans la vie que vous pouvez lui faire à Noroë, mon cher Hersebom !...

— Ma foi, monsieur le docteur, cette vie que vous dédaignez est assez bonne pour nous !... Pourquoi pas aussi pour le petit?

— Je ne la dédaigne pas! s'écria le savant avec chaleur. Personne plus que moi n'admire et n'honore le travail! Croyez-vous donc, maître Hersebom, que je puisse oublier d'où je suis sorti !... Mon père et mon grand-père étaient des pêcheurs tout comme vous! Et c'est justement parce qu'ils ont eu la pré-voyance de me donner de l'éducation que j'apprécie ce bienfait à sa valeur et que je voudrais l'assurer à un enfant qui le mérite !.... Son intérêt seul me guide, croyez-le bien...

— Eh! que sais-je, moi?... Erik sera bien avancé quand vous aurez fait de lui un « monsieur », qui ne saura pas se servir de ses bras!... Et si vous ne retrouvez pas sa famille, comme c'est plus que probable, après douze années, nous aurons préparé de belle besogne !... Allez, monsieur le docteur, c'est une brave vie que celle de l'homme de mer, et qui en vaut bien une autre !... Un bon bateau sous ses pieds, la bise fraîche dans ses cheveux et quatre ou cinq douzaines de morues au bout de ses lignes de fond, un pêcheur norvégien ne craint

rien et ne doit rien à personne!... Vous dites qu'Erik ne serait
pas heureux de cette vie? Permettez-moi de croire le contraire!
Je le connais bien, l'enfant!... Il aime les livres; mais, par-dessus tout, il aime la mer! On dirait qu'il se ressent d'avoir été
bercé par elle; et tous les musées du monde ne le consoleraient
pas d'en être loin!

— Mais nous avons aussi la mer à Stockholm, dit en souriant le docteur, ému malgré lui de cette affectueuse résistance.

— Enfin, reprit le pêcheur en se croisant les bras, que
voulez-vous, décidément? que proposez-vous, monsieur le
docteur?

— Là!... vous voyez bien qu'après tout vous sentez la
nécessité de faire quelque chose?... Eh bien, voici ma proposition. Erik a douze ans, bientôt treize, et paraît être un enfant
exceptionnellement bien doué. Peu importe d'où il vient...
Laissons de côté cette question d'origine... Il mérite qu'on lui
donne les moyens de développer et d'utiliser ses facultés : voilà
ce qui nous occupe pour le présent. Moi, je suis riche et je n'ai
pas d'enfants. Je me charge de lui fournir ces moyens, de lui
donner les meilleurs maîtres et toutes les facilités possibles
pour profiter de leurs leçons... L'expérience dure deux ans...
Dans cet intervalle, je me suis mis en campagne, j'ai fait des
recherches, inséré des annonces dans les journaux, remué ciel
et terre pour découvrir les parents de l'enfant!... Si je n'y
arrive pas en deux ans, c'est que je n'y arriverai jamais!... Les
parents sont-ils retrouvés? ils décident naturellement de tout
ce qu'il convient de faire!... Dans le cas contraire, je vous
renvoie Erik!... Il a quinze ans, il a vu le monde!... L'heure
est arrivée de lui dire la vérité sur sa naissance; il peut, avec
nos conseils, et sur les jugements motivés de ses maîtres, se
décider en pleine connaissance de cause sur la voie à suivre!...
Veut-il être pêcheur, ce n'est pas moi qui m'y opposerai!...
Veut-il poursuivre ses études, c'est vraisemblablement qu'il

on sera digne, et je m'engage à les lui faire achever, à lui
ouvrir la profession de son choix!... Est-ce que tout cela ne
vous-semble pas raisonnable?

— Plus que raisonnable!... C'est la sagesse même qui parle
par votre bouche, monsieur le docteur! s'écria maaster Hersebom vaincu dans ses derniers retranchements. Ce que c'est
pourtant que d'avoir étudié! reprit-il en secouant la tête. On
a beau jeu avec les ignorants!... Le difficile maintenant sera
de répéter tout ça à ma femme!... Ce serait bientôt que vous
emmèneriez le petit?...

— Demain!... Je ne puis pas retarder d'un seul jour ma
rentrée à Stockholm. »

Maaster Hersebom poussa un soupir, qui ressemblait à un
sanglot.

« Demain... c'est bientôt!... dit-il. Enfin! ce qui sera
sera!... Je vais en causer avec ma femme...

— C'est cela. Consultez aussi M. Malarius. Vous verrez
qu'il est de mon avis.

— Oh! je m'en doute bien un peu, » répliqua le pêcheur
avec un sourire attristé.

Il serra la main que lui tendait M. Schwaryencrona et s'en
alla tout songeur.

Le soir, avant l'heure du dîner, le docteur se dirigea de
nouveau vers la demeure de maaster Hersebom. Il trouva la
famille réunie autour du foyer, comme la veille, mais non plus
dans les mêmes sentiments de quiétude et de bonheur. Le
père était assis assez loin du feu, silencieux, les mains oisives.
Katrina, les yeux pleins de larmes, tenait serrées dans les
siennes les mains d'Erik, qui, les joues animées par l'espoir de
ses destinées nouvelles et le regard assombri par le chagrin
de quitter tout ce qu'il aimait, ne savait trop à quel sentiment
il devait laisser prendre le dessus. La petite Vanda cachait sa
tête sur les genoux du pêcheur. On ne voyait d'elle que les

longues nattes d'un blond argenté, qui tombaient lourdement
sur ses épaules frêles et gracieuses. Otto, vivement ému lui
aussi de cette séparation imminente, se tenait immobile auprès
de son frère adoptif.

« Comme vous voilà sombres et désolés !... s'écria le docteur
en s'arrêtant au seuil. Erik serait au moment de partir pour
l'expédition la plus lointaine et la plus périlleuse que vous ne
pourriez en témoigner plus de chagrin !... Il n'y a vraiment pas
de quoi, je vous assure, mes bons amis ! Stockholm n'est pas aux
antipodes, et l'enfant ne vous quitte pas pour toujours ! Il pourra
vous écrire et je ne doute pas qu'il ne le fasse souvent ! Son cas
est celui de tous les garçons qui s'en vont au collège. Dans deux
ans, il vous reviendra grand et fort instruit, accompli de tout
point ! Y a-t-il là si grand sujet de se désoler ?... Sérieusement,
ce n'est pas raisonnable ! »

Katrina s'était levée avec la dignité native des paysannes
du Nord.

« Herr docteur, Dieu m'est témoin que je vous suis profondément reconnaissante de ce que vous faites pour notre Erik,
dit-elle. Il ne faut pas nous en vouloir si son départ nous
attriste. Hersebom m'a expliqué que c'est une séparation nécessaire. Je me soumets. N'exigez pas que ce soit sans regrets !

— Mère, s'écria Erik, je ne partirai pas, si cela vous fait
trop de peine !

— Non, mon enfant, reprit la digne femme en le serrant
dans ses bras. L'éducation est un bienfait que nous n'avons pas
le droit de refuser pour toi !... Va, mon fils, remercie monsieur
le docteur, qui veut te l'assurer, et prouve-lui toujours par ton
application à l'étude que tu apprécies ses grandes bontés !

— Voyons, voyons ! dit le docteur, dont les lunettes semblaient se voiler d'un singulier nuage, est-ce que vous voulez
m'attendrir, moi aussi ?... Parlons plutôt de choses pratiques,
cela vaudra mieux. Vous avez bien compris, n'est-ce pas, qu'il

s'agit de partir demain matin à la première heure, et tout sera
prêt? Quand je dis tout, ce n'est pas qu'un bien grand trousseau
soit nécessaire. Nous n'allons en traîneau que jusqu'à Bergen,
où nous prendrons le chemin de fer. Erik n'a besoin que
d'un peu de linge et trouvera à Stockholm ce qui lui sera
nécessaire...

— Tout sera prêt, répondit simplement dame Hersebom.
Vanda, ajouta-t-elle avec la courtoisie norvégienne, monsieur
le docteur est encore debout ! »

La fillette s'empressa de pousser vers M. Schwaryencrona
un grand fauteuil de chêne verni.

« Je m'en vais, déclara le docteur. Malarius m'attend pour
dîner... Eh bien, « flicka » (jeune fille), reprit-il en posant sa
main sur la tête blonde de l'enfant, vous m'en voulez donc
beaucoup de vous prendre votre frère?

— Non, monsieur le docteur, répondit gravement Vanda.
Erik sera plus heureux là-bas. Il n'était pas fait pour rester au
village !

— Et vous, ma petite, serez-vous malheureuse sans lui?

— La plage sera déserte, répliqua l'enfant avec douceur
Les mouettes le chercheront sans le trouver. Les petites vagues
bleues s'étonneront de ne plus le voir, et la maison me sem-
blera vide ! Mais Erik sera content, parce qu'il aura des livres
et qu'il deviendra savant.

— Et sa brave petite sœur se réjouira de son bonheur,
n'est-ce pas, mon enfant? dit le docteur en mettant un baiser
sur le front de la fillette. Et elle sera fière de lui quand il reviendra !... Allons, voilà une affaire réglée ! Il faut que je me sauve
au plus vite ! A demain !

— Monsieur le docteur, murmura timidement Vanda, je
voudrais, moi aussi, vous demander une faveur.

— Parlez, flicka !

— Vous partez en traîneau, avez-vous dit? Je voudrais,

avec la permission de mon père et de maman, que vous me
laissiez vous conduire jusqu'au premier relais.

— Ah! ah! ah!... c'est que j'avais déjà arrêté à cet effet
Regnild, la fille de mon gérant!

— Je le sais, et d'elle-même. Mais elle consent à me céder
sa place, si vous daignez l'autoriser.

— Eh bien, en ce cas, il ne vous reste qu'à obtenir la permission de papa et de maman.

— Je l'ai.

— Vous avez donc la mienne, chère enfant, » dit le docteur
en s'en allant.

Le lendemain matin, quand le grand traîneau s'arrêta devant la maison Herscbom, la petite Vanda, selon sa demande,
tenait les rênes, assise sur le siège. Elle allait conduire jusqu'au
village voisin, où le docteur louerait un autre cheval et une
autre fillette, et ainsi de suite jusqu'à Bergen. Ce cocher d'une
nouvelle espèce n'eût pas manqué d'étonner un étranger; mais
telle est la coutume en Suède et Norvège. Les hommes croi-
raient perdre leur temps en remplissant ces fonctions, et il n'est
pas rare de confier à des enfants de dix à douze ans de lourds
attelages qu'ils savent manier avec une aisance consommée.

Le docteur était déjà installé dans le fond du véhicule, et
bien emmitouflé dans ses fourrures. Erik prit place à côté de
Vanda, après avoir tendrement embrassé son père et son frère,
qui se contentèrent de lui exprimer par leur tristesse muette le
chagrin que leur causait son départ, puis la bonne Katrina qui
fut plus expansive.

« Adieu, mon fils! disait-elle au milieu de ses larmes. N'ou-
blie jamais ce que t'ont appris tes pauvres parents! Sois hon-
nête et brave! Ne mens jamais! Travaille de ton mieux!
Protège toujours ceux qui sont plus faibles que toi! Et si tu
ne trouves pas le bonheur que tu mérites, reviens le chercher
auprès de nous. »

L'AIR ÉTAIT FROID, ET LA ROUTE DURE COMME DU VERRE.

Vanda toucha le cheval, qui partit au grand trot, en faisant
sonner ses clochettes. L'air était froid et la route dure comme
du verre. Tout près de l'horizon, un soleil pâle jetait son manteau d'or sur le paysage neigeux. En quelques minutes, Noroë
s'effaça dans le lointain.

CHAPITRE IV

Le docteur Schwaryencrona habitait à Stockholm un magnifique hôtel, situé dans l'île de Stadsholmen. C'est le quartier « le plus » ancien et « le plus » recherché de cette charmante capitale, une « des plus » jolies, « des plus » aimables de l'Europe, — une de celles que les étrangers visiteraient le plus fréquemment, si la mode et le préjugé n'avaient pas sur les plans de voyage du touriste ordinaire au moins autant d'influence que sur la forme de son chapeau.

Placée entre le lac Mélar et la Baltique, sur un groupe de huit îles reliées par des ponts innombrables, et bordée de quais splendides, animée par le mouvement des bateaux à vapeur qui font office d'omnibus, par la gaieté d'une population laborieuse et satisfaite, la plus hospitalière, la plus polie et la plus instruite de l'Europe, Stockholm est, avec ses grands jardins publics, ses bibliothèques, ses musées, ses établissements scientifiques, une véritable Athènes du Nord, en même temps qu'un centre commercial très important.

Erik, cependant, était encore sous l'impression que lui avait laissée Vanda en se séparant de lui après le premier relais. Les adieux avaient été plus graves qu'on ne l'eût attendu de leur âge ; ces deux jeunes cœurs n'avaient pu se cacher l'un à l'autre leur profonde émotion.

6

Mais, quand la voiture, qui était venue attendre Erik à la gare, s'arrêta devant une grande maison de briques rouges dont les doubles fenêtres resplendissaient à la lueur du gaz, Erik fut émerveillé. Le marteau de cuivre de la porte lui parut en or fin. Le vestibule, dallé en marbre, orné de statues, de torchères de bronze, de grands vases de Chine, acheva de le plonger dans la stupeur. Tandis qu'un valet en livrée débarrassait le maître de ses fourrures, en s'informant de sa santé avec cette cordialité qui est le ton habituel des domestiques suédois, Erik promenait autour de lui des regards étonnés.

Un bruit de voix attira son attention vers l'escalier à grande rampe de chêne, couvert d'un épais tapis. Il se retourna et vit deux personnes, dont le costume lui parut le dernier mot de l'élégance.

L'une était une dame en cheveux gris et de taille moyenne, qui se tenait toute droite dans une robe de drap noir plissée, assez courte pour laisser voir des bas rouges à coins jaunes et des souliers à boucles. Un énorme trousseau de clefs retenu par une chaîne d'acier pendait à sa ceinture. Elle portait haut la tête et promenait de tous côtés des yeux vifs et perçants. C'était « fru » (madame) Greta-Maria, la femme de charge du docteur, l'autocrate incontesté de la maison en toutes matières, culinaires et domestiques.

Derrière elle venait une fillette de onze à douze ans, qui apparut aux yeux d'Erik comme une princesse de féerie. Au lieu du costume national, le seul qu'il eût jamais vu porter à une enfant de cet âge, elle avait une robe de velours bleu foncé, sur laquelle ses cheveux jaunes s'étalaient en nappes soyeuses ; elle était chaussée de bas noirs et de souliers de satin ; un nœud de ruban cerise, posé sur sa tête comme un papillon, animait de sa couleur vive une physionomie étrange et pâle, que de grands yeux verts éclairaient de leur rayon phosphorescent.

« Quel bonheur, mon oncle, de vous revoir enfin !... Avez-

vous fait un agréable voyage? » s'écria-t-elle en se jetant au cou
du docteur.

A peine avait-elle daigné abaisser son regard sur Erik, qui
se tenait modestement à l'écart.

Le docteur lui rendit ses caresses, donna une poignée de
main à la femme de charge, puis il fit signe à son protégé d'a-
vancer.

« Kajsa et vous, dame Greta, je vous demande vos bontés
pour Erik Hersebom, que j'amène de Norvège, dit-il. — Et
toi, mon garçon, n'aie pas peur! reprit-il avec bonté. Dame
Greta n'est pas si sévère qu'elle en a l'air, et ma nièce Kajsa
sera bientôt au mieux avec toi!... N'est-il pas vrai, fillette? »
ajouta-t-il, en pinçant doucement la joue de la petite fée.

La petite fée ne répondit que par une moue assez dédaigneuse. Quant à la femme de charge, elle ne paraissait pas non
plus très enthousiasmée de la nouvelle recrue qu'on lui présentait.

« Et s'il vous plaît, herr docteur, dit-elle d'un air revêche,
en remontant l'escalier, peut-on vous demander quel est cet
enfant?

— Certes, répondit le docteur, on vous le dira tout au long,
dame Greta, n'ayez crainte!... Mais, si vous le voulez bien,
nous allons d'abord manger un morceau. »

Dans la « matsal », ou salle à manger, la table toute servie
présentait la belle ordonnance de ses cristaux et de ses « snorgas » dressés sur une nappe blanche. C'est un luxe dont le
pauvre Erik n'avait même pas idée, car le linge de table est
inconnu chez les paysans de la Norvège; à peine les assiettes
y ont-elles fait assez récemment leur apparition; un grand
nombre d'entre eux mangent encore leur poisson sur des ron-
delles de pain noir et ne s'en trouvent pas plus mal. Aussi fal-
lut-il l'invitation réitérée du docteur pour que le jeune garçon
se mît à table, et la gaucherie de ses mouvements lui attira de

la part de « froken » (mademoiselle) Kajsa plus d'un coup d'œil chargé d'ironie. Mais, l'appétit des voyageurs aidant, les choses n'en marchèrent pas moins bien. Aux « snorgas » succéda un dîner qui aurait épouvanté un estomac français par sa solidité massive, et qui aurait pu par son abondance apaiser l'appétit d'un bataillon d'infanterie après une étape de vingt-huit kilomètres : soupe au poisson, pain de ménage, oie farcie de marrons, bœuf bouilli et flanqué d'une montagne de légumes, pommes de terre en pyramide, œufs durs à la douzaine, pudding aux raisins secs en grappe, — tout fut gaillardement attaqué et démantelé.

Ce copieux repas terminé presque sans mot dire, on passa dans le parloir, vaste salle boisée, à six fenêtres, dont les embrasures fermées par de lourds rideaux de drap auraient suffi à un architecte parisien pour y établir un appartement complet. Le docteur s'installa au coin du feu dans un grand fauteuil de cuir; Kajsa se mit à ses pieds sur un tabouret, tandis qu'Erik, intimidé et mal à l'aise, s'approchait d'une fenêtre et avait bonne envie de se réfugier dans les profondeurs obscures de ce réduit. Mais le docteur ne lui en laissa pas le temps.

« Eh bien, garçon, viens donc te chauffer, cria-t-il de sa voix sonore, et dis-nous un peu ce que tu penses de Stockholm?

— Les rues sont bien noires, bien étroites, et les maisons bien hautes, dit Erik.

— Oui, un peu plus hautes qu'à Noroë, répondit le docteur en riant.

— Elles empêchent de voir les étoiles, reprit le jeune garçon.

— C'est que nous sommes ici dans le quartier noble, répliqua Kajsa, piquée de ces critiques. Il n'y a qu'à passer les ponts pour trouver des rues plus larges.

— Je les ai vues en venant de la gare, mais la plus belle est moins large que le fiord de Noroë! riposta Erik.

« GARÇON, DIS-NOUS CE QUE TU PENSES DE STOCKHOLM. »

— Ah! ah!... dit le docteur; est-ce que nous avons déjà le mal du pays?

— Non, répondit résolument Erik, je vous suis trop obligé, cher docteur, pour regretter un instant d'être venu. Mais vous me demandez ce que je pense de Stockholm, je vous le dis.

— Noroë doit être un affreux petit trou! reprit Kajsa.

— Un affreux petit trou! répéta Erik avec indignation. Ceux qui disent pareille chose n'ont donc pas d'yeux, « froken » Kajsa? Si vous pouviez seulement voir la ceinture de granit que les rochers font à notre fiord, et nos montagnes, nos glaciers, nos forêts de pins tout noirs contre le ciel pâle! Et au delà, la grande mer, tantôt tumultueuse et terrible, tantôt douce, comme si elle s'apprêtait à vous bercer. Et les vols de mouettes qui passent, se perdent dans l'infini et reviennent vous effleurer de leur aile!... Oh! tout cela est beau, allez, plus beau que la ville!

— Je ne parlais pas du paysage, mais des maisons, reprit Kajsa. Ce ne sont que des cabanes de paysans, n'est-ce pas, « onkel »?

— Des cabanes de paysans où ton père et ton grand-père sont nés comme moi, mon enfant, » répondit gravement le docteur.

Kajsa rougit et se tut.

« Ce ne sont que des maisons de bois, reprit Erik, mais elles en valent bien d'autres!... Souvent, le soir, tandis que le père raccommode ses filets et que la mère file à son rouet, nous nous asseyons tous trois sur un petit banc, Otto, Vanda et moi, avec notre grand chien Klaas à nos pieds, et nous répétons en chœur les vieilles « sagas », en regardant les ombres qui jouent sur le plafond. Et quand le vent souffle dehors et que tous les pêcheurs sont rentrés, il fait bon se sentir chaudement enfermé chez nous! On y est aussi bien que dans une belle chambre comme ici...

— Ce n'est pas la plus belle chambre, dit Kajsa avec orgueil. Je pourrais vous montrer le grand salon, vous verriez alors !

— Mais il y a tant de livres ici !... répliqua Erik. Y en a-t-il davantage au salon ?...

— Bon, des livres !... Qui parle de cela ?... Il s'agit des fauteuils de velours, des rideaux de dentelle, de la grande pendule française, des tapis d'Orient ! »

Erik paraissait peu séduit par cette énumération et jetait un regard d'envie vers une grande bibliothèque de chêne, qui occupait tout un côté du parloir.

« Tu peux examiner ces livres de plus près, et prendre celui qui te plaira, » dit le docteur.

Erik ne se fit pas répéter la permission. Il choisit un volume et, s'installant dans un coin bien éclairé, fut bientôt absorbé dans sa lecture. A peine s'aperçut-il de l'entrée successive de deux vieux messieurs, commensaux fidèles du docteur Schwaryencrona, qui venaient presque tous les soirs faire leur partie de whist.

Le premier s'appelait le professeur Hochstedt. C'était un grand vieillard aux manières froides et majestueuses, qui exprima très académiquement au docteur le plaisir qu'il avait à le voir de retour. A peine était-il installé dans le fauteuil qu'un long usage avait fini par faire appeler « le fauteuil du professeur », quand un coup de sonnette ferme et décidé se fit entendre.

« Voici Bredejord ! » dirent simultanément les deux amis.

La porte s'ouvrit bientôt devant un petit homme mince et guilleret, qui entra comme un coup de vent, serra les deux mains du docteur, mit un baiser au front de Kajsa, échangea avec le professeur un salut affectueux et promena autour du parloir un regard brillant comme celui d'une souris.

C'était M. l'avocat Bredejord, une des illustrations du barreau de Stockholm.

« Tiens... qui avons-nous là ? dit-il tout à coup en avisant

Erik. Un jeune pêcheur de morue, — ou plutôt un mousse de Bergen?... Et qui lit Gibbon en anglais!... reprit-il, après avoir d'un coup d'œil vérifié quel était le livre si absorbant dans lequel était plongé le petit paysan. — Et cela vous intéresse, mon garçon? demanda-t-il.

— Oui, Monsieur, c'est un ouvrage que je désirais lire depuis longtemps, le premier volume de la *Décadence de l'empire romain,* répondit naïvement Erik.

— Malepeste! s'écria M. l'avocat, il paraît que les mousses de Bergen aiment les lectures sérieuses!... Mais êtes-vous bien de Bergen? reprit-il presque aussitôt.

— Je suis de Noroë, qui n'en est pas loin, répondit Erik.

— Ah!... A-t-on généralement les yeux et les cheveux aussi bruns que vous, à Noroë?

— Non, Monsieur. Mon frère, ma sœur, et tous les autres sont blonds, à peu près comme mademoiselle, reprit Erik. Mais ils ne s'habillent pas comme elle, ajouta-t-il en souriant. Aussi ne lui ressemblent-ils guère.

— Non, je m'en doute, dit M. Brodejord. Mademoiselle Kajsa est un produit de la civilisation. Là-bas, c'est la belle nature, « qui n'a pour parure que sa simplicité [1] ». Et que venez-vous faire à Stockholm, mon garçon, si je ne suis pas trop curieux?

— Monsieur le docteur a la bonté de me mettre au collège, dit Erik.

— Ah! ah!... » fit M. l'avocat en tapant sa tabatière du bout de ses doigts.

Et son regard fin semblait interroger le docteur sur ce problème vivant. Mais il vit à un signe presque imperceptible qu'il fallait ajourner cette enquête, et changea aussitôt de conversation.

On parla donc de la cour, de la ville, de ce qui s'était passé

---

1. Most adorned when unadorned.

dans le monde depuis le départ du docteur. Puis, dame Greta
vint ouvrir la table à jeu, préparer les jetons et les cartes. Et
bientôt le silence se fit, tandis que les trois amis se plongeaient
dans les savantes combinaisons du whist.

Le docteur avait l'innocente prétention d'être de première
force à ce jeu, et l'habitude moins innocente de se montrer impitoyable pour les erreurs qui échappaient à ses partners. Il ne
manquait pas d'exulter bruyamment quand ces erreurs le faisaient gagner, et de maugréer quand elles le faisaient perdre ;
il se donnait encore, après chaque « rubber, » le plaisir d'expliquer au délinquant par où il avait péché, quelle carte il aurait
dû jouer après telle levée, quelle « rentrée » il aurait dû se
ménager après telle autre. C'est un travers assez fréquent
parmi les joueurs de whist, mais qui n'en est pas plus aimable,
quand il dégénère en manie et s'exerce tous les soirs sur les
mêmes victimes.

Heureusement pour lui, le docteur avait affaire à deux amis
qui le désarmaient toujours, — le professeur par son flegme
inaltérable, et l'avocat par la sérénité de son scepticisme.

« Vous avez raison, disait gravement le premier, en réponse aux reproches les plus acerbes.

— Mon cher Schwaryencrona, vous savez bien que vous
perdez vos peines à me sermonner ! disait en riant M. Bredejord. Toute ma vie je commettrai au whist les fautes les plus
grossières, et le pis, c'est que je ne m'en repens pas ! »

Que faire avec des pécheurs aussi endurcis ? Le docteur se
voyait obligé de rengainer ses critiques ; mais c'était pour les
renouveler un quart d'heure plus tard, car il était incor-
rigible.

Le hasard voulait précisément, ce soir-là, qu'il perdît à tout
coup. Aussi sa mauvaise humeur se fit-elle jour par les observations les plus dures pour le professeur, pour l'avocat et même
pour le « mort », quand ce personnage imaginaire n'avait pas

le nombre d'atouts que le docteur se croyait en droit de trouver chez lui.

Mais le professeur alignait imperturbablement ses fiches, et l'avocat ne répondait que par des facéties aux reproches les plus amers.

« Pourquoi voulez-vous que je change de méthode, puisque je gagne en jouant mal, tandis que vous perdez en jouant à merveille? » disait-il au docteur.

On arriva ainsi à dix heures. Kajsa fit le thé dans un magnifique « samovar » de cuivre, et le servit avec beaucoup de bonne grâce ; puis elle s'éclipsa discrètement. Bientôt dame Greta vint appeler Erik pour le conduire à l'appartement qui lui était destiné, — une jolie petite chambre blanche et proprette au deuxième étage de la maison, et les trois amis se trouvèrent seuls.

« Nous direz-vous enfin quel est ce jeune pêcheur de Noroë qui lit Gibbon dans le texte original? demanda alors M. Bredejord, en sucrant sa deuxième tasse de thé. Ou bien ce sujet doit-il être soigneusement réservé et interdit à notre indiscrétion?

— Le sujet n'a rien de mystérieux, et je vous dirai volontiers l'histoire d'Erik, si vous êtes capable de la garder pour vous, répondit M. Schwaryencrona avec un reste de ressentiment.

— Ah! je savais bien qu'il devait y avoir une histoire! s'écria l'avocat, en s'installant commodément dans un fauteuil. Nous vous écoutons, cher ami, et soyez sûr que votre confidence sera bien placée!... Je vous avoue que ce petit bonhomme m'intrigue déjà comme un problème.

— C'est bien un problème vivant, en effet, reprit le docteur, flatté de la curiosité de son ami, — un problème dont j'ose croire que j'ai très probablement trouvé la solution. Je vais vous en communiquer toutes les données. A vous de me dire si votre conclusion est conforme à la mienne. »

7

M. Schwaryencrona s'adossa au grand poêle de faïence, et,
prenant les choses au point où commence ce récit, il dit comment il avait été amené à remarquer Erik à l'école de Noroë et
à s'enquérir de lui. Il conta ce qu'il avait appris de M. Malarius
et de maaster Herscbom, n'omit aucun détail, parla de la bouée
au nom de *Cynthia,* des petits vêtements que lui avait montrés
dame Katrina, du chiffre brodé sur ces vêtements, du hochet
de corail, de la devise, enfin des caractères ethnographiques si
nettement accusés chez Erik.

« Vous êtes maintenant en possession des éléments du
problème tel qu'il s'est posé devant moi, reprit-il. Et je m'empresse de vous faire remarquer que le degré de l'instruction de
l'enfant, tout exceptionnel qu'il est, n'est qu'un phénomène
secondaire, dû à l'intervention de Malarius, et dont il n'y a pas
à tenir compte. C'est ce degré d'instruction qui m'a fait remarquer le sujet et m'a amené à m'enquérir de lui. En réalité, il
n'a pas de rôle important dans la question que je pose ainsi :
« D'où venait cet enfant? Où faut-il porter les recherches en
vue de retrouver sa famille? »

« Les vrais éléments du problème, les seuls qui puissent
nous guider sont donc :

« 1° Les indices physiques de la race chez l'enfant;

« 2° Le nom de *Cynthia,* écrit sur la bouée.

« Sur le premier chef, pas de doute possible : l'enfant est
de race celtique. Il présente même le type celte dans toute sa
beauté et sa pureté.

« Passons au second point. *Cynthia* est certainement le
nom du navire auquel appartenait la bouée. Ce nom peut convenir à un navire allemand comme à un navire anglais. Mais il
n'était pas écrit en lettres gothiques. Donc, le navire était
anglais, — disons anglo-saxon, pour être plus précis.

« Tout confirme, d'ailleurs, cette hypothèse; car il n'y a
guère qu'un navire anglais allant à Inverness ou aux Orcades,

ou en venant, qui ait pu se trouver poussé par la tempête dans les parages de Noroë. Et vous n'oubliez pas que la petite épave vivante n'avait pas dû flotter bien longtemps, puisqu'elle avait résisté au jeûne et aux dangers de sa périlleuse navigation!... Eh bien, tout cela posé, quelle est votre conclusion, mes chers amis? »

Ni le professeur ni l'avocat ne jugèrent à propos de souffler mot.

« La conclusion, vous ne la voyez pas sans doute, reprit le docteur d'un ton où perçait un secret triomphe. Peut-être même croyez-vous apercevoir une contradiction entre ces deux éléments, — un enfant de race celte, — un navire de nom anglo-saxon? C'est tout simplement parce que vous négligez une circonstance capitale, l'existence aux flancs de la Grande-Bretagne d'un peuple de race celte, de l'île sœur, — de l'Irlande!... Moi non plus je n'y avais pas songé tout d'abord, et c'est ce qui m'empêchait d'apercevoir nettement la solution du problème. Désormais, cette solution s'impose : l'enfant est Irlandais! N'est-ce pas votre avis, Hochstedt?... »

S'il y avait quelque chose au monde que le digne professeur aimât peu, c'était d'énoncer sur un sujet quelconque une opinion positive. Et il faut bien convenir que, dans le cas présentement soumis à son jugement impartial, toute opinion était au moins prématurée. Aussi se contenta-t-il de hocher évasivement la tête, en disant :

« Il est incontestable que les Irlandais appartiennent au rameau celtique de la race aryenne. »

Ce qui n'était assurément pas un de ces aphorismes qu'on peut taxer de hardiesse excessive.

Mais le docteur Schwaryencrona n'en demanda pas davantage, et il y vit l'entière confirmation de sa théorie.

« Vous en convenez vous-même! s'écria-t-il avec feu. Les Irlandais étant des Celtes, l'enfant ayant tous les caractères de

la race celtique, et le *Cynthia* étant un navire anglais, il me
paraît que nous sommes en possession du fil nécessaire pour
retrouver la famille du pauvre petit. C'est en Grande-Bretagne
qu'il faut la chercher. Quelques annonces dans le *Times* suffiront probablement pour nous mettre sur sa trace ! »

Le docteur allait sans doute développer son plan de recherches, quand il remarqua le silence obstiné que gardait
l'avocat et le regard légèrement ironique avec lequel il semblait accueillir ses déductions.

« Si vous n'êtes pas de mon avis, Brdejord, il faut le dire.
Vous savez que je ne crains pas la discussion ! fit-il en s'arrêtant court.

— Je n'ai rien dit ! répondit M. Brdejord. Hochstedt est
témoin que je n'ai rien dit...

— Non, mais je vois bien que vous ne partagez pas mon
opinion !... Et je serais curieux de savoir pourquoi? demanda le
docteur, repris par l'humeur querelleuse que le whist avait
développée en lui. *Cynthia* est-il un nom anglais? ajouta-t-il
avec véhémence. Oui, puisqu'il n'était pas écrit en lettres
gothiques, ce qui aurait indiqué un navire allemand... Les
Irlandais sont-ils des Celtes? Assurément! Vous venez d'entendre un homme aussi compétent que notre éminent ami
Hochstedt le proclamer devant vous !... L'enfant a-t-il tous les
caractères de la race celtique? Vous avez pu en juger vous-
même, et vous en avez été frappé avant que j'eusse ouvert la
bouche sur ce sujet! Je conclus donc qu'il faudrait une mauvaise foi insigne pour ne pas se ranger à mon avis et ne pas
reconnaître avec moi que l'enfant doit appartenir à une famille
irlandaise !

— Mauvaise foi est vif, répliqua M. Brdejord. Si le mot
s'adresse à moi, je n'ai pas encore exprimé la moindre opinion...

— Non, mais vous montrez assez que vous ne partagez pas
la mienne !

« — C'est peut-être mon droit!...

— Encore faudrait-il donner un motif valable à l'appui de votre thèse!

— Qui vous dit que j'en aie une?

— Alors c'est de l'opposition systématique, c'est le besoin de me contredire en tout comme en matière de whist?

— Rien n'est plus loin de ma pensée, je vous assure! Votre raisonnement ne me semble pas péremptoire, voilà tout!

— Et en quoi, s'il vous plaît? Je serais curieux de le savoir!...

— Ce serait trop long à vous dire. Voilà onze heures qui sonnent!... Je me contente de vous offrir une gageure : Parions votre Pline d'Alde Manuce contre mon Quintilien, édition princeps de Venise, que vous n'avez pas deviné juste et que cet enfant n'est pas Irlandais!

— Vous savez que je n'aime pas à parier, dit le docteur, enfin radouci par cette bonne humeur inaltérable. Mais j'aurais tant de plaisir à vous confondre que j'accepte votre défi.

— Eh bien! voilà une affaire entendue... Combien de temps vous faut-il pour vos recherches!

— Quelques mois suffiront, je l'espère; mais j'ai pris deux ans avec Hersebom pour être plus sûr de mon fait.

— Eh bien! je vous assigne à deux ans. Hochstedt nous servira d'arbitre. Et sans rancune, n'est-ce pas?

— Sans rancune, assurément. Mais je vois votre Quintilien en grand danger de venir rejoindre mon Pline, » répliqua le docteur.

Et, après avoir serré la main de ses deux amis, il les reconduisit jusqu'à la porte.

CHAPITRE V

Dès le lendemain, la nouvelle existence d'Erik prit son cours normal. Le docteur Schwaryencrona, après l'avoir conduit chez un tailleur, qui l'équipa en citadin, le présenta au directeur d'une des meilleures écoles de la ville. C'était une de celles qui répondent à nos lycées et portent en Suède le nom de « Hogre elementar larovek ». On y apprend les langues anciennes et vivantes, les sciences élémentaires et tout ce qu'il est indispensable de savoir avant d'aborder l'enseignement supérieur des universités. Comme en Allemagne et en Italie, tous les élèves sont externes. Ceux qui n'ont point leur famille en ville habitent chez des professeurs ou des répondants. La rétribution scolaire est des plus modiques; elle se réduit même à zéro, pour peu que l'enfant n'ait pas les moyens de la payer. De grands gymnases sont attachés à chacune de ces hautes classes élémentaires. Aussi l'instruction physique marche-t-elle toujours de pair avec la culture intellectuelle.

Erik se plaça d'emblée à la tête de sa division. Il apprenait tout avec une extrême facilité et avait par suite beaucoup de temps à lui. C'est pourquoi le docteur jugea bientôt qu'il pourrait utiliser ses soirées à suivre les cours de la « Slodjskolan » ou grande école industrielle de Stockholm. C'est un établisse-

ment spécialement consacré à la pratique des sciences, aux
expériences de physique et de chimie, aux constructions géo-
métriques, à tout ce qu'on ne peut apprendre au collège que
théoriquement. M. Schwaryencrona pensait avec raison que
l'enseignement de cette école, — une des merveilles de Stockholm, — donnerait un élan nouveau aux rapides progrès d'Erik;
mais il n'aurait jamais osé espérer des résultats comme ceux
que devait donner ce double entraînement.

En effet, son jeune protégé s'assimilait à vue d'œil des
connaissances qui le faisaient pénétrer au fond même de toutes
les sciences fondamentales. Au lieu de ces notions vagues et
superficielles, lot ordinaire de tant d'élèves, il emmagasinait
toute une provision d'idées justes, précises, définitives. Le
développement ultérieur de ces excellents principes n'était
qu'une question de temps. Désormais il pourrait aborder, sans
peine et comme en se jouant, toutes les parties les plus élevées
de l'enseignement universitaire. Le même service que M. Malarius lui avait rendu pour les langues, l'histoire, la géographie
et la botanique, en lui en faisant d'abord approfondir longuement les principes, la « Slodjskolan » le lui rendait pour les
sciences en lui inculquant cet A B C des arts industriels, sans
lequel les plus belles leçons peuvent si longtemps rester lettre
morte.

Loin de fatiguer le cerveau d'Erik, la multiplicité et la
variété de ces exercices le fortifiaient beaucoup plus que n'auraient fait des études trop spéciales. D'ailleurs, le gymnase
était toujours là pour donner sa revanche au corps, quand l'esprit avait eu son tour, et, au gymnase comme sur les bancs de
l'école, Erik était le premier. Puis, les jours de congé, il ne
manquait guère d'aller voir la mer qu'il aimait d'une tendresse
filiale, causant avec les matelots et les pêcheurs, leur donnant
parfois un coup de main et rapportant au logis quelque beau
poisson, toujours bien accueilli par dame Greta.

La bonne femme s'était bientôt prise d'une véritable affection pour le nouvel hôte de la maison. Erik était si doux, si naturellement courtois et obligeant, si studieux et en même temps si brave, qu'il semblait presque impossible de le connaître et de ne pas l'aimer. En huit jours, il était devenu le favori de M. Bredejord et du professeur Hochstedt, comme il était déjà celui du docteur Schwaryencrona. Une seule personne lui tenait rigueur, c'était Kajsa. Soit que la petite fée se jugeât atteinte en cette souveraineté incontestée qu'elle avait jusqu'à ce jour exercée dans la maison, soit qu'elle gardât rancune à Erik des sarcasmes, pourtant fort anodins, que ses airs de princesse avaient inspirés au docteur, elle persistait à traiter le nouveau venu avec une froideur dédaigneuse, dont aucune prévenance ne parvenait à triompher. Les occasions de déployer ces dédains se trouvaient heureusement assez rares, Erik étant toujours dehors ou enfermé dans sa chambrette.

Les choses suivaient donc un cours des plus paisibles, et le temps s'écoulait sans incidents notables. On en profitera pour franchir avec le lecteur un intervalle de deux années et le ramener à Noroë.

Noël revenait pour la seconde fois depuis le départ d'Erik. C'est dans toute l'Europe centrale et septentrionale la grande fête annuelle, parce qu'elle coïncide avec la morte saison de presque toutes les industries. En Norvège spécialement on prolonge cette fête pendant treize jours, *tretten Yule dage* (les treize jours de Noël), et l'on en fait l'occasion de réjouissances exceptionnelles. C'est le moment des réunions de famille, des dîners et même des fiançailles. Les provisions s'entassent dans les plus humbles demeures. Partout l'hospitalité la plus large est à l'ordre du jour. La *Yule ol* ou bière de Noël coule à pleins bords. Tout visiteur s'en voit offrir une rasade dans la coupe de bois montée en or, en argent ou en cuivre que les familles, même les plus modestes, se transmettent de temps

8

immémorial, et qu'il est de rigueur de vider debout, en échangeant avec son hôte les souhaits de « joyeuse saison et bonne année ». C'est enfin à Noël que les domestiques de tout ordre reçoivent les habits neufs qui constituent souvent le plus clair de leurs gages ; — que les bœufs mêmes, les moutons et jusqu'aux oiseaux du ciel ont droit à la double ration ou à des largesses exceptionnelles. On dit en Norvège d'un pauvre homme : « Il est si pauvre qu'il ne peut même pas donner aux moineaux leur dîner de Noël. »

Des treize jours traditionnels, la veille de Noël est le plus gai. Il est d'usage pour les jeunes garçons et les fillettes de s'en aller par bandes dans la campagne, montés sur leurs « schnee-shuhe », ou souliers à neige, pour s'arrêter devant les maisons et chanter en chœur les vieilles mélodies nationales. Leurs voix claires, éclatant tout à coup dans l'air frais de la nuit au milieu de la solitude des vallées couvertes de leur parure hivernale, sont d'un effet aussi charmant que bizarre. Les portes s'ouvrent aussitôt ; on invite chanteurs et chanteuses à entrer ; on leur offre des gâteaux, des pommes sèches et de l'ale ; parfois même on les fait danser. Puis, après ce frugal souper, la troupe joyeuse repart, comme un vol de mouettes, pour aller recommencer plus loin. Les distances ne sont rien avec les « schnee-shuhe », véritables glissoires en bouleau, de deux à trois mètres de long que rattachent sous les pieds des courroies de cuir, et sur lesquelles les paysans norvégiens, s'aidant d'un fort bâton pour se lancer et accélérer leur course, franchissent avec une rapidité merveilleuse des distances de plusieurs milles.

Cette année-là, la fête allait être complète chez les Hersebom. On attendait Erik. Une lettre de Stockholm annonçait son arrivée pour la veille même de Noël. Aussi ni Otto ni Vanda ne pouvaient-ils tenir en place. A tout instant ils couraient à la porte pour voir si le voyageur n'arrivait pas. Dame Katrina, tout en les réprimandant de leur impatience, la partageait pleinement. Seul, maaster Hersebom fumait silencieusement sa pipe, semblant partagé entre le désir de revoir son fils adoptif et la crainte de ne pas le garder assez longtemps.

Pour la centième fois peut-être, Otto était allé à la découverte, quand il revint tout à coup en criant :

« Mère Vanda ! je crois que c'est lui ! »

Tout le monde se précipita vers la porte. Au loin, sur la route de Bergen, on distinguait effectivement un point noir.

Ce point noir grandit rapidement, prit la forme d'un jeune homme, vêtu de drap sombre, coiffé d'un bonnet de fourrure et portant gaillardement sur ses épaules un havresac en cuir verni. Il était monté sur des souliers à neige et se rapprochait à vue d'œil.

Bientôt il n'y eut plus de doute : le voyageur avait aperçu ceux qui l'attendaient devant la maison, et, ôtant aussitôt son bonnet, il l'agitait au-dessus de sa tête.

Deux minutes plus tard, Erik tombait dans les bras de dame Katrina, d'Otto, de Vanda, de maaster Hersebom, qui avait quitté son fauteuil pour s'avancer jusqu'au seuil.

On le serrait à l'étouffer, on le dévorait de caresses, on s'extasiait sur sa belle mine. Dame Katrina surtout n'en revenait pas.

Quoi ! c'était là l'enfant chéri qu'elle avait bercé sur ses genoux !... Ce grand garçon à l'air franc et résolu, aux larges épaules, à la tournure élégante, dont la lèvre s'estompait déjà d'un ombre de moustache !... Était-ce possible ?...

La brave femme se sentait saisie d'une sorte de respect pour son ancien nourrisson. Elle était fière de lui, fière surtout des larmes de bonheur qu'elle voyait dans ses yeux bruns. Car, lui aussi, il était profondément ému.

« Mère, c'est bien vous ! disait-il. Enfin je vous revois et je vous tiens !... Que ces deux années m'ont paru longues !...

Est-ce que je vous ai manqué à tous comme vous m'avez manqué?...

— Certes! dit gravement maaster Herschom. Pas un jour ne s'est passé sans que nous ayons parlé de toi!... Le soir, à la veillée, ou le matin, à table, c'est ton nom qui venait constamment sur nos lèvres!... Mais toi, garçon, tu ne nous as pas oubliés, dans la grande ville?... Tu es content de revenir voir le vieux pays et la vieille maison?

— Vous n'en doutez pas, j'imagine! dit Erik qui se remit de plus belle à embrasser tout le monde. Vous étiez toujours présents à ma pensée! Mais c'est surtout quand le vent soufflait en tempête que je songeais à vous, père!... Je me disais : Où est-il? Est-il rentré au moins!... A-t-il eu soin de se mettre à l'abri?... Et le soir, je consultais le bulletin météorologique dans le journal du docteur, pour savoir si le temps avait été le même sur cette côte que sur celle de Suède. Et je trouvais que vous aviez bien plus souvent que Stockholm des ouragans qui vous arrivent d'Amérique et viennent se buter sur nos montagnes!... Ah! comme j'aurais voulu, dans ces moments, être avec vous dans la barque, vous aider à assurer la voile, à vaincre toutes les difficultés!... Quand il faisait beau, d'autre part, il me semblait que j'étais emprisonné dans cette grande ville entre les maisons à trois étages! Oui! j'aurais donné tout au monde pour être une heure en mer et me sentir, comme autrefois, libre et joyeux sous la brise! »

Un sourire éclairait le visage hâlé du pêcheur.

« Les livres ne l'ont pas gâté! dit-il, avec une satisfaction profonde. Joyeuse saison et bonne année, mon enfant! ajouta-t-il. Allons, viens te mettre à table! Le dîner n'attend que toi! »

Une fois assis à sa place de jadis, à la droite de la bonne Katrina, Erik put enfin regarder autour de lui et constater les changements que ces deux années avaient amenés dans la famille. Otto était maintenant un grand et robuste garçon de

V

ERIK, ASSIS A SA PLACE DE JADIS...

seize ans, qui en paraissait vingt. Quant à Vanda, ces deux années l'avaient aussi singulièrement grandie et embellie. Son joli visage avait pris une expression plus affinée. Les magnifiques cheveux d'un blond cendré, qui tombaient en lourdes nattes sur ses épaules, formaient autour de son front un léger nuage d'argent. Modeste et douce comme toujours, elle s'occupait, sans se mettre en évidence, à faire que chacun ne manquât de rien.

« Vanda est devenue une grande fille, dit la mère avec fierté. Et si tu savais, Erik, comme elle est sage, comme elle travaille à s'instruire depuis que tu es parti! C'est la plus savante de l'école, maintenant. M. Malarius dit qu'elle seule peut le consoler de ne plus t'avoir parmi ses élèves.

— Ce cher M. Malarius, je serai bien heureux de l'embrasser aussi! s'écria Erik. Ainsi notre Vanda est devenue si savante que cela? reprit-il avec intérêt, tandis que la fillette rougissait jusqu'aux cheveux de ces éloges maternels.

— Elle apprend aussi à jouer de l'orgue, ajouta dame Katrina, et M. Malarius dit qu'elle a la plus jolie voix de tout le chœur!

— Oh! mais, décidément, c'est une jeune personne accomplie que je retrouve! dit Erik, en riant pour dissiper l'embarras de sa sœur. Il faudra qu'elle nous montre tous ses talents, dès demain! »

Et, sans affectation, il mit la causerie sur les bonnes gens de Noroë, demandant des nouvelles de chacun, s'enquérant de ses camarades, de ce qui s'était passé depuis son départ, des aventures de pêche, de tous les détails de la vie locale; puis, à son tour, il dut satisfaire la curiosité de la famille, conter son existence à Stockholm, parler de dame Greta, de Kajsa et du docteur.

« Cela me rappelle que j'ai une lettre pour vous, père, dit-il, en la tirant de la poche intérieure de sa veste. J'ignore ce qu'elle contient, mais le docteur m'a dit d'en prendre soin, car elle me regarde. »

Maaster Hersebom prit le large pli cacheté et le déposa auprès de lui sur la table.

« Eh bien, demanda Erik, est-ce que vous n'allez pas nous la lire?

— Non, répondit laconiquement le pêcheur.

— Mais puisqu'elle me concerne! insista le jeune garçon.

— L'adresse est bien pour moi, dit maaster Hersebom, en portant la lettre à ses yeux. Oui!... Je la lirai donc à mon heure! »

L'obéissance filiale est la base de la famille norvégienne. Erik courba la tête. On se leva de table, et les trois enfants, s'asseyant sur leur petit banc sous la cheminée, comme ils avaient fait si souvent jadis, entamèrent une de ces bonnes causeries intimes où l'on se conte tout ce qu'on a soif de savoir, où l'on se redit tout ce qu'on s'est dit cent fois.

Cependant, Katrina allait et venait dans la salle, mettant chaque chose en ordre et exigeant que Vanda « fît la dame », comme elle disait, c'est-à-dire que, pour une fois, elle ne s'occupât point du ménage.

Quant à maaster Hersebom, il s'était établi dans son grand fauteuil et fumait silencieusement sa pipe. Ce fut seulement après avoir mené à bonne fin cette importante opération qu'il se décida à ouvrir la lettre du docteur.

Il la lut sans mot dire, puis il la referma, la mit dans sa poche et bourra une seconde pipe, qu'il fuma comme la première, sans prononcer une parole. Toute la soirée, il resta ainsi absorbé dans ses réflexions.

Quoiqu'il n'eût jamais été bavard, ce silence ne laissait pas de paraître singulier. Dame Katrina, qui avait enfin terminé sa besogne et qui était venue à son tour s'asseoir auprès du feu, fit une ou deux tentatives pour obtenir une réponse de son mari. Mais, se voyant repoussée, elle tomba bientôt dans une profonde mélancolie, et les enfants eux-mêmes, après avoir bavardé jusqu'à perdre haleine, commencèrent à se sentir gagnés par la tristesse évidente de leurs parents.

Une vingtaine de voix fraîches, éclatant subitement en chœur devant la porte, créèrent fort à point une diversion. Toute une bande joyeuse d'écoliers et d'écolières avait eu la bonne idée d'apporter sa cordiale bienvenue à Erik.

On se hâta de les faire entrer, de leur offrir le goûter traditionnel, tandis que, s'empressant autour de leur ancien camarade, ils lui exprimaient le vif plaisir qu'ils éprouvaient à le revoir. Erik, très ému de cette visite impromptu de ses amis d'enfance, voulut absolument les accompagner, quand ils parlèrent de reprendre leur promenade de Noël. Otto et Vanda se mirent naturellement de la partie. Dame Katrina leur recommanda de ne pas trop s'éloigner et de ramener promptement leur frère, qui devait avoir besoin de repos.

A peine la porte s'était-elle refermée, que la digne femme revint vers son mari.

« Eh bien, le docteur a-t-il appris quelque chose? » demanda-t-elle avec anxiété.

Pour toute réponse, maaster Hersebom reprit la lettre dans sa poche, l'ouvrit et se mit à la lire à haute voix, non sans hésiter à diverses reprises devant certains mots un peu nouveaux pour lui.

« Mon cher Hersebom, écrivait le docteur, depuis bientôt deux ans que vous m'avez confié votre cher enfant, j'ai eu tous les jours un nouveau plaisir à constater ses progrès en tout genre. Son intelligence est aussi vive et alerte que son cœur est généreux. Erik est véritablement une nature d'élite, et les parents qui ont perdu un tel fils auraient, s'ils pouvaient connaître l'étendue de leur perte, toutes raisons de la déplorer. Mais il est plus que douteux, désormais, que ses parents existent encore. Comme nous en étions convenus, je n'ai rien négligé pour retrouver leurs traces. J'ai écrit à plusieurs personnes en Angleterre, chargé une agence spéciale de faire des recherches, inséré des annonces dans vingt journaux anglais, irlandais, écossais. Pas la moindre lueur n'est venue éclaircir le mystère, et même je dois dire que tous les renseignements reçus jusqu'à ce jour contribuent plutôt à les obscurcir.

« Le nom de *Cynthia* est, en effet, très répandu dans la marine anglaise. Le bureau du Lloyd ne m'a pas signalé moins de dix-sept navires de tout tonnage portant cette dénomination. De ces navires, les uns appartiennent aux ports de l'Angleterre, les autres aux ports de l'Écosse et de l'Irlande. Mon hypothèse sur la nationalité de l'enfant est donc aussi confirmée que possible, et il est de plus en plus évident pour moi qu'Erik appartient à une famille irlandaise. Je ne sais si je vous avais fait part de cette conclusion, mais je l'avais déjà signalée, dès mon retour à Stockholm, à deux de mes amis intimes. Tout est venu la corroborer, je le répète.

« Soit que cette famille irlandaise ait entièrement disparu ou qu'elle ait intérêt à ne pas se faire connaître, elle n'a pas donné le moindre signe de vie.

« Autre circonstance singulière, et à mon sens plus suspecte encore, aucun naufrage, enregistré par le Lloyd ou les compagnies d'assurances maritimes, ne paraît se rapporter à la date de l'arrivée de l'enfant sur nos côtes. Deux *Cynthia* ont péri, il est vrai, dans ce siècle, mais l'un dans la mer des Indes, il y a trente-deux ans, et l'autre en vue de Portsmouth, il y en a dix-huit.

« Il faut donc arriver à la conclusion que l'enfant n'a pas été victime d'un naufrage. Sans doute il a été volontairement exposé sur les flots!... C'est ce qui expliquerait que toutes mes annonces soient restées sans effet.

« Quoi qu'il en soit, après avoir fait successivement interroger tous les armateurs ou propriétaires de navires portant le nom de *Cynthia*, après avoir épuisé tous les moyens d'investigation, je crois pouvoir conclure qu'il n'y a plus aucune chance de retrouver la famille d'Erik.

« La question qui se pose devant nous, et plus spécialement devant vous, mon cher Hersebom, est donc de savoir ce qu'il convient de dire à l'enfant et de faire pour lui.

« Si j'étais à votre place, je vous le déclare en toute sincérité, je lui confierais dès maintenant ce qui le touche, et je le laisserais libre de prendre son parti. Vous savez que nous étions convenus d'adopter cette ligne de conduite, si mes recherches restaient infructueuses. Le moment est venu de tenir parole. J'ai voulu vous laisser le soin de tout conter à Erik. En rentrant à Noroë, il ignore encore qu'il n'est pas votre fils, et il ne sait pas s'il reviendra à Stockholm ou s'il restera auprès de vous. C'est à vous de parler.

« Rappelez-vous bien que, si vous reculiez devant ce devoir, Erik aurait peut-être un jour le droit de s'en étonner. Rappelez-vous surtout que c'est un enfant dont l'intelligence est trop remarquable pour qu'on le condamne sans appel à une vie obscure et illettrée. Une telle sentence aurait déjà été imméritée, il y a deux ans; elle serait, maintenant qu'il a obtenu à Stockholm les plus brillants succès, absolument injustifiable.

« Je vous renouvelle donc mes offres. Je lui ferai achever ses études et prendre à Upsal le titre de docteur en médecine; il continuera d'être élevé comme mon fils et n'aura qu'à suivre le grand chemin pour arriver aux honneurs et à la fortune.

« Je sais qu'en m'adressant à vous et à l'excellente mère adoptive d'Erik, je laisse son sort en bonnes mains. Aucune considération personnelle ne vous empêchera, j'en suis sûr, d'accepter ma proposition. Prenez en tout ceci l'avis de Malarius. En attendant votre réponse, monsieur Hersebom, je vous

9

sèrre affectueusement la main, et je vous prie de présenter mes meilleurs souvenirs à votre digne femme et à vos enfants.

« R. W. Schwaryencrona, M. D. »

Quand Hersebom eut achevé cette lecture, dame Katrina, qui l'avait écouté en pleurant, lui demanda ce qu'il comptait faire.

« C'est bien clair : parler au garçon, dit-il.

— C'est mon avis aussi, et il faut en finir ou nous n'aurions plus de repos! » murmura-t-elle en s'essuyant les yeux.

Et tous deux retombèrent dans le silence.

Il était minuit passé, quand les trois enfants rentrèrent de leur expédition. Le teint animé par la course au grand air, les yeux brillants de plaisir, ils reprirent leur place au coin du feu et se disposèrent à terminer gaiement la veillée de Noël, en croquant un dernier gâteau devant l'énorme bûche qui se creusait en une caverne ardente.

CHAPITRE VI

LA DÉCISION D'ERIK

Le lendemain, le pêcheur fit venir Erik, et devant dame Katrina, Vanda et Otto, il lui dit :

« Erik, la lettre du docteur Schwaryencrona te concerne en effet. Elle atteste que tu as donné toute satisfaction à tes maîtres, et le docteur propose de subvenir jusqu'au bout aux frais de tes études, si tu dois les poursuivre. Mais cette lettre exige que tu décides toi-même, en connaissance de cause, la question de savoir si tu changeras définitivement de condition, ou si tu resteras avec nous à Noroë, comme nous l'aimerions beaucoup mieux, tu n'en doutes pas !... Et, à ce propos, il faut que je te dise un grand secret, — un secret que ma femme et moi nous aurions préféré garder pour nous ! »

A ce moment, dame Katrina, impuissante à retenir ses larmes, éclata en sanglots et prit la main d'Erik qu'elle serra contre son cœur, comme pour protester contre ce que le jeune homme allait entendre.

« Ce secret, poursuivit Hersebom d'une voix que l'émotion altérait de plus en plus, c'est que tu es seulement notre fils d'adoption !... Je t'ai trouvé en mer, mon enfant, et recueilli alors que tu avais huit ou neuf mois à peine. Dieu m'est témoin que je n'aurais jamais songé à te le dire, et que ni ta mère

ni moi n'avons jamais fait la moindre différence entre toi et
Otto ou Vanda !... Mais le docteur Schwaryencrona l'exige !...
Prends donc connaissance de ce qu'il m'écrit ! »

Erik était subitement devenu d'une pâleur mortelle. Otto et
Vanda, bouleversés de ce qu'ils apprenaient, avaient, chacun
de son côté, poussé un cri d'étonnement. Et, presque aussitôt,
ils avaient fait comme leur mère. Après avoir passé un bras
autour du cou d'Erik, ils le tenaient étroitement serré entre
eux, l'un à droite, l'autre à gauche. Puis Erik prit la lettre du
docteur, et, sans chercher à cacher l'émotion que lui causait
cette lecture, il la lut jusqu'au bout.

Maaster Hersebom reprit alors par le menu le récit qu'il
avait fait au docteur. Il expliqua comment M. Schwaryencrona
s'était mis en tête de découvrir la famille d'Erik, et comment
il se trouvait, en fin de compte, que lui, Hersebom, n'avait pas
été si mal inspiré en ne s'inquiétant pas de résoudre ce problème insoluble. Puis, dame Katrina se leva, courut au coffre
de chêne, en tira les vêtements que portait le bébé, montra le
hochet qu'il avait au cou. Par un effet naturel, le récit revêtit
aussitôt pour les trois enfants un intérêt dramatique, qui en
effaça toute l'amertume. Ils regardaient émerveillés les den-
telles et le velours, l'or du hochet et sa devise, — à peu près
comme ils auraient assisté à un conte de fées en action. L'impossibilité même, constatée par le docteur, d'obtenir aucun
résultat pratique de ces indices, bien réels pourtant, semblait
les rendre quasi sacrés.

Erik les contemplait comme en rêve, et sa pensée s'envolait
vers cette mère inconnue, qui l'avait sans doute habillé elle-
même de ces vêtements, et plus d'une fois avait dû agiter ce
même hochet devant les yeux de son enfant pour le faire sourire. Il lui semblait, en touchant ces choses, qu'il se trouvait
en communion directe avec elle, à travers le temps et l'espace !...
Et pourtant où était-elle, cette mère?... Vivait-elle encore, ou

bien avait-elle péri? Pleurait-elle son fils, ou bien ce fils devait-il
au contraire la regarder comme à jamais perdue?...

Il était depuis plusieurs minutes absorbé dans ses pensées,
la tête penchée sur sa poitrine, quand un mot de dame Katrina
la lui fit relever.

« Erik, tu es toujours notre enfant!... » cria-t-elle, inquiète
de ce silence.

Les yeux du jeune garçon, en se portant autour de lui, ren-
contrèrent toutes ces bonnes figures aimantes, le regard maternel de la digne femme, la face loyale de maaster Hersebom,
celle d'Otto, plus affectueuse encore qu'à l'ordinaire, celle de
Vanda, sérieuse et attristée. En lisant la tendresse et l'inquiétude sur toutes ces physionomies, Erik sentit son cœur se fondre, comme on dit. Il revint subitement au sentiment de sa
situation, revit toute la scène telle que le père venait de la lui
conter, — ce berceau abandonné à la merci des vagues, recueilli
par un rude pêcheur et simplement apporté à sa femme, ces
gens, humbles et pauvres comme ils étaient, n'hésitant pas à
garder l'enfant étranger, l'adoptant, le chérissant à l'égal de
leur propre fils, — ne lui parlant même pas de ces choses pendant quatorze ans, et, à cette heure, suspendus à ses lèvres
comme s'ils attendaient un verdict de vie ou de mort.

Tout cela le remua si profondément, que soudain ses larmes
coulèrent. Un sentiment irrésistible de reconnaissance et
d'amour étreignit tout son être. Il éprouva une sorte de soif
de se dévouer, lui aussi, de rendre à ces bons êtres un peu de
cette tendresse aveugle qu'ils lui témoignaient, en refusant de
les quitter, en s'attachant pour jamais à eux et à Noroë, en se
contentant de leur humble condition !

« Mère, dit-il, — et il se jeta dans les bras de Katrina, —
pensez-vous que je puisse hésiter, maintenant que je sais
tout?... Nous écrirons au docteur pour le remercier de ses
bontés et lui dire que je reste !... Je serai pêcheur comme vous.

mon père, comme toi, Otto!... Puisque vous m'avez fait une place à votre foyer, je demande à la garder!... Puisque vous m'avez nourri du travail de vos mains, je demande à rendre à vos vieux ans ce que vous avez donné si généreusement à mon enfance!

— Dieu soit loué! s'écria dame Katrina en serrant Erik sur son cœur, dans un emportement de tendresse et de joie.

— Je savais bien, moi, que l'enfant préférait la mer à tous ses livres! dit simplement maaster Hersebom, sans se rendre compte du sacrifice que représentait la décision prise par Erik. Allons!... Voilà une affaire réglée!... Ne parlons plus de tout cela, et ne songeons qu'à passer de bonnes fêtes de Noël! »

Tout le monde s'embrassa, les yeux humides de bonheur, en jurant de ne se séparer jamais.

Lorsque Erik fut seul, s'il ne parvint pas à étouffer un soupir en songeant à tous les rêves de travail et de succès auxquels il fallait renoncer, du moins y avait-il dans le sacrifice même une joie austère qu'il sut savourer.

« Puisque c'est le vœu de mes parents d'adoption, se disait-il, qu'importe tout le reste? Je dois me résigner et travailler pour eux dans la sphère où le sort et leur dévouement m'ont placé!... Si j'ai parfois ambitionné une plus haute fortune, n'était-ce pas pour leur en faire part? Puisqu'ils sont heureux ainsi et ne désirent pas un autre sort, il faut m'en contenter, en m'efforçant seulement par ma bonne conduite et mon travail de leur donner toute satisfaction! Adieu donc aux livres, et vive la mer! »

Ainsi il songeait, et bientôt sa pensée, revenant à ce qu'il avait appris, se reprenait à chercher d'où il arrivait, quand Hersebom l'avait trouvé tout petit flottant sur la cime des vagues; quelle était sa patrie, quels étaient ses parents!... Vivaient-ils encore?... Avait-il, dans quelque contrée lointaine, des frères ou des sœurs qu'il ne connaîtrait jamais?

A Stockholm aussi, chez le docteur Schwaryencrona, Noël avait été l'occasion d'une veillée extraordinaire. C'est à cette date, on se le rappelle sans doute, qu'avait été fixé le jugement du pari tenu par M. Bredejord contre son éminent ami, et dont le professeur Hochstedt devait être le juge.

Depuis deux ans, pas un mot n'avait été dit par l'un ou l'autre sur le sujet de leur gageure. Le docteur poursuivait patiemment ses recherches en Angleterre, écrivait aux agences maritimes, multipliait les annonces dans les journaux, mais n'avait garde d'avouer que ses efforts restaient à peu près stériles. Quant à M. Bredejord, il évitait, avec une réserve du meilleur goût, de mettre la conversation sur ce sujet et se contentait, quand il en trouvait l'occasion, de faire une allusion discrète à la beauté de l'exemplaire de Pline, sorti des presses d'Alde Manuce, qui rayonnait dans la bibliothèque du docteur.

Et, rien qu'à la façon narquoise dont il frappait du bout de ses doigts sur sa tabatière, dans ce moment-là, on était obligé de se dire qu'il pensait :

« Voilà un Pline qui ne fera pas trop mal entre mon Quintilien, édition princeps de Venise, et mon Horace à grandes marges sur papier de Chine, des frères Elzevir ! »

C'est ainsi, en tout cas, que le docteur interprétait généralement cette pantomime, qui avait le don spécial de lui agacer les nerfs. Ces soirs-là, il se montrait particulièrement impitoyable au whist et ne passait rien à son infortuné partner.

Mais le temps n'en suivait pas moins son cours, et l'heure avait enfin sonné où il fallait soumettre la question à l'arbitrage impartial du professeur Hochstedt.

Le docteur Schwaryencrona le fit avec une grande franchise. A peine Kajsa l'avait-elle laissé seul avec ses deux amis qu'il leur avoua, comme il l'avait avoué par lettre à maaster Hersebom, le résultat négatif de ses investigations. Rien n'était venu éclaircir le mystère qui enveloppait l'origine d'Erik, et le doctour, en toute sincérité, se voyait obligé de conclure que ce mystère lui paraissait insoluble.

« Toutefois, poursuivit-il, je serais injuste envers moi-même si je ne déclarais pas avec une égale sincérité que je ne crois pas le moins du monde avoir perdu mon pari. Je n'ai pas retrouvé la famille d'Erik, c'est vrai ; mais les renseignements que j'ai recueillis sont plutôt de nature à corroborer ma conclusion qu'à l'infirmer. Le *Cynthia* est ou était si bien un navire anglais, qu'il n'y en a pas moins de dix-sept portant ce nom sur les registres du Lloyd. Quant aux caractères ethnographiques, ils sont toujours aussi évidemment celtiques que par le passé. Mon hypothèse sur la nationalité d'Erik sort donc, je puis le dire, victorieuse de l'enquête. Plus que jamais il est certain pour moi qu'il est Irlandais, comme je l'avais pressenti. Mais je ne puis naturellement pas obliger la famille à se manifester, si elle a des raisons pour ne pas le faire, ou bien si elle a disparu !... Voilà, mon cher Hochstedt, ce que j'avais à dire. A vous de prononcer si vous ne jugez pas que le Quintilien de notre ami Brodejord doit légitimement être transféré à ma bibliothèque ! »

A ces mots, qui parurent lui causer une prodigieuse envie de rire, l'avocat se renversa dans son fauteuil en agitant faiblement la main comme pour protester ; puis il fixa ses petits yeux brillants sur le professeur Hochstedt pour voir comment il allait se tirer d'affaire.

Le professeur Hochstedt ne se montra pas aussi embarrassé qu'on aurait pu le croire. Il l'aurait certainement été si quelque argument invincible, produit par le docteur, l'avait mis dans la douloureuse nécessité de se prononcer en faveur de l'une ou de l'autre partie. Son caractère prudent et irrésolu.le portait à préférer en tout les solutions indécises. Il excellait, en pareil cas, à montrer l'un après l'autre les deux aspects de la question et nageait dans le vague comme un poisson dans l'eau.

Aussi se trouva-t-il, ce soir-là, à la hauteur des circonstances.

« Il est incontestable, articula-t-il en hochant la tête, qu'il y a, dans ce fait de dix-sept navires anglais portant le nom de *Cynthia,* un indice des plus sérieux en faveur de la conclusion exprimée par notre éminent ami. Cet indice, rapproché comme il l'est des caractères ethnographiques du sujet, est assurément d'un grand poids, et je n'hésite pas à dire qu'il me paraît presque décisif. Je ne fais même aucune difficulté d'avouer que, si j'avais une opinion personnelle à exprimer sur la nationalité d'Erik, cette opinion serait la suivante : les probabilités sont en faveur de la nationalité irlandaise!... Mais autre chose est une probabilité, autre chose une certitude, et, si j'ose le dire, c'est une certitude qu'il faudrait pour décider le pari en question. Les probabilités ont beau être grandes, en effet, en faveur de l'opinion de Schwaryencrona, Bredejord peut toujours alléguer que la preuve absolue n'est pas faite. Je ne vois donc aucune raison suffisante de déclarer que le Quintilien est gagné par le docteur, et je n'en vois pas davantage de dire que le Pline soit perdu?... A mon sens, la question restant indécise, le pari doit être annulé, et c'est encore ce qui peut arriver de plus heureux en pareil cas! »

Comme tous les jugements qui renvoient les parties dos à dos, celui du professeur Hochstedt ne parut pas satisfaire l'une plus que l'autre.

Le docteur dessina avec sa lèvre inférieure une moue qui l'indiquait assez nettement. Quant à M. Bredejord, il sauta sur ses pieds en s'écriant :

« Tout beau, mon cher Hochstedt, ne vous hâtez pas tant de conclure!... Schwaryencrona, dites-vous, n'ayant pas suffisamment établi un fait qui vous paraît d'ailleurs probable, vous ne sauriez prononcer qu'il a gagné?... Que répondriez-vous donc, si je vous prouvais ici, à l'heure même, que le *Cynthia* n'était pas du tout un navire anglais?

— Ce que je répondrais? dit le professeur, quelque peu troublé par cette attaque soudaine. Ma foi, je n'en sais rien!... Je verrais, j'examinerais la question sous ses divers aspects...

— Examinez-la donc tout à votre aise! répliqua l'avocat en plongeant sa main droite dans la poche intérieure de sa redingote pour y prendre un portefeuille où il choisit une lettre, contenue dans une de ces enveloppes jaune serin qui indiquent au premier coup d'œil une origine américaine. Voici un document que vous ne récuserez pas, ajouta-t-il en plaçant cette lettre sous les yeux du docteur qui lut à haute voix :

« *A monsieur l'avocat Bredejord, Stockholm.*

« New-York, 27 octobre.

« Monsieur, en réponse à votre honorée du 5 courant, je m'empresse de vous informer des faits ci-dessous :

« 1° Un navire dénommé *Cynthia*, capitaine Barton, propriété de la Compagnie générale des Transports canadiens, a péri corps et biens, il y a tout juste quatorze ans, à la hauteur des îles Feroë.

« 2° Ce navire était assuré à la *General Steam navigation insurance Company,* de New-York, pour la somme de trois millions huit cent mille dollars.

« 3° La disparition du *Cynthia* étant restée inexpliquée et les causes du sinistre n'ayant pas paru suffisamment claires à la Compagnie d'assurances, un procès s'est engagé, et ce procès a été perdu par les propriétaires dudit navire.

« 4° La perte de ce procès a entraîné la dissolution de la Société des Transports canadiens, laquelle n'existe plus depuis onze ans, à la suite de liquidation.

« Dans l'attente de nouveaux ordres, je vous prie d'agréer, Monsieur, nos sincères salutations.

« JÉRÉMIE SMITH, WALKER ET Cᵉ,
agents maritimes. »

LE DOCTEUR LUT A HAUTE VOIX.

« Eh bien! que dites-vous de cette pièce? demanda M. Bredejord, quand le docteur eut achevé sa lecture. Voilà un document qui a sa valeur, vous en conviendrez?

— J'en conviens volontiers, répondit le docteur. Comment
diable vous l'êtes-vous procuré?

— Le plus simplement du monde. Le jour où vous m'avez
parlé du *Cynthia* comme d'un navire nécessairement anglais,
j'ai pensé tout de suite que vous limitiez trop le champ de vos
recherches et que le navire pouvait fort bien être américain.
Voyant que le temps passait et que vous n'arriviez à rien, car
vous nous l'auriez dit, j'ai eu l'idée d'écrire à New-York. A la
troisième lettre, j'ai obtenu le résultat que voilà! Ce n'est pas
plus compliqué!... Ne pensez-vous pas qu'il est fait pour m'assurer sans conteste la possession de votre Pline?

— La conclusion ne me paraît pas forcée! répliqua le docteur, qui relisait la lettre en silence comme pour y chercher de
nouveaux arguments à l'appui de sa thèse.

— Comment, pas forcée? s'écria l'avocat. Je vous prouve
que le navire était américain, qu'il a péri à la hauteur des îles
Feroë, c'est-à-dire tout près de la côte norvégienne, précisément à l'époque qui répond à l'arrivée de l'enfant, et vous
n'êtes pas convaincu de votre erreur?

— Pas le moins du monde! Notez, mon cher ami, que je
ne conteste nullement la très grande valeur de votre document.
Vous avez trouvé ce qu j'ai été impuissant à découvrir, le
véritable *Cynthia*, qui est venu se perdre à peu de distance de
nos côtes à l'époque voulue!... Mais permettez-moi de vous
faire remarquer que cette trouvaille confirme précisément ma
théorie. Car enfin le navire était canadien, c'est-à-dire anglais,
et, l'élément irlandais étant fort considérable au Canada, j'ai
désormais une raison de plus d'être sûr que l'enfant est d'origine irlandaise!

— Ah! voilà ce que vous trouvez dans ma lettre! s'écria

M. Bredejord, plus vexé qu'il ne voulait le paraître. Et sans doute vous persistez à croire aussi que vous n'avez pas perdu votre Pline?

— Assurément.

— Peut-être même pensez-vous avoir quelques droits à mon Quintilien?

— J'espère, en tout cas, arriver à établir ces droits, grâce à votre découverte même, si vous voulez seulement m'en donner le temps et renouveler notre pari !

— Soit ! je le veux bien ! Combien de temps vous faut-il?

— Prenons deux ans encore, et ajournons-nous à la seconde fête de Noël qui suivra celle-ci !

— C'est convenu ! répondit M. Bredejord. Mais je vous assure, mon cher docteur, que vous feriez aussi bien de m'envoyer tout de suite votre Pline !

— Ma foi, non ! Il fera trop belle figure dans ma bibliothèque à côté de votre Quintilien ! »

CHAPITRE VII

Au commencement, Erik, tout entier à la ferveur du sacrifice, se jeta à corps perdu dans la vie de pêcheur, en essayant de bonne foi d'oublier qu'il en eût connu une autre. Toujours levé le premier, il était le premier aussi à parer la barque de son père adoptif, à tout préparer pour que maaster Hersebom n'eût plus qu'à empoigner la barre et partir. La brise manquait-elle, Erik prenait les lourds avirons, ramait avec emportement, semblait chercher les besognes les plus rudes et les plus fatigantes. Rien ne le rebutait, ni les longues stations dans le tonneau à double fond, où le pêcheur de morue attend que le poisson morde sa ligne, ni les préparations variées par lesquelles doit passer sa capture, lui ôtant d'abord la langue, qui est un morceau des plus délicats, puis la tête, puis les os, avant de la jeter dans le réservoir, où elle subit sa première salaison. Quel que fût son travail, Erik le faisait non seulement en conscience, mais avec une sorte de passion. Il étonnait la placidité d'Otto par son application aux moindres détails du métier.

« Comme tu as dû souffrir à la ville ! lui disait naïvement le brave garçon. Tu ne parais te trouver dans ton élément qu'une fois sorti du fiord et arrivé en pleine mer ! »

Presque toujours, quand la causerie prenait ce chemin,

Erik restait silencieux. D'autres fois, au contraire, il abordait lui-même le sujet, essayait de prouver à Otto, ou, pour mieux dire, de se prouver à lui-même qu'il n'y avait pas d'existence plus belle que la leur.

« C'est bien ainsi que je l'entends ! » disait l'autre avec son sourire calme.

Et le pauvre Erik se détournait pour étouffer un soupir.

La vérité, c'est qu'il souffrait cruellement d'avoir renoncé à ses études, de se voir condamné à un travail purement manuel. Quand ces pensées lui venaient, il se raidissait pour les écarter et se battait pour ainsi dire corps à corps avec elles. Mais, en dépit de tout, il se sentait envahi par l'amertume et les regrets. Pour rien au monde, il n'eût voulu laisser deviner ce découragement. Il le renfermait donc en dedans de lui-même et n'en souffrait que plus vivement. Une catastrophe, qui se produisit au commencement du printemps, vint donner à ces ennuis un caractère encore plus aigu.

Ce jour-là, il y avait beaucoup d'ouvrage au hangar pour empiler les morues salées. Maaster Hersebom, après avoir confié ce travail à Erik et à Otto, était parti seul pour la pêche. Il faisait un temps gris et accablant, assez peu en rapport avec la saison. Les deux jeunes gens, tout en poussant leur besogne avec activité, ne pouvaient s'empêcher de remarquer combien elle leur était exceptionnellement pénible. On aurait dit que toutes choses autour d'eux pesaient plus qu'à l'ordinaire, y compris l'air atmosphérique.

« C'est singulier, remarqua Erik, j'ai des bourdonnements dans les oreilles comme si je me trouvais en ballon à une hauteur de quatre ou cinq mille mètres ! »

Et presque aussitôt il se mit à saigner du nez. Otto éprouvait aussi des symptômes analogues, quoiqu'il sût moins exactement les définir.

« J'imagine que le baromètre doit être singulièrement bas !

reprit Erik. Si j'avais le temps de courir chez M. Malarius, j'irais l'observer.

— Tu as tout le temps, répondit Otto. Vois donc, notre ouvrage est presque achevé, et, même si tu t'attardais, je pourrais aisément le terminer seul !

— Eh bien, je pars, répliqua Erik. Je ne sais pourquoi l'état de l'atmosphère m'inquiète !... Je voudrais bien savoir le père rentré ! »

Comme il se dirigeait vers l'école, il trouva en route M. Malarius.

« Te voilà, Erik ! lui dit l'instituteur. Je suis content de te voir et d'être sûr que tu n'es pas en mer !... J'allais précisément m'en enquérir !... Le baromètre a baissé avec une telle rapidité depuis une demi-heure !... Je n'ai jamais vu chose pareille. Il est actuellement à 718 millimètres. Nous allons sûrement avoir un changement de temps ! »

M. Malarius n'avait pas achevé qu'un grondement lointain, suivi d'une sorte de piaulement lugubre, déchira les airs. Le ciel, qui s'était presque instantanément couvert dans la direction de l'ouest d'une tache d'un noir d'encre, s'obscurcit de tous côtés avec une rapidité prodigieuse. Puis, tout à coup, après un intervalle de silence complet, les feuilles d'arbre, les brins de paille, le sable, les cailloux furent balayés sur le sol par une rafale. L'ouragan arrivait.

Il fut d'une violence inouïe. Les cheminées, les volets des fenêtres, en certains endroits les toitures mêmes, étaient emportés comme des plumes. Des maisons s'effondraient. Tous les hangars sans exception furent enlevés et détruits par le vent. Dans le fiord, ordinairement aussi calme qu'un puits au cours des plus terribles tempêtes du large, des lames énormes se formaient et venaient se briser sur la côte avec un fracas étourdissant.

Le cyclone fit rage pendant une heure, puis, arrêté par les

hauts sommets de la Norvège, s'infléchit au sud et s'en alla
balayer l'Europe continentale. Il est resté dans les annales de
la météorologie comme un des plus extraordinaires et des plus
désastreux qui aient jamais franchi l'Atlantique. Ces grands
mouvements de l'atmosphère sont aujourd'hui le plus souvent
annoncés et devancés par le télégraphe. La plupart des ports
d'Europe, avertis par dépêche, eurent heureusement le temps
de signaler la tourmente aux navires en partance ou mal abrités
au mouillage. Les désastres furent donc atténués dans une
certaine mesure. Mais, sur les côtes peu fréquentées, dans les
villages de pêcheurs et en mer, le nombre des naufrages
échappa à toute évaluation. Le seul bureau Veritas, en France,
et le Lloyd n'en enregistrèrent pas moins de sept cent trente.

La première pensée de toute la famille Hersebom, comme
de milliers d'autres familles de pêcheurs, en ce jour néfaste,
s'était naturellement portée vers celui qu'elle avait à la mer.
Maaster Hersebom allait le plus souvent sur la côte occidentale
d'une assez grande île, située à deux milles environ en dehors
de l'entrée du fiord, — celle-là même où il avait recueilli Erik
enfant. On pouvait espérer, d'après l'heure de la tempête, qu'il
avait eu le temps de se mettre personnellement à l'abri, fût-ce
en échouant son bateau sur la côte basse et sablonneuse. Mais
l'inquiétude ne permit pas à Erik et à Otto d'attendre le soir
pour vérifier si l'hypothèse était fondée.

A peine le fiord avait-il repris sa tranquillité habituelle,
après le passage de l'ouragan, qu'ils décidèrent un de leurs
voisins à leur prêter sa barque afin d'aller aux nouvelles.
M. Malarius insista pour accompagner les jeunes gens dans
cette expédition. Ils partirent donc tous trois, suivis d'un
regard anxieux par dame Katrina et sa fille.

Sur le fiord, le vent était presque tombé, mais il soufflait
de l'ouest, et, pour gagner le goulet, il fallut marcher à l'aviron. Cela prit plus d'une heure.

En y arrivant, on se trouva en présence d'un obstacle inat-
tendu. La tempête se déchaînait toujours sur l'Océan, et les
lames, en se brisant sur l'îlot qui ferme l'entrée du fiord de
Noroë, déterminaient deux courants, qui venaient se rejoindre
en arrière de cet îlot et s'engouffrer avec violence dans la passe
comme dans un entonnoir. On ne pouvait songer à la franchir
dans ces conditions; un bateau à vapeur n'y serait parvenu
qu'avec peine; à plus forte raison une faible barque conduite à
l'aviron avec vent debout.

Il fallut rentrer à Noroë et attendre.

L'heure habituelle du retour arriva sans ramener maaster
Hersebom. Mais elle ne ramenait non plus aucun des autres
pêcheurs qui étaient sortis ce jour-là. Il y avait donc lieu d'espérer qu'un empêchement commun les retenait hors du fiord,
plutôt que de croire à un désastre personnel. La soirée n'en fut
pas moins profondément triste à tous les foyers où il manquait
quelqu'un. Et, à mesure que la nuit s'écoulait sans que les
absents reparussent, l'anxiété allait grandissant. Chez les Hersebom, personne ne se coucha. On passa ces longues heures
d'attente, assis en cercle autour du feu, silencieux et navrés.

Le jour vient encore tard en mars dans ces hautes latitudes.
Du moins vint-il clair et brillant. La brise de terre soufflait
vers le large; on pouvait espérer franchir la passe. Une véritable flottille de bateaux, formée de presque tous ceux qui se
trouvaient disponibles à Noroë, se préparait à aller à la découverte, quand plusieurs embarcations furent signalées venant du
goulet et bientôt arrivèrent au village.

C'étaient celles qui étaient parties la veille, avant le
cyclone, — toutes, moins le bateau de maaster Hersebom.

Personne ne put donner de ses nouvelles. Le fait même
qu'il ne rentrait pas avec les autres rendait cette exception
plus inquiétante, car tous les pêcheurs avaient couru de grands
dangers. Les uns avaient été surpris par le cyclone et jetés à la

11

côte, où leur embarcation s'était échouée. D'autres avaient pu à temps se réfugier dans une anse abritée contre l'ouragan. Le plus petit nombre s'était trouvé à terre au moment critique.

On décida que la flottille, étant prête au départ, irait à la recherche de celui qui manquait. M. Malarius voulut encore faire partie de l'expédition, en compagnie d'Erik et d'Otto. Une grande bête jaune, qui donnait des marques évidentes d'agitation, obtint aussi la permission de se joindre à eux. C'était Klaas, le chien groënlandais que maaster Herschom avait ramené d'un voyage au cap Farewell.

Au sortir de la passe, tous les bateaux se dispersèrent, les uns à droite, les autres à gauche, pour explorer les côtes des îles innombrables qui sont semées aux environs du fiord de Noroë comme sur toute la côte norvégienne.

Quand ils rallièrent à midi la pointe sud du goulet, selon le mot d'ordre, aucune trace de maaster Herschom n'avait été découverte. Comme les recherches semblaient avoir été bien conduites, tout le monde était d'avis qu'il n'y avait malheureusement plus qu'à rentrer.

Mais Erik ne voulut pas se tenir pour battu ni renoncer si aisément à tout espoir. Il déclara qu'ayant visité les îles du sud, il voulait maintenant explorer celles du nord. M. Malarius et Otto appuyèrent sa requête. Ce que voyant, on fit selon leur désir. On leur confia une yole facile à manœuvrer, pour tenter une croisière suprême; puis on leur dit adieu.

Cette insistance devait être récompensée. Vers deux heures comme l'embarcation longeait un îlot voisin de la grande terre, Klaas se mit tout à coup à aboyer avec fureur. Puis, avant qu'on pût le retenir, il se jeta à l'eau et nagea vers les récifs.

Erik et Otto firent force de rames dans la même direction. Bientôt ils virent le chien aborder l'îlot et bondir en poussant des hurlements autour de ce qui leur parut une forme humaine, étendue sur un rocher gris.

ERIK, A GENOUX AUPRÈS DE CE CORPS GLACÉ.

A leur tour, ils accostèrent.

C'était bien un homme qui gisait là, et cet homme était Hersebom !... Hersebom tout sanglant, pâle, immobile et froid, inanimé, — mort peut-être !... Klaas lui léchait les mains en gémissant.

Le premier mouvement d'Erik fut de se jeter à genoux auprès de ce corps glacé et d'appuyer son oreille au niveau du cœur.

« Il vit !... Je sens un battement !... » s'écria-t-il.

M. Malarius, qui avait saisi un des bras de maaster Hersebom et cherché le pouls, secoua tristement la tête en signe de doute ; mais il n'en voulut pas moins essayer tous les moyens prescrits en pareil cas. Après avoir déroulé une large ceinture de laine qu'il portait autour des reins, il la déchira en trois lambeaux, en remit un à chacun de ses jeunes amis et se mit en devoir de frictionner vigoureusement avec eux la poitrine, les jambes et les bras du pêcheur.

Il devint bientôt manifeste que ce simple traitement produisait son effet et ranimait la circulation. Les pulsations du cœur s'accentuèrent, la poitrine se souleva, une faible respiration s'échappa des lèvres... Finalement, maaster Hersebom sortit de son évanouissement pour exhaler une plainte indistincte.

M. Malarius et les deux jeunes gens, l'enlevant de terre, s'empressèrent alors de l'emporter. Comme ils le déposaient au fond de l'embarcation, sur un lit de voiles, il ouvrit les yeux.

« A boire ! » dit-il d'une voix faible.

Erik lui mit aux lèvres une bouteille de brandwin. Il en avala une gorgée et parut avoir conscience de ce qui lui arrivait, autant qu'on pouvait en juger par son regard affectueux et reconnaissant. Mais, la fatigue l'emportant presque aussitôt, il retomba dans un sommeil qui ressemblait à une léthargie complète.

Jugeant avec raison qu'ils ne pouvaient rien faire de mieux

que de rentrer au plus vite, ses sauveurs reprirent les avirons
et poussèrent activement vers la passe. Ils y arrivèrent bientôt,
et, favorisés par la brise, furent en très peu de temps rentrés
à Noroë.

Maaster Hersebom, transporté dans son lit et couvert de
compresses d'arnica *montana*, lesté d'un bouillon et d'un
verre de bière, reprit décidément connaissance. Il n'avait rien
de grave qu'une fracture de l'avant-bras et des contusions ou
des coupures sur tout le corps. Mais M. Malarius n'en exigea
pas moins qu'il restât en repos et ne se fatiguât pas à parler. Il
s'endormit paisiblement.

Le lendemain seulement, on lui permit d'ouvrir la bouche
et d'expliquer en quelques mots ce qui lui était arrivé.

Surpris par le cyclone au moment où il hissait sa voile pour
rentrer à Noroë, Hersebom avait été jeté contre les récifs de
l'îlot, où son bateau s'était brisé en mille pièces, aussitôt emportées par la tempête. Lui-même, il s'était jeté à la mer un
instant avant le désastre pour échapper à cet épouvantable
choc. Mais peu s'en était fallu qu'il ne fût brisé sur les roches,
et c'est avec mille peines qu'il était arrivé à se traîner hors de
la portée des lames. Épuisé de fatigue, un bras cassé, tout le
corps couvert d'ecchymoses, il était resté sans force et n'avait
plus conscience de la manière dont il avait passé ces vingt
heures d'attente, allant sans doute d'un accès de fièvre à un
évanouissement.

Maintenant il se voyait hors d'affaire, mais ce fut pour
commencer à se désoler sur la perte de son embarcation et sur
son bras immobilisé entre deux éclisses. Qu'allait-il devenir,
même en admettant qu'il pût encore se servir de ce bras après
huit ou dix semaines de repos? Le bateau était l'unique capital
de la famille, et ce capital venait de disparaître sous un souffle
de vent! Travailler au compte des autres était bien dur à son
âge! Et trouverait-il seulement du travail? C'était au moins

douteux, car personne à Noroë n'occupait d'auxiliaires, et l'usine elle-même avait dû récemment réduire son personnel.

Telles étaient les amères réflexions de maaster Herscbom, tandis qu'il gisait sur son lit de douleur, et surtout quand, une fois remis sur pied, il lui fut possible de s'asseoir dans son grand fauteuil, le bras en écharpe.

En attendant sa guérison complète, la famille vivait de ses dernières ressources et du produit des morues salées qu'elle avait encore en magasin. Mais l'avenir était noir, et personne ne voyait comment il pourrait s'éclaircir.

Cette détresse imminente fit bientôt prendre un nouveau cours aux méditations d'Erik. Pendant deux ou trois jours, le bonheur d'avoir sauvé la vie à maaster Herscbom — c'était bien son dévouement passionné qui en avait l'honneur — suffit à occuper sa pensée. Comment n'aurait-il pas été fier, quand il voyait le regard de dame Katrina ou celui de Vanda s'arrêter sur lui, tout humide de reconnaissance, comme pour lui dire :

« Cher Erik, le père t'avait sauvé des eaux ; mais tu l'as, à ton tour, arraché à la mort !... »

Certes, c'était la plus haute récompense qu'il pût souhaiter pour l'abnégation dont il avait fait preuve en se condamnant à la vie de pêcheur. Se dire qu'il avait en quelque sorte rendu à sa famille d'adoption tous ses bienfaits à la fois, quelle pensée plus fortifiante et plus douce ?

Mais cette famille, qui avait si généreusement partagé avec lui les fruits de son travail, se trouvait maintenant à la veille de n'avoir plus de pain. Fallait-il rester un fardeau pour elle ? N'était-ce pas plutôt le devoir de tout tenter pour lui venir en aide ?

Erik avait nettement conscience de cette obligation. C'est seulement sur le moyen qu'il hésitait, tantôt songeant à aller à Bergen s'engager comme matelot, tantôt rêvant de quelque autre moyen de se rendre immédiatement utile.

Un jour, il s'ouvrit de ses doutes avec M. Malarius, qui écouta ses raisons, les approuva, mais se récria sur le projet de partir en qualité de matelot.

« Je comprenais, tout en le déplorant, lui dit-il, que tu fusses résigné à rester ici pour partager la vie de tes parents d'adoption! Je ne comprendrais pas que tu allasses le condamner loin d'eux à une profession sans avenir, quand le docteur Schwaryencrona s'offre à t'ouvrir une carrière libérale! Réfléchis, mon cher enfant, avant de prendre une telle décision! »

Ce que M. Malarius ne disait pas, c'est qu'il avait déjà écrit à Stockholm pour mettre le docteur au courant de la situation, telle que le cyclone du 3 mars venait de la faire pour la famille d'Erik. Il ne fut donc pas surpris en recevant, à trois jours de là, une lettre qu'il alla immédiatement communiquer aux Hersebom. Elle était ainsi conçue :

« Stockholm, le 17 mars.

« Mon cher Malarius,

« Je te remercie cordialement de m'avoir fait connaître les désastreuses conséquences qu'a eues pour le digne maaster Hersebom l'ouragan du 3 courant. Je suis heureux et fier d'apprendre qu'Erik s'est conduit dans ces circonstances, comme toujours, en brave garçon et en fils dévoué. Tu trouveras ci-joint un billet de cinq cents kroners que je te prie de lui remettre de ma part. Dis-lui que, s'il n'y a pas assez pour acheter à Bergen la meilleure barque de pêche qu'il soit possible de se procurer, il me le fera savoir sans délai. Il donnera à cette barque le nom de *Cynthia,* puis il l'offrira à maaster Hersebom en souvenir filial. Cela fait, si Erik veut m'en croire, il reviendra me rejoindre à Stockholm et reprendre ses études. Sa place est toujours libre à mon foyer; et, s'il faut un motif pour le décider à y rentrer, j'ajoute que j'ai maintenant des données certaines et l'espoir de pénétrer le mystère de sa naissance. Crois-moi toujours, mon cher Malarius, ton ami sincère et dévoué,

« R.-W. Schwaryencrona, M. D. »

On peut penser si cette lettre fut accueillie avec joie. Le docteur montrait, en adressant son cadeau à Erik, qu'il avait bien compris le caractère du vieux pêcheur. Offerte directement, il est peu probable que maaster Herschom eût accepté la barque. Mais le moyen de la refuser de son enfant d'adoption, et sous ce nom de *Cynthia* qui rappelait comment Erik était entré dans la famille !...

Le revers de la médaille, la pensée qui assombrissait déjà tous les fronts, c'était la perspective de le voir maintenant repartir. Personne n'osait en parler, quoique tout le monde y pensât. Erik lui-même, la tête penchée sur sa poitrine, se trouvait partagé entre le désir bien naturel de satisfaire le docteur en réalisant le vœu secret de son propre cœur, et le désir non moins naturel de ne pas offenser ses parents adoptifs.

Ce fut Vanda qui se chargea de rompre la glace.

« Erik, dit-elle de sa voix douce et grave, tu ne peux pas dire non au docteur sur une lettre pareille ! Tu ne peux pas, parce que ce serait à la fois lui montrer de l'ingratitude et pécher contre toi-même ! Ta place est parmi les savants, non parmi les pêcheurs ? Il y a longtemps que je le pense ! Puisque personne n'ose te le dire, je te le dis !...

— Vanda a raison ! s'écria M. Malarius avec un sourire.

— Vanda a raison ! » répéta dame Katrina en essuyant une larme.

Et c'est ainsi que, pour la seconde fois, le départ d'Erik fut résolu.

CHAPITRE VIII

Ce que le docteur Schwaryencrona avait appris de nouveau n'était pas d'une bien grande importance, mais enfin c'était de nature à le lancer sur une piste.

Il savait le nom de l'ex-directeur de la Compagnie des transports canadiens, M. Joshua Churchill.

A la vérité, on ignorait ce qu'était devenu ce personnage depuis la liquidation de la Société. Les recherches étaient naturellement dirigées dans ce sens. Qu'on arrivât à retrouver M. Joshua Churchill, et peut-être on pourrait par lui obtenir communication des anciens registres de la Compagnie, — peut-être avoir ainsi la liste des passagers du *Cynthia*. Or le bébé devait y être mentionné avec sa famille ou les personnes chargées de sa garde. Et, dès lors, le champ des investigations deviendrait singulièrement limité. Voilà le conseil donné par le solicitor, qui avait eu jadis ces registres en main, comme liquidateur de la Société, mais qui, depuis dix ans au moins, ne savait rien de ce qu'était devenu M. Joshua Churchill.

Un instant, le docteur Schwaryencrona avait eu une fausse joie, en constatant que les journaux américains ont l'habitude de publier la liste des passagers embarqués à destination d'Europe. Il s'était dit qu'il suffirait probablement de recourir à

12

une collection de vieilles gazettes pour retrouver la liste du *Cynthia*. Mais, après l'expérience, l'hypothèse s'était trouvée mal fondée, — l'habitude de publier ces listes étant toute récente et datant de quelques années à peine. Les vieilles gazettes n'en avaient pas moins eu leur utilité, en donnant la date exacte du départ du *Cynthia*, qui avait quitté le 3 novembre, non pas un port canadien, comme on le croyait d'abord, mais le port de New-York, pour se rendre à Hambourg.

C'est donc dans cette dernière ville d'abord, puis aux États-Unis, que le docteur faisait présentement chercher des renseignements.

A Hambourg, ils furent à peu près nuls. Les consignataires de la Compagnie des transports canadiens ne savaient rien sur les passagers du *Cynthia* et purent simplement indiquer la nature de son fret, qu'on connaissait déjà.

Erik était, depuis six mois, revenu à Stockholm, quand on crut enfin savoir de New-York que l'ex-directeur Joshua Churchill avait, depuis sept ans déjà, rendu le dernier soupir dans un hôpital de la Neuvième Avenue, sans laisser d'héritiers connus ni probablement d'héritage. Quant aux registres de la Compagnie, sans doute ils avaient depuis longtemps été vendus comme papiers de rebut et débités en cornets par les marchands de tabac de New-York.

La piste ne conduisait donc nulle part, et le seul résultat de cette longue investigation fut de faire émettre à M. Bredejord les sarcasmes les plus douloureux pour l'amour-propre de son ami, quoique les plus anodins au fond.

L'histoire d'Erik était maintenant de notoriété commune dans la maison du docteur. On ne se gênait plus pour en parler ouvertement, et toutes les phases de l'enquête étaient discutées à table ou au parloir. Peut-être le docteur avait-il été mieux inspiré pendant les deux premières années, quand il tenait ces circonstances secrètes, car elles offraient un aliment aux bavardages de dame Greta et de Kajsa, en même temps qu'aux réflexions d'Erik lui-même. Et ces réflexions étaient souvent des plus mélancoliques.

Ne pas connaître ses parents, s'ils vivaient encore, se dire que jamais peut-être il ne saurait le secret de sa naissance, était déjà chose pénible en elle-même. Mais ce qu'il y avait de plus triste encore, c'était de ne pas savoir quelle était sa patrie.

« Le plus pauvre enfant des rues, le plus misérable paysan sait au moins quel est son pays et à quelle grande famille humaine il se rattache! se disait-il parfois quand il songeait à ces choses. Moi, je l'ignore! Je suis sur le globe terrestre comme une épave, comme un grain de poussière apporté par le vent et qui ne sait pas d'où il vient! Je n'ai pas de racines, pas de traditions, pas de passé! La terre où ma mère est née, où ses restes reposent ou reposeront, peut être déshonorée par l'étranger, foulée aux pieds par lui, sans qu'il me soit donné de la défendre et de verser mon sang pour elle! »

Cette pensée attristait le pauvre Erik. Dans ces moments, il avait beau se dire qu'il avait trouvé une mère en dame Katrina, un foyer chez maaster Herschom, une patrie à Noroë, il avait beau se jurer de leur rendre ces bienfaits au centuple, et toujours être pour la Norvège le plus dévoué des fils, il se sentait dans une situation exceptionnelle.

Il n'est pas jusqu'aux différences physiques qu'il remarquait entre son entourage et lui, jusqu'à la couleur de ses yeux et de sa peau, saisie au passage dans un miroir, dans une vitre de magasin, qui ne le ramenât à chaque instant à cette pensée douloureuse. Parfois il se demandait quelle patrie il préférerait dans le monde, s'il avait le choix. C'est à ce point de vue spécial qu'il étudiait l'histoire et la géographie, qu'il passait en revue les civilisations et les peuples. Il éprouvait une espèce de consolation à pouvoir se dire au moins qu'il était de race celtique, et cherchait dans les livres la confirmation du fait affirmé par le docteur.

Mais, quand le savant lui répétait qu'à son sens il était sûrement Irlandais, Erik éprouvait un serrement de cœur. Quoi! de tous les peuples celtes, fallait-il justement lui choisir le plus opprimé?... Si seulement il en avait eu la preuve absolue, certes il aurait aimé cette patrie malheureuse à l'égal des plus grandes et des plus illustres! Mais cette preuve manquait! Pourquoi ne pas croire plutôt qu'il était Français, par exemple?... En France aussi il y avait des Celtes!... Voilà une patrie comme il en aurait voulu une, avec ses traditions grandioses, son histoire dramatique et les principes féconds qu'elle a semés dans le monde! Oh! comme il aurait aimé avec passion, servi avec dévouement une patrie pareille!... Comme il se serait senti fier de lui appartenir! Comme il aurait été pénétré d'une tendresse filiale en étudiant ses glorieuses annales, en lisant les livres de ses écrivains, en admirant les œuvres de ses artistes!... Mais hélas! c'est précisément cet ordre d'émotions délicates qui lui était fermé à jamais!... Il le voyait bien, jamais ce problème de son origine ne serait résolu, puisque, après tant de recherches, il ne l'était pas encore!

Et pourtant, il semblait à Erik que, s'il pouvait remonter en personne à l'origine des renseignements déjà obtenus, suivre lui-même et sur les lieux les traces nouvelles qu'il serait possible de découvrir, peut-être arriverait-il à un résultat? Ce que les soins d'agents à gages n'avaient pu faire, pourquoi son activité, à lui, ne parviendrait-elle pas à l'accomplir? N'y apporterait-il pas une ardeur, une volonté de réussir, que rien ne pourrait remplacer?

Cette idée qui l'obsédait exerça insensiblement sur ses travaux une action des plus marquées, et leur donna presque à son insu une direction toute spéciale. Comme si c'était chose arrêtée d'avance qu'il devait voyager, il commença d'étudier à fond la cosmographie, la géographie, l'art nautique, tout le programme des écoles de marine.

« Un jour ou l'autre, se disait-il, je passerai l'examen de capitaine au long cours, et je pourrai alors m'en aller à New-York, à mes propres frais, reprendre l'enquête relative au *Cynthia!* »

Par une pente naturelle, ses causeries reflétaient ce projet d'investigation personnelle et le laissaient éclater avec candeur.

Le docteur Schwaryencrona, M. Bredejord et le professeur Hochstedt finirent par s'en imprégner au point de l'adopter pour eux-mêmes; car la question de l'origine d'Erik, qui n'avait d'abord été à leurs yeux qu'un problème intéressant, les passionnait de plus en plus. Ils voyaient à quel point Erik l'avait à cœur, et, comme ils l'aimaient sincèrement, comme ils sentaient l'importance qu'elle avait pour lui, ils étaient disposés à tout faire pour jeter une lueur sur ce mystère.

C'est ainsi qu'un beau soir naquit chez eux l'idée de partir tous ensemble pour New-York en excursion de vacances, et d'aller voir par eux-mêmes s'il n'y avait rien de neuf à tirer de ce qu'on savait déjà.

Qui formula le premier cette idée? C'est un point resté obscur et qui servit longtemps de thème aux discussions du docteur et de M. Bredejord; chacun prétendait à la priorité. Sans doute ils l'eurent en même temps, car, à force de la cultiver, Erik devait en avoir saturé l'air ambiant. Toujours est-il qu'elle prit corps, qu'elle fut définitivement adoptée, et qu'au mois de septembre de l'année suivante, les trois amis, accompagnés d'Erik, s'embarquèrent à Christiania pour les États-Unis.

Dix jours après, ils étaient à New-York, et, sans plus tarder, se mettaient en relations avec la maison Jérémie Smith, Walker et Cᵒ, d'où étaient venus les premiers renseignements.

Dès lors, un facteur nouveau, dont personne ne soupçon-

nait encore la puissance, allait entrer en jeu. Ce facteur, c'était
l'activité personnelle d'Erik. De New-York et des États-Unis,
de tous ces spectacles si nouveaux pour lui, il voyait surtout
ce qui pouvait se rapporter à l'objet de ses recherches. Debout,
dès le point du jour, il courait au port, longeait les quais,
accostait les navires en rade, cherchant et collectionnant sans
relâche les renseignements les plus minutieux.

« Avez-vous connu la Compagnie des transports canadiens ?
Pourriez-vous m'indiquer un officier, un passager, un matelot
qui ait navigué sur le *Cynthia ?* » demandait-il de tous côtés.

Grâce à sa connaissance parfaite de la langue anglaise, à
sa physionomie douce et sérieuse, à sa familiarité avec toutes
les choses de la mer, il était partout bien accueilli. On lui indiqua successivement plusieurs anciens officiers, matelots ou
employés de la Compagnie des transports canadiens. Parfois il
put les retrouver. D'autres fois leur trace s'était perdue. Mais
aucun d'eux ne put lui donner d'informations utiles sur le dernier voyage du *Cynthia.* Il fallut quinze jours de marches, de
contremarches, de recherches incessantes, pour arriver enfin
à un renseignement qui tranchait par sa précision sur la masse
confuse des notions parfois contradictoires qu'Erik pouvait
recueillir. A la vérité, ce renseignement semblait valoir son
pesant d'or.

On assurait qu'un matelot nommé Patrick O'Donoghan
avait survécu au naufrage du *Cynthia* et était même revenu à
New-York plusieurs fois après le naufrage. Ce Patrick O'Donoghan servait, disait-on, en qualité de novice à bord du *Cynthia,*
lors du dernier voyage de ce navire. Il était spécialement af-
fecté au service du capitaine, et, selon toute probabilité, il avait
dû connaître les passagers de première classe, qui mangent
toujours à la table de l'arrière. Or, s'il fallait en juger par la
finesse de ses vêtements, on ne pouvait douter que l'enfant,
attaché sur la bouée du *Cynthia,* n'appartînt à cette catégorie.

« C'EST A NEW-YORK QUE VOUS LE RENCONTRIEZ! »

Il pouvait donc être de la plus haute importance de retrouver ce matelot.

Ce fut la conclusion du docteur et de M. Bredejord, quand Erik leur fit part de sa découverte en rentrant pour dîner à l'hôtel de la Cinquième Avenue. Presque aussitôt, d'ailleurs, la discussion dévia, parce que le docteur voulut tirer de cet élément nouveau une preuve à l'appui de sa thèse favorite.

« Si jamais un nom a été irlandais, s'écria-t-il, c'est à coup sûr celui de Patrick O'Donoghan !... Quand je disais qu'il y avait de l'Irlande dans l'affaire d'Erik !

— Jusqu'ici je n'en vois guère ! répondit en souriant M. Bredejord. Un novice irlandais à bord ne prouve pas grand'chose, et la difficulté serait plutôt, je crois, de découvrir un navire américain qui ne comptât pas dans son équipage un fils de la verte Érin ! »

Il y avait là de quoi épiloguer pendant deux ou trois heures, et l'on ne s'en fit pas faute. De ce jour, Erik concentra tous ses efforts vers ce seul but : retrouver Patrick O'Donoghan.

Il n'y parvint pas, il est vrai ; mais, à force de chercher et de demander, il finit par découvrir, sur le quai de l'Hudson, un matelot qui avait connu ledit personnage et qui put donner quelques détails. Patrick O'Donoghan était bien Irlandais, natif d'Innishannon, dans le comté de Cork. C'était un homme de trente-trois à trente-cinq ans, de taille moyenne, avec les cheveux rouges, les yeux noirs, le nez écrasé par un accident.

« Un gaillard à reconnaître entre vingt mille ! dit le matelot. Je me le rappelle fort bien, quoique je ne l'aie pas vu depuis sept ou huit ans !

— C'est à New-York que vous le rencontriez habituellement ?

— A New-York et ailleurs. Mais sûrement, la dernière fois, c'était à New-York.

— Vous ne pourriez pas m'indiquer quelqu'un qui me renseignât sur ce qu'il est devenu?

— Ma foi non... à moins que ce ne soit le propriétaire de l'auberge du *Red Anchor*, à Brooklyn!... Patrick O'Donoghan y logeait quand il débarquait à New-York!... Un M. Bowles, un ancien marin!... Si celui-là ne sait rien, je ne vois pas qui pourra dire où est O'Donoghan! »

Erik s'empressa de sauter sur un de ces grands bacs à vapeur qui font le service de la rivière de l'Est, et, vingt minutes plus tard, il était à Brooklyn.

Sur la porte du *Red Anchor*, il trouva une vieille femme d'une extrême propreté, fort occupée à éplucher des pommes de terre.

« Mr. Bowles est-il chez lui, Madame? demanda Erik en saluant avec la politesse de son pays d'adoption.

— Il est chez lui, mais en train de faire la sieste, répondit la bonne dame en jetant un regard curieux à son interlocuteur. Si vous avez quelque chose à lui dire, je puis m'en charger... Je suis mistress Bowles!

— Oh! Madame, vous pourrez sans doute me renseigner aussi bien que M. Bowles, reprit Erik. Je voudrais savoir si vous connaissez un matelot nommé Patrick O'Donoghan, s'il est présentement chez vous ou si vous pouvez me dire où je le trouverai!

— Patrick O'Donoghan?... Oui, je le connais! Il y a bien cinq ou six ans, par exemple, qu'il n'a pas mis les pieds ici!... Et, quant à dire où il peut être, ma foi, j'en serais fort embarrassée. »

La physionomie d'Erik exprima un si profond désappointement que la vieille femme le remarqua et sans doute en fut touchée.

« Vous avez donc bien grand besoin de Patrick O'Donoghan, que vous semblez si fâché de ne pas le trouver ici? demanda-t-elle.

— Un très grand besoin, Madame, répondit le jeune homme

avec tristesse. Lui seul peut-être me donnerait le mot d'un mystère que je chercherai, toute ma vie, à éclaircir ! »

Depuis trois semaines qu'Erik courait de tous côtés pour se renseigner, il avait acquis une certaine expérience des choses humaines. Il vit que la curiosité de mistress Bowles était vivement surexcitée et se dit qu'il ne devait pas y avoir d'inconvénient à l'interroger. Il lui demanda donc s'il ne pourrait pas avoir un verre d'eau gazeuse pour se rafraîchir, et, sur sa réponse affirmative, entra dans l'auberge.

La salle basse où il se trouva était garnie de tables en bois verni et de chaises de paille, mais absolument déserte. Cette circonstance même enhardit Erik à entrer en conférence avec la vieille dame, quand elle revint de la cave avec une petite bouteille de grès.

« Vous vous demandez sans doute, Madame, ce que je puis vouloir à Patrick O'Donoghan, dit-il de sa voix douce, le voici : Patrick O'Donoghan a, paraît-il, assisté au naufrage du *Cynthia*, un navire américain qui s'est perdu, il y a dix-sept ans environ, sur la côte de Norvège !... Or, moi qui vous parle, j'ai été recueilli par un pêcheur norvégien, qui m'a trouvé tout petit, âgé de neuf mois à peine, dans un berceau qui flottait attaché sur une bouée du *Cynthia* !... Je cherche O'Donoghan pour savoir s'il ne pourrait pas me renseigner sur ma famille ou tout au moins sur ma patrie !... »

Un cri poussé par mistress Bowles arrêta net les explications d'Erik.

« Sur une bouée, dites-vous ?... Vous étiez attaché sur une bouée ? »

Et, sans attendre la réponse, elle courut à l'escalier.

« Bowles !... Bowles !... descends vite ! cria-t-elle d'une voix perçante. Sur la bouée ! Vous êtes l'enfant à la bouée ?... Qui se serait attendu à pareille affaire ? » répétait-elle en revenant vers Erik, qui pâlissait de surprise et d'espoir.

13

Allait-il donc enfin apprendre le secret si passionnément cherché ?

Un pas lourd se fit entendre dans l'escalier de bois, et bientôt un petit vieillard tout rond et tout rose, vêtu d'un costume complet de gros drap bleu, la face encadrée dans une paire de grands favoris blancs, les oreilles garnies d'anneaux d'or, parut sur le seuil de la salle basse.

« Quoi?... qu'est-ce donc?... qu'y a-t-il? demanda-t-il en se frottant les yeux.

— Il y a que nous avons besoin de toi! répondit péremptoirement mistress Bowles. Assieds-toi là et écoute monsieur, qui va te répéter ce qu'il vient de me dire. »

Mr. Bowles obéit sans protestation. Erik fit comme lui. Il répéta à peu près ce qu'il venait de déclarer à la bonne dame.

Sur quoi la figure de Mr. Bowles se dilata comme une pleine lune, sa bouche dessina un large sourire, et il se mit à regarder sa femme en se frottant les mains. Elle, de son côté, ne paraissait pas moins satisfaite.

« Dois-je supposer que vous connaissiez déjà mon histoire? » demanda Erik le cœur palpitant.

Mr. Bowles fit un signe affirmatif, se gratta l'oreille et se décida enfin à parler.

« Je la connais sans la connaître, dit-il enfin, et ma femme aussi la connaît bien!... Nous en avons assez souvent causé sans y rien comprendre! »

Erik, pâle et les dents serrées, buvait ces paroles, espérant un éclaircissement. Mais l'éclaircissement se faisait attendre. Mr. Bowles n'avait pas le don de l'éloquence, ni celui de la clarté. Peut-être aussi ses idées étaient-elles encore un peu troublées par le sommeil. Avant de se retrouver dans son assiette, après avoir dormi, il lui fallait généralement deux ou trois verres d'une liqueur décorée du nom de « Pick me up », qui ressemblait furieusement à du gin.

Ce fut seulement quand sa femme eut placé la bouteille devant lui avec deux verres que le digne homme se décida à parler.

Il s'engagea alors dans une narration fort confuse, sur laquelle quelques faits seulement surnageaient au milieu d'une infinité de détails inutiles. Cette narration ne dura pas moins de deux heures. Il fallut toute l'attention et l'ardent intérêt qu'y apportait le pauvre Erik pour en tirer quelque chose. A force de questions et d'insistance, et grâce au concours de mistress Bowles, il finit pourtant par y arriver.

CHAPITRE IX

Patrick O'Donoghan, autant qu'Erik put le comprendre à travers les réticences et les digressions de M. Bowles, n'était pas précisément un modèle de vertu. Le propriétaire du *Red Anchor* l'avait connu mousse, novice et matelot, avant et après le naufrage du *Cynthia*. Jusqu'à cette époque, Patrick O'Donoghan était pauvre, comme le sont généralement les gens de mer. A la suite de ce naufrage, il était revenu d'Europe avec une grosse liasse de banknotes, prétendant avoir fait un héritage en Irlande, — ce qui semblait assez peu vraisemblable.

M. Bowles n'avait jamais cru à cet héritage. Il pensait même qu'une fortune si subite devait se rattacher d'une manière quelconque, mais probablement peu avouable, au naufrage du *Cynthia*. Car il était certain que Patrick O'Donoghan s'y était trouvé, et, contrairement à l'habitude des marins en pareil cas, il évitait avec soin d'en parler; il détournait assez maladroitement la conversation, quand elle se portait sur ce sujet. Il s'était même empressé de décamper, de faire un voyage au long cours, au moment du procès civil intenté par la compagnie d'assurances aux propriétaires du *Cynthia*, et cela afin de ne pas être impliqué dans le procès, fût-ce comme témoin. Cette conduite avait paru d'autant plus suspecte, que Patrick O'Dono-

ghan était alors le seul survivant connu de l'équipage. M. Bowles
n'avait jamais su le fin mot de cette affaire; mais sa femme et
lui l'avaient toujours trouvée louche.

Ce qui le paraissait davantage encore, c'est que Patrick,
pendant son séjour à New-York, n'était jamais à court d'argent.
Il n'en rapportait pourtant guère de ses voyages. Mais, quelques jours après son retour, il ne manquait pas d'avoir de l'or
et des billets, et quand il était gris, ce qui lui arrivait fréquemment, il se vantait de posséder un secret qui équivalait à
une fortune. Et le mot qui revenait toujours dans ses divaga-
tions, c'était « l'enfant sur la bouée ».

« L'enfant sur la bouée, monsieur Bowles! disait-il en
frappant sur la table. L'enfant sur la bouée vaut son pesant
d'or!... »

Là-dessus, il ricanait, très satisfait de lui-même. Jamais on
n'avait pu lui tirer une explication de ces paroles, qui étaient
restées pendant des années, pour le ménage Bowles, un sujet
de suppositions à perte de vue.

D'où l'émotion de mistress Bowles, au moment où Erik lui
avait appris qu'il était précisément ce fameux « enfant sur la
bouée ».

Patrick O'Donoghan, qui avait eu pendant plus de quinze
ans l'habitude de loger au *Red Anchor*, quand il se trouvait à
New-York, n'y paraissait plus depuis quatre ans environ. Et ici
encore il y avait, au dire de M. Bowles, quelque chose de
mystérieux. L'Irlandais avait reçu un soir la visite d'un homme
qui s'était enfermé avec lui pendant près d'une heure. A la
suite de cette visite, Patrick O'Donoghan, ému et pressé, avait
précipitamment payé son compte, pris son sac de matelot, et il
était parti.

Jamais plus on ne l'avait revu.

Mr. et Mistress Bowles ignoraient naturellement la cause
de ce départ subit. Mais ils avaient toujours pensé qu'il devait

L'IRLANDAIS AVAIT REÇU UN SOIR LA VISITE D'UN HOMME.

se rattacher au naufrage du *Cynthia* et à l'histoire de « l'enfant sur la bouée ». Dans leur opinion, le visiteur de Patrick serait venu l'avertir qu'il courait quelque danger grave, et l'Irlandais avait jugé prudent de quitter immédiatement New-York. Les époux Bowles ne pensaient pas qu'il y fût revenu depuis cette époque. Ils l'auraient su, disaient-ils, par d'autres habitués de leur auberge, qui n'eussent pas manqué de s'étonner si Patrick était descendu ailleurs qu'au *Red Anchor*, et d'en demander la raison.

Tel était, dans son ensemble, le récit qu'Erik put obtenir. Il avait hâte de le communiquer à ses amis. Aussi s'empressa-t-il de demander à Mr. et à Mistress Bowles la permission d'aller les chercher.

Son rapport fut naturellement accueilli à la Cinquième Avenue avec l'intérêt qu'il méritait. Pour la première fois, après tant de recherches, on se trouvait sur la trace d'un homme qui avait fait des allusions réitérées à « l'enfant sur la bouée ». A la vérité, on ne savait pas où était cet homme; mais on pouvait espérer le retrouver un jour ou l'autre. Aucun incident de pareille importance ne s'était encore produit. L'affaire parut assez grave pour qu'on décidât de télégraphier à Mistress Bowles en la priant de préparer un dîner de six couverts. M. Bredejord avait suggéré ce moyen de tirer de ces braves gens tout ce qu'ils pouvaient savoir; on irait s'installer chez eux, on les ferait asseoir à table et l'on causerait.

Erik n'espérait guère apprendre du nouveau. Il connaissait déjà assez bien les époux Bowles pour être convaincu qu'il leur avait fait dire tout ce qu'ils savaient. Mais il comptait sans la grande habitude qu'avait M. Bredejord d'interroger les témoins, dans les cours de justice, et de tirer de leurs réponses ce qu'ils ne soupçonnaient souvent pas eux-mêmes.

Mistress Bowles s'était surpassée. Elle avait dressé la table dans sa plus belle chambre du premier étage, et improvisé, en moins d'une heure, un dîner excellent. Très flattée de se voir invitée à y prendre place avec son mari, elle se prêta de la meilleure grâce du monde à l'interrogatoire de l'éminent avocat. On récolta ainsi un certain nombre de faits qui avaient leur importance.

D'abord, Patrick O'Donoghan avait dit en propres termes, au moment du procès intenté par la compagnie d'assurances, qu'il s'en allait « pour ne pas être assigné comme témoin ». Preuve évidente qu'il ne se souciait pas de s'expliquer sur les circonstances du naufrage, comme tout l'ensemble de sa conduite l'établissait d'ailleurs.

D'autre part, c'était bien à New-York ou aux environs que se trouvait la source des revenus suspects qu'il semblait se faire avec un secret. Car, en arrivant, il était toujours sans argent, et, un beau soir, après avoir passé l'après-midi dehors, il rentrait avec de l'or plein ses poches.

On ne pouvait douter que ce secret ne se rapportât à « l'enfant sur la bouée », puisqu'il l'avait dit à diverses reprises.

Patrick O'Donoghan avait dû tenter de tirer un parti définitif de ce secret, et la tentative même avait dû amener une crise. En effet, la veille même de son départ soudain, il affirmait qu'il était fatigué de naviguer; il ne comptait plus reprendre la mer et voulait désormais vivre à New-York en rentier.

Enfin, l'individu qui était venu voir Patrick O'Donoghan avait un intérêt à le faire partir, car, dès le lendemain, il était venu demander l'Irlandais au *Red Anchor* et avait paru très satisfait de ne plus l'y trouver. M. Bowles se croyait sûr de pouvoir reconnaître cet individu, qui, d'après ses allures et ses manières, lui avait paru être un « detective » ou un de ces agents de police officieux comme il y en a dans les grandes villes.

M. Bredejord concluait de ces circonstances que Patrick

avait dû être systématiquement épouvanté par la personne même dont il tirait de l'argent pendant ses séjours à New-York, et qui lui avait sans doute dépêché ce detective pour lui donner à craindre une poursuite criminelle. Cela seul pouvait expliquer que l'Irlandais fût parti précipitamment à la suite de cette visite et n'eût plus jamais reparu.

Il importait donc d'avoir le signalement du detective en même temps que celui de Patrick O'Donoghan. Mr. et Mistress Bowles le donnèrent très précis. En compulsant leur livre de comptes, ils purent aussi retrouver la date exacte du départ de l'Irlandais, qui remontait à quatre ans moins trois mois, et non pas à cinq ou six ans, comme ils le croyaient d'abord.

Le docteur Schwaryencrona fut immédiatement frappé de ce fait que la date de ce départ, et, par conséquent, de la visite du detective, correspondait précisément à celle des premières annonces qu'il avait fait faire en Grande-Bretagne pour rechercher les survivants du *Cynthia*. La concordance était même si frappante qu'il était impossible de ne pas établir une corrélation entre les deux phénomènes.

Il semblait donc qu'on commençât à voir un peu clair dans le problème. L'abandon d'Erik sur une bouée devait avoir été le résultat d'un crime, — crime dont le novice O'Donoghan, embarqué sur le *Cynthia,* avait été le témoin ou le complice. Il en connaissait l'auteur, qui habitait New-York ou les environs, et il avait longtemps exploité ce secret. Puis, un jour était venu où, las des exigences de l'Irlandais et sous le coup des annonces insérées dans les journaux, on avait suffisamment effrayé Patrick pour le décider à déguerpir.

En tout cas, et même en supposant que ces déductions ne fussent pas rigoureusement fondées, il y avait là les éléments d'une sérieuse enquête judiciaire. Erik et ses amis quittèrent donc le *Red Anchor* avec le ferme espoir d'arriver bientôt à un résultat.

14

Dès le lendemain, M. Bredejord se faisait présenter par le ministre de Suède au surintendant de la police de New-York, et il le mettait en possession des faits connus. En même temps, il entrait en rapports avec les solicitors de la compagnie d'assurances qui avaient plaidé contre les propriétaires du *Cynthia*, et parvenait à faire exhumer le dossier de ce procès des cartons poussiéreux où il dormait depuis de longues années.

Mais l'examen de ces paperasses ne fournit aucun document d'importance. De part et d'autre, on n'avait pu produire aucun témoin du naufrage. Toute l'affaire avait roulé sur des points de droit et sur l'exagération du chiffre de l'assurance, opposé à la valeur réelle du navire et du fret. Les armateurs du *Cynthia* n'avaient pu établir la bonne foi de leur dire, ni expliquer comment le naufrage s'était produit. L'ensemble de leur défense ayant paru faible, la Cour avait donné gain de cause à la partie adverse. Par contre, la compagnie d'assurances s'était vue obligée de payer plusieurs primes sur la vie aux héritiers de divers passagers. Mais nulle part, dans ces procès ou transactions, il n'y avait la moindre trace d'un enfant de neuf mois.

L'examen de ces dossiers avait duré plusieurs jours. Il venait de prendre fin, quand M. Bredejord reçut avis de se présenter chez le surintendant de police, qui lui dit qu'à son grand regret il n'avait rien trouvé. Personne à New-York ne connaissait de detective officiel ou bénévole qui répondît au signalement donné par M. Bowles. Personne n'avait pu fournir la moindre indication sur un individu ayant intérêt à se débarrasser de Patrick O'Donoghan. Quant à ce matelot, il ne semblait pas avoir mis le pied aux États-Unis depuis quatre ans au moins. Au surplus, note était prise de son signalement, qui servirait peut-être à l'occasion. Mais le surintendant ne pouvait dissimuler à M. Bredejord que l'enquête lui semblait enterrée. Les faits remontaient d'ailleurs à une date si éloignée et si voisine de la prescription de vingt ans, que, même en admettant

le retour immédiat de Patrick O'Donoghan, il était au moins
douteux que la justice consentît à se saisir de l'affaire.

Au total, elle tombait à plat, cette solution qu'Erik avait cru
un instant tenir, et elle lui échappait, peut-être sans retour.

Il n'y avait plus qu'à revenir en Suède en passant par
l'Irlande, pour voir si, d'aventure, Patrick O'Donoghan n'y
serait pas simplement allé planter ses choux. C'est ce que firent
le docteur Schwaryencrona et ses amis, après être allés prendre
congé de Mr. et de Mistress Bowles.

Les steamers de New-York à Liverpool faisant toujours
escale à Cork, les voyageurs n'eurent qu'à prendre cette voie
pour se trouver à quelques milles d'Innishannon. Ils apprirent
là que Patrick O'Donoghan n'était jamais revenu dans son pays
depuis l'âge de douze ans et n'avait jamais donné de ses nouvelles.

« Où aller le chercher maintenant? demandait le docteur
Schwaryencrona, comme on se rembarquait pour Londres, d'où
l'on devait gagner Stockholm.

— Dans les ports de mer, évidemment, et en particulier
dans les ports non américains, répondit M. Bredejord. Car,
notez bien ce point, un matelot, un ancien mousse ne renonce
pas, à trente-cinq ans, à son métier. C'est le seul qu'il connaisse.
Patrick navigue donc. Et, les navires ayant pour but d'aller
d'un port à un autre, c'est seulement là qu'on peut espérer
trouver un homme de mer. Qu'en dites-vous, Hochstedt?...

— Le raisonnement me semble juste, quoique peut-être un
peu absolu, répliqua le professeur avec sa prudence habituelle.

— Admettons qu'il le soit, poursuivit M. Bredejord. Étant
donné que Patrick O'Donoghan est parti sous le coup d'une
terreur véritable, et probablement sous la menace d'une poursuite criminelle, il doit redouter l'extradition. Il y a donc des
chances pour qu'il cherche à ne pas être reconnu, et, par suite,
qu'il évite ses anciens camarades. Il fréquentera donc de pré-

férence les ports qu'ils n'ont pas l'habitude d'aborder... Ce n'est qu'une hypothèse, je le sais; mais, — supposons provisoirement qu'elle soit fondée, — le nombre de ports où les Américains n'ont pas d'affaires n'est pas si grand qu'on ne puisse aisément en dresser la liste. Je pense qu'on pourrait commencer par là, et faire d'abord demander dans ces ports si l'on n'y a pas de nouvelles d'un individu répondant au signalement d'O'Donoghan.

— Pourquoi n'avoir pas recours tout simplement à l'annonce? demanda M. Schwaryencrona.

— Parce que Patrick O'Donoghan n'aurait garde d'y répondre, s'il se cache, — même en supposant que l'annonce puisse atteindre un matelot.

— Qui nous empêche de la faire rassurante pour lui, de l'avertir qu'il se trouvera en tous cas abrité par la prescription et qu'il a tout avantage à nous renseigner?

— C'est juste. Mais j'en reviens à mon objection : je crains fort qu'une annonce n'arrive pas à un simple matelot.

— On peut toujours essayer en offrant une récompense à Patrick O'Donoghan, ou à qui le fera retrouver. Qu'en dis-tu, Erik ?

— Il me semble que des annonces pareilles, pour avoir un effet, devront être répétées dans un grand nombre de journaux. Elles coûteront donc très cher et pourront effrayer Patrick O'Donoghan, si engageantes qu'elles soient, au cas où il croirait avoir intérêt à se cacher. Ne vaudrait-il pas mieux confier à quelqu'un le soin d'aller faire personnellement une enquête dans les ports où l'on suppose que doit se trouver cet homme ?

— Fort bien; mais où trouver l'homme de confiance qui pourrait suivre une pareille enquête?

— Il est tout trouvé si vous le voulez, mon cher maître, reprit Erik. C'est moi.

— Toi, mon cher enfant... Et tes études?...

— Mes études peuvent n'en pas souffrir. Rien ne m'empêcherait de les poursuivre en voyageant... De plus, s'il faut vous l'avouer, docteur, je me suis déjà assuré le moyen de voyager gratis.

— Et comment cela? demandèrent ensemble M. Schwaryencrona, M. Bredejord et M. Hochstedt.

— Tout simplement en me préparant pour l'examen de capitaine au long cours. Je puis le passer demain, s'il est nécessaire. Et, une fois en possession de ce diplôme, rien ne sera plus aisé que de trouver à m'embarquer comme lieutenant pour le premier port venu.

— Comment! tu as fait cela sans m'en rien dire? s'écria le docteur à demi fâché, tandis que l'avocat et le professeur riaient de bon cœur.

— Vraiment, répliqua Erik, je ne crois pas que mon crime soit bien grand jusqu'ici, puisqu'il s'est borné à m'enquérir des matières de l'examen et à les apprendre! Je ne l'aurais pas subi sans vous en demander la permission, et je la sollicite en ce moment même.

— Je te la donne, méchant garçon! dit le docteur, apaisé par l'argument. Mais, quant à te laisser repartir dès maintenant, et tout seul, c'est une autre affaire!... Nous attendrons pour cela que tu aies atteint ta majorité.

— Oh! c'est bien ainsi que je l'entends! » répliqua Erik avec un accent de reconnaissance et de soumission sur lequel il n'y avait pas à se tromper.

Toutefois le docteur ne voulut pas renoncer pour cela à son idée. Selon lui, la recherche personnelle dans les ports ne serait jamais qu'un expédient. L'annonce, au contraire, allait partout à la fois. Si Patrick O'Donoghan ne se cachait pas, ce qui était possible, ce moyen devait le faire arriver tout droit. S'il se cachait, elle pouvait servir à le faire découvrir. Après avoir mûrement pesé toutes choses, on arrêta donc la rédaction sui-

vante, qui, traduite en sept ou huit langues, devait bientôt
s'envoler dans les cinq parties du monde sur l'aile des cent
journaux les plus répandus :

« PATRICK O'DONOGHAN, matelot absent de New-York depuis
quatre ans. Cent livres sterling de récompense à qui le fera
retrouver. Cinq cents livres sterling à lui-même, s'il se met en
rapport avec le signataire. Rien à craindre, les faits étant couverts par la prescription.

                         « *Dr Schwaryencrona*. Stockholm. »

Le 20 octobre, le docteur et ses compagnons de voyage
étaient rentrés dans leurs pénates. Le lendemain, cette annonce
fut déposée à l'Agence générale de publicité de Stockholm, et,
trois jours après, elle avait déjà fait son apparition dans plusieurs journaux. Erik ne put retenir un soupir et comme un
pressentiment de défaite définitive, en la lisant.

Quant à M. Bredejord, il déclara tout net que c'était la plus
grande folie de la terre et qu'il considérait désormais l'affaire
comme perdue.

Erik et M. Bredejord se trompaient, ainsi que le démontrera
la suite des événements.

CHAPITRE X

TUDOR BROWN, ESQUIRE

Un matin de mai, le docteur était dans son cabinet, quand le domestique lui apporta la carte d'un visiteur. Cette carte, de proportions minuscules, comme on les fait en Angleterre, portait un nom : *M. Tudor Brown,* et une indication : *on board the Albatros,* ce qui signifie : M. Tudor Brown, à bord de l'*Albatros.*

« M. Tudor Brown ? se dit le docteur en cherchant dans ses souvenirs, sans y trouver rien qui s'adaptât à cette dénomination.

— Ce monsieur demande à voir monsieur le docteur, reprit le domestique.

— Ne pourrait-il venir à l'heure de ma consultation ?

— Il dit que c'est pour affaires personnelles.

— Faites-le donc entrer, » dit le docteur avec un soupir.

Il releva la tête en entendant la porte se rouvrir, et considéra avec quelque surprise le singulier personnage qui répondait au prénom féodal de Tudor en même temps qu'au nom très plébéien de Brown.

Qu'on se figure un homme d'une cinquantaine d'années : front couvert d'une multitude de petites boucles « à la Titus », de couleur carotte, que l'examen le plus superficiel montrait

comme composées, non pas de cheveux, mais de soie grège ;
nez crochu, surmonté d'une énorme paire de besicles d'or à
verres fumés ; dents longues comme celles d'un cheval ; joues
glabres, encadrées dans un énorme faux-col, d'où sortait, sous
le menton, un pinceau de barbe rousse ; une tête bizarre, sur-
montée d'un chapeau haut de forme qui semblait y être vissé,
car son propriétaire ne faisait même pas le simulacre d'y porter
la main ; — le tout reposant sur un grand corps maigre, angu-
leux, grossièrement équarri, vêtu de pied en cap d'une étoffe
de laine à carreaux verts et gris. Une épingle de cravate, munie
d'un diamant aussi gros qu'une noisette, une chaîne de montre
serpentant dans les replis d'un gilet à boutons d'améthyste,
une douzaine de bagues sur des doigts aussi noueux que ceux
d'un chimpanzé, complétaient l'ensemble le plus prétentieux,
le plus hétéroclite, le plus grotesque qu'il fût possible de voir.

Ce personnage entra dans le cabinet du docteur comme il
aurait pu entrer dans une station de chemin de fer, sans même
ébaucher un salut. Il s'arrêta pour dire d'une voix qui ressemblait à celle de Polichinelle, tant l'accent en était à la fois
guttural et nasal :

« C'est vous le docteur Schwaryencrona ?

— C'est moi, » répondit le docteur, fort étonné de ces
manières.

Il se demandait déjà s'il ne devait pas sonner pour faire
reconduire ce grossier personnage, quand un mot du nouveau
venu arrêta net cette velléité.

« J'ai vu votre annonce au sujet de Patrick O'Donoghan,
disait l'étranger, et j'ai pensé que vous aimeriez connaître ce
que je sais de lui.

— Monsieur, prenez donc la peine de vous asseoir, » allait
répondre le docteur.

Mais il s'aperçut que l'étranger n'avait pas attendu son invitation. Après avoir choisi le fauteuil qui lui parut le plus con-

fortable, il était déjà en train de le rouler près du docteur; puis il s'y installait, mettait ses mains dans ses poches, élevait et appuyait ses deux talons sur le bord de la fenêtre voisine et regardait son interlocuteur d'un air satisfait.

« J'ai pensé, reprit-il, que vous accueilleriez ces détails avec plaisir, puisque vous offrez cinq cents livres pour les connaître! C'est pourquoi je vous les apporte. »

Le docteur s'inclina sans mot dire.

« Sans doute, reprit l'autre de sa voix nasillarde, vous vous demandez déjà qui je suis. Je vais donc vous le dire. Comme ma carte a pu vous l'apprendre, je m'appelle Tudor Brown, sujet britannique.

— Irlandais, peut-être? » demanda le docteur avec intérêt.

L'étranger, visiblement surpris, hésita un instant, puis reprit :

— Non, Écossais... Oh! je sais que je n'en ai pas l'air et qu'on me prend plutôt pour un Yankee. Mais cela ne fait rien, je suis Écossais! »

Et, en réitérant cette affirmation, il regardait M. Schwaryencrona comme pour dire :

« Vous pouvez en croire ce que vous voudrez, cela m'est parfaitement indifférent.

— D'Inverness peut-être? » suggéra le docteur, qui poursuivait son dada favori.

L'étranger eut encore un moment d'hésitation.

« Non, d'Édimbourg, répondit-il. Mais, peu importe, après tout, et cela n'a rien à voir dans la question!... J'ai une fortune indépendante et je ne dois rien à personne. Si je vous dis qui je suis, c'est parce que cela me fait plaisir, car rien ne m'y oblige !

— Permettez-moi de vous faire observer que je ne vous l'ai pas demandé, dit le docteur en souriant.

15

— Non; eh bien! alors, ne m'interrompez pas, ou nous n'arriverons jamais au bout. Vous publiez des annonces pour savoir ce qu'est devenu Patrick O'Donoghan, n'est-ce pas? C'est donc que vous avez besoin de ceux qui le savent!... Moi qui vous parle, je le sais!

— Vous le savez? demanda le docteur en rapprochant son siège de celui de l'étranger.

— Je le sais! Mais, avant de vous le dire, il faut que je vous demande quel intérêt vous avez à cette recherche.

— C'est trop juste! » répliqua le docteur.

En quelques mots, il conta l'histoire d'Erik, que son visiteur écouta avec une profonde attention.

« Et ce garçon vit toujours? demanda Tudor Brown.

— Assurément! Il vit, il est en bonne santé et va commencer au mois d'octobre prochain ses études médicales à l'université d'Upsal.

— Ah! ah! reprit l'étranger, qui parut réfléchir. Et, dites-moi un peu, n'avez-vous pas d'autre moyen de percer le mystère de sa naissance que de vous adresser à Patrick O'Donoghan?

— Je n'en connais pas d'autre, répliqua le docteur. Après de longues recherches, je suis arrivé à savoir que cet O'Donoghan était en possession du secret, que lui seul peut-être pouvait m'en dire le mot, et c'est pourquoi je demande de ses nouvelles par la voie des journaux. Du reste, c'est sans grand espoir d'en obtenir par ce moyen.

— Pourquoi cela?

— Parce que j'ai lieu de croire qu'O'Donoghan a des motifs graves de se cacher. Il est, par conséquent, peu probable qu'il réponde jamais à mes annonces. Aussi ai-je l'intention de recourir prochainement à un autre procédé. Je possède son signalement, je sais quels sont les ports qu'il doit fréquenter de préférence, et je me propose de l'y faire rechercher par des agents spéciaux. »

Le docteur Schwaryencrona ne disait pas ces choses à la légère. Il les énonçait avec l'intention formelle de voir quel effet elles produiraient sur l'homme qu'il avait devant lui. Aussi remarqua-t-il fort bien, en dépit du flegme affiché par l'étranger, un battement de paupières et une légère contraction de la commissure des lèvres sur la face glabre de Tudor Brown. Mais, presque aussitôt, celui-ci se redressa.

« Eh bien, docteur, dit-il, si vous n'avez pas d'autre moyen d'être renseigné que de retrouver O'Donoghan, vous ne le serez jamais !... Patrick O'Donoghan est mort. »

Si douloureusement surpris que fût le docteur par cette nouvelle, il ne sourcilla pas et se contenta d'observer son visiteur, qui continua ainsi :

« Mort et enterré, ou pour mieux dire, mort et noyé par trois cents brasses de fond ! Le hasard a voulu que cet homme, dont le passé me semble mystérieux et que j'avais remarqué pour cette raison, fût, il y a trois ans, employé en qualité de gabier à bord de mon yacht, l'*Albatros*. Il faut vous dire que mon yacht est un navire sérieux, à bord duquel je fais des croisières de sept à huit mois. Or, il y a trois ans environ, comme nous passions par le travers de Madère, le gabier Patrick O'Donoghan tomba à la mer. J'avais fait stopper, mettre les embarcations à l'eau, et on le chercha si bien qu'il fut retrouvé et qu'on put lui donner à bord tous les soins imaginables. Mais ce fut en vain. O'Donoghan était mort. Il fallut rendre à la mer la proie que nous avions tenté de lui arracher !... Procès-verbal de l'accident fut naturellement dressé sur le livre du bord. Pensant que cet acte pourrait vous être utile, j'en ai fait prendre une copie certifiée et je vous l'apporte. »

Ce disant, M. Tudor Brown tira son portefeuille, y prit une feuille de papier couverte de timbres et la présenta au docteur.

Celui-ci la parcourut rapidement. C'était bien un extrait du livre de bord de l'*Albatros,* propriétaire Tudor Brown, portant décès du gabier Patrick O'Donoghan, par le travers de l'île de Madère, le tout dûment certifié sous serment par deux témoins patentés, comme conforme à l'original, et enregistré à Londres, à Somerset House, par les commissaires de Sa Majesté britannique.

Cet acte avait évidemment les caractères de l'authenticité. Mais la manière dont il arrivait en ses mains était si étrange que le docteur ne put s'empêcher de formuler tout haut l'étonnement qu'il éprouvait. Il le fit toutefois avec sa courtoisie habituelle.

« Permettez-moi une question, une seule question, Monsieur, dit-il à son visiteur.

— Parlez, docteur.

— Comment se fait-il que vous ayez en poche un tel acte, tout préparé, dûment certifié et légalisé ?... Et pourquoi me l'apportez-vous ?

— Si je compte bien, cela fait deux questions, répondit Tudor Brown. Je réponds donc point par point. J'ai cet acte en poche par la raison qu'ayant vu vos annonces, il y a deux mois, et pouvant vous fournir le renseignement que vous demandez, j'ai voulu vous le donner complet et définitif, autant qu'il est en mes moyens... Je vous l'apporte par la raison que, me promenant dans ces parages à bord de mon yacht, j'ai trouvé naturel de vous présenter en personne ce petit papier pour satisfaire à la fois ma curiosité et la vôtre ! »

Il n'y avait rien à répondre à ce raisonnement. Aussi le docteur alla-t-il à la seule conclusion qu'il dût en tirer.

« Vous êtes donc ici avec l'*Albatros ?* demanda-t-il vivement.

— Sans doute.

— Et avez-vous encore à bord quelques matelots qui aient connu Patrick O'Donoghan ?

« PATRICK O'DONOGHAN? » DIT LE MATELOT.

— Plusieurs assurément.

— Me permettriez-vous de les voir?

— Tant qu'il vous plaira! Voulez-vous venir à mon bord à l'instant même?

— Si vous n'y avez pas d'objection?

— Aucune, » dit l'étranger en se levant.

M. Schwaryencrona toucha un timbre, se fit donner sa pelisse fourrée, sa canne, son chapeau, et partit avec Tudor Brown. En cinq minutes, ils arrivèrent au quai où était amarré l'*Albatros*.

Ils furent reçus par un vieux loup de mer à la face rubiconde et aux favoris gris, dont la physionomie respirait la franchise et la loyauté.

« Monsieur Ward, voici un gentleman qui désire être renseigné sur le sort de Patrick O'Donoghan, dit Tudor Brown en l'abordant.

— Patrick O'Donoghan!... répondit le vieux marin. Dieu ait son âme!... Il nous a donné assez de mal pour le repêcher, le jour où il s'est noyé par le travers de l'île de Madère! Et à quoi bon, je le demande, puisqu'il a fallu le rendre aux poissons!

— Vous le connaissiez depuis longtemps? demanda le docteur.

— Ce requin-là?... Ma foi, non! Depuis un an ou deux peut-être! Je crois bien que c'est à Zanzibar que nous l'avions embauché! Pas vrai, Tommy Duff?

— Qui me hèle? demanda un jeune matelot, fort occupé à polir une boule de cuivre à la rampe de l'escalier.

— Ici! répondit l'autre. C'est bien à Zanzibar, n'est-ce pas, que nous avions recruté Patrick O'Donoghan?

— Patrick O'Donoghan? dit le matelot, comme si ses souvenirs n'étaient pas d'abord très précis. Ah! oui, je me rappelle!... Ce gabier qui s'est laissé périr en tombant à l'eau par

le travers de Madère! Oui, monsieur Ward, c'est bien de Zanzibar qu'il venait! »

Le docteur Schwaryencrona se fit décrire Patrick O'Donoghan et s'assura que le signalement répondait bien à celui qu'il
possédait. Tous ces gens semblaient honnêtes et sincères. Ils
avaient de bonnes figures ouvertes et naïves. L'uniformité de
leurs réponses pouvait bien sembler un peu étrange et concer-
tée. Mais, après tout, n'était-ce pas la conséquence naturelle
des faits mêmes? N'ayant connu Patrick O'Donoghan qu'un an
au plus, ne se rappelant guère de lui que son signalement et
sa mort, ils ne pouvaient savoir que fort peu de chose et dire
que ce qu'ils savaient.

D'autre part, l'*Albatros* était un yacht si bien tenu, que s'il
eût eu quelques canons, il aurait pu passer pour un navire de
guerre. La propreté la plus rigoureuse régnait à bord. Les
hommes étaient bien portants, bien vêtus, admirablement
disciplinés, car ils restaient à leur poste alors que d'un saut ils
se seraient trouvés à terre. Bref, l'ensemble des choses emportait une conviction qui agit invinciblement sur l'esprit du
docteur.

Il se déclara donc entièrement satisfait et poussa l'esprit de
sacrifice ou d'hospitalité jusqu'à ne pas se retirer sans invi-
ter à dîner M. Tudor Brown, qui se promenait de long en large
sur la dunette, en sifflotant un air à lui connu.

Mais M. Tudor Brown ne jugea pas à propos d'accepter
cette invitation. Il la déclina dans ces termes courtois :

« Non. Puis pas !... Ne dîne jamais en ville! »

Il ne restait plus à M. Schwaryencrona qu'à se retirer. C'est
ce qu'il fit, sans avoir obtenu le moindre coup de chapeau de
cet étrange personnage.

Son premier soin fut d'aller conter l'aventure à M. Bredejord, qui l'écouta sans mot dire et se promit, à part lui, d'ouvrir
une contre-enquête.

Mais, quand il voulut la commencer dans la journée même, en compagnie d'Erik, qui avait tout appris en rentrant de l'école, pour le dîner de midi, il se heurta à une légère difficulté. L'*Albatros* avait quitté Stockholm sans dire où il allait et sans laisser l'adresse de M. Tudor Brown.

Tout ce qui restait de l'affaire, c'était l'acte de décès dûment certifié de Patrick O'Donoghan.

Cet acte avait-il une valeur sérieuse? C'est ce que M. Bredejord se permettait de révoquer en doute, en dépit du témoignage du consul général d'Angleterre à Stockholm, qu'il avait saisi de la question et qui déclarait reconnaître la parfaite authenticité des timbres et signatures apposés sur le document. Il avait aussi fait prendre des informations à Édimbourg, où personne ne connaissait Tudor Brown, ce qui semblait suspect.

Mais le fait indéniable, devant lequel toute opposition finit graduellement par tomber, c'est qu'on n'entendait plus parler de Patrick O'Donoghan et que les annonces restaient sans nouvel effet.

Or, Patrick O'Donoghan disparu pour toujours, aucun espoir ne subsistait d'arriver à percer le mystère de la naissance d'Erik. Lui-même, il en convenait et se voyait obligé de reconnaître que tout supplément d'enquête était désormais sans objet.

Aussi ne fit-il aucune difficulté, à l'automne suivant, de commencer ses études médicales à l'université d'Upsal, selon le vœu du docteur. Il voulut seulement passer d'abord l'examen de capitaine au long cours. Et cela seul aurait suffi à montrer qu'il ne renonçait pas à ses projets de voyage.

C'est qu'il avait maintenant au cœur un autre souci, un souci cuisant, auquel il ne voyait d'autre remède que l'agitation et le mouvement des grandes aventures. Sans que le docteur s'en doutât, Erik éprouvait le besoin de trouver un prétexte pour quitter son foyer, dès que ses études seraient terminées, et ce prétexte, il ne pouvait guère le voir que dans un plan

général de voyages. La cause de ce besoin était l'aversion de
plus en plus manifeste que froken Kajsa, la nièce du docteur,
ne perdait aucune occasion de lui témoigner, et qu'il n'aurait
d'ailleurs, à aucun prix, voulu laisser soupçonner à l'excellent
homme.

Ses rapports avec la jeune fille avaient toujours été des
plus singuliers. Aux yeux d'Erik, après sept ans comme au premier jour de son arrivée à Stockholm, la petite fée était restée le
modèle de toutes les élégances et de toutes les perfections
mondaines. Il lui avait voué une admiration sans réserve et
avait fait des efforts héroïques pour devenir son ami. Mais
Kajsa ne s'était jamais habituée à l'idée de voir cet « intrus »,
comme elle l'appelait, prendre pied chez le docteur, y être
traité en fils adoptif et devenir le favori des trois amis. Les
succès scolaires d'Erik, sa bonté, sa douceur, loin de lui faire
trouver grâce devant elle, devenaient plutôt de nouveaux motifs
de jalousie. Au fond, Kajsa ne pardonnait pas au jeune garçon
de n'être qu'un pêcheur et qu'un paysan. Il lui semblait que
cela faisait déchoir la maison et elle-même du haut degré où
elle aimait à se croire perchée sur l'échelle sociale.

Mais ce fut bien autre chose quand elle sut qu'Erik était
moins encore qu'un paysan, — un enfant trouvé. Cela lui parut
tout uniment monstrueux et déshonorant. Elle n'était pas éloignée de penser qu'un enfant trouvé prenait place, dans la hié-
rarchie des êtres, au-dessous du chat et du chien. Et ce sentiment
se manifestait chez elle par les regards les plus dédaigneux,
les silences les plus mortifiants, les avanies les plus cruelles.
Erik était-il invité avec elle à une réunion d'enfants dans une
maison amie? elle refusait tout net de danser avec lui. A table,
elle affectait de ne pas répondre à ce qu'il disait, ou de n'en
tenir aucun compte. En toute occasion, elle prenait à tâche de
l'humilier.

Le pauvre Erik avait deviné la cause de cette conduite peu

charitable. Il lui était impossible de comprendre pourquoi ce malheur affreux de ne pas connaître sa famille et sa patrie devenait un grief contre lui. Il essaya un jour d'en raisonner avec Kajsa, de lui faire entendre l'injustice et la cruauté d'un pareil préjugé ; mais elle ne daigna même pas l'écouter. Plus ils grandissaient tous deux, plus cet abîme qui les séparait semblait s'élargir. A dix-huit ans, Kajsa avait fait ses débuts dans le monde. Elle y était choyée et adulée comme une héritière, et ces hommages la confirmaient dans l'opinion qu'elle était faite d'une autre pâte que le commun des mortels.

Erik, d'abord affligé de ces dédains, avait fini par s'en indigner et par se jurer d'en triompher. Ce sentiment d'humiliation avait même une grande part dans l'ardeur passionnée qu'il apportait à ses études. Il rêvait de se placer si haut dans l'estime publique, à force de travail, que chacun fût obligé de s'incliner. Mais il se jurait aussi de partir à la première occasion, de ne pas rester sous ce toit où chaque jour était marqué pour lui par une secrète humiliation. Seulement il fallait que le bon docteur ignorât les motifs de ce départ. Il fallait qu'il l'attribuât uniquement à la passion des voyages. Et c'est pourquoi Erik parlait fréquemment de s'engager, au terme de ses études, dans quelque expédition scientifique. C'est pourquoi, tout en suivant à Upsal les cours de l'école de médecine, il se préparait par les travaux et les exercices les plus sévères à la vie de fatigues et de dangers qui est le lot des grands voyageurs.

CHAPITRE XI

On était au mois de décembre 1878. Erik venait d'entrer dans sa vingtième année et de passer son premier examen de doctorat. La préoccupation à peu près unique de la Suède savante, et l'on peut dire du monde entier, était la grande expédition arctique du navigateur Nordenskiold. Après avoir préparé son entreprise par plusieurs voyages aux régions polaires, après avoir étudié à fond toutes les données du problème, Nordenskiold tentait, une fois de plus, la découverte de ce passage nord-est de l'Atlantique au Pacifique, qui, depuis trois siècles, avait déjoué les efforts de toutes les nations maritimes.

Le programme de cette expédition avait été tracé par le navigateur suédois dans un mémoire magistral, où il établissait les motifs qui le portaient à croire le passage nord-est praticable en été, et les moyens par lesquels il espérait arriver à réaliser ce *desideratum* géographique. L'intelligente libéralité de deux armateurs scandinaves et le concours du gouvernement suédois lui avaient permis d'organiser l'expédition dans les conditions mêmes qu'il croyait propres au succès.

C'était le 21 juillet 1878 que Nordenskiold avait quitté Tromsoë, à bord de la *Véga*, pour tenter d'atteindre le détroit de Behring en passant au nord de la Russie et de la Sibérie. Le lieutenant **Palanders**, de la marine suédoise, commandait le navire, à bord duquel se trouvait, avec le chef et l'inspirateur du voyage, tout un état-major de botanistes, de géologues, de médecins et d'astronomes. La *Véga*, spécialement aménagée pour l'expédition, sur les plans mêmes de Nordenskiold, était un navire de cinq cents tonneaux, récemment construit à Brême et muni d'une hélice avec une machine de soixante chevaux. Trois bateaux à charbon devaient l'accompagner jusqu'à des points déterminés et successifs sur la côte sibérienne. Tout était prévu pour une campagne de deux ans, s'il devenait nécessaire d'hiverner en route. Mais Nordenskiold ne cachait pas son espoir d'arriver avant l'automne au détroit de Behring, grâce à la précision des mesures qu'il avait prises, et toute la Suède partagea son espoir.

Partie du port le plus septentrional de la Norvège, la *Véga* arrivait, le 29 juillet, à la Nouvelle-Zemble, le 1er août, à la mer de Kara, le 6 août, à l'embouchure de l'Yéniséï. Le 9 août, elle doublait le cap Tchelynskin ou Nord-Est, point extrême du vieux continent qu'aucun navire n'avait encore franchi. Le 7 septembre, elle mouillait à l'embouchure de la Léna et se séparait du troisième de ses bateaux à charbon. Et, dès le 16 octobre, une dépêche télégraphique, déposée à Irkoutsk par ce bateau même, annonçait au monde le succès de la première partie de l'expédition.

On peut juger de l'impatience avec laquelle les nombreux amis du navigateur suédois attendaient les détails de ce voyage. Ces détails n'arrivèrent que dans les premiers jours de décembre. Car, si l'électricité franchit les distances avec la rapidité de la pensée, il n'en est pas de même de la poste sibérienne. Les lettres de la *Véga*, déposées à Irkoutsk en même temps que la dépêche, mirent plus de six semaines à parvenir à Stockholm. Mais enfin elles y arrivèrent, et, dès le 5 décembre, un des

grands journaux suédois publiait, sur la première partie du
voyage, une correspondance due à la plume d'un jeune docteur
en médecine attaché à l'expédition.

Ce même jour, en déjeunant, M. l'avocat Bredejord était
occupé à parcourir avec un vif intérêt les détails donnés dans
ces quatre colonnes, quand ses yeux tombèrent sur un para-
graphe qui lui fit faire un soubresaut. Il le relut avec attention,
le relut encore; puis, se levant brusquement, il sauta sur sa
pelisse, sur son chapeau, et ne fit qu'un bond chez le docteur
Schwaryencrona.

« Avez-vous lu la correspondance de la *Véga?* cria-t-il en
entrant comme un ouragan dans le « matsal », où son ami était
en train de déjeuner avec Kajsa.

— Je n'ai fait que commencer, répondit le docteur, et je
me disposais à achever tout à l'heure cette lecture en fumant
ma pipe.

— Alors vous n'avez pas vu encore, reprit M. Bredejord
hors d'haleine, vous n'avez pas vu ce que contient cette correspondance?

— Non, reprit M. Schwaryencrona avec un calme parfait.

— Eh bien! écoutez ceci, s'écria M. Bredejord en se rapprochant de la fenêtre... C'est le journal d'un de vos confrères,
aide-naturaliste à bord de la *Véga*... Écoutez ceci :

« 30 et 31 juillet. — Nous entrons dans le détroit de Jugor,
et nous mouillons devant un village samoyède nommé Chabarova. Descendu à terre. Examiné quelques naturels pour vérifier par la méthode de Holmgren l'étendue de leur sens de la
couleur. Trouvé ce sens normalement développé chez eux...
Acheté d'un pêcheur samoyède deux magnifiques saumons...

— Pardon, interrompit en souriant le docteur. Est-ce que
c'est une charade? J'avoue que l'intérêt de ces détails m'é-
chappe.

— Ah! l'intérêt de ces détails vous échappe! s'écria M. Bredejord d'un ton triomphant. Eh bien, attendez, vous allez voir...

« Acheté d'un pêcheur samoyède deux magnifiques saumons d'espèce non décrite, que j'ai retenus pour notre cuve à l'alcool, en dépit des protestations du maître coq. Incident : ce pêcheur tombe à l'eau en quittant le navire, au moment où nous allions appareiller. On le repêche à demi asphyxié, raidi par le froid comme une barre de fer, et, par surcroît, blessé à la tête. Transporté sans connaissance à l'infirmerie de la *Véga*, déshabillé et couché, on reconnaît que ce pêcheur samoyède est un Européen. Il a les cheveux rouges, son nez a été écrasé par un accident, et, sur la poitrine, au niveau du cœur, ces mots sont tatoués dans un écusson : *Patrick O'Donoghan, Cynthia...* »

Ici, M. Schwaryencrona poussa un cri de surprise.

« Attendez, voici la suite, » dit M. Bredejord.

Et il poursuivit sa lecture.

« Sous l'action d'un massage énergique, il revient à la vie. Mais il est impossible de le débarquer en cet état. Nous le gardons. Il a de la fièvre et du délire. Voilà nos expériences sur le sens de la couleur chez les Samoyèdes singulièrement mises à néant.

« 3 août. — Le pêcheur de Chabarova est tout à fait remis de ses fatigues. Il a paru surpris de se trouver à bord de la *Véga* et en route pour le cap Tchelynskin, mais en a bientôt pris son parti. Sa connaissance de la langue samoyède pouvant nous être utile, nous l'avons décidé à longer avec nous la côte de Sibérie. Il parle anglais avec un accent nasal comme les Yankees, prétend être Écossais et s'appeler Johnny Bowles. Il serait venu à la Nouvelle-Zemble avec des pêcheurs russes et serait établi depuis douze ans dans ces parages. Le nom tatoué sur sa poitrine est, dit-il, celui d'un de ses amis d'enfance, mort depuis fort longtemps...

— C'est évidemment notre homme ! s'écria le docteur en proie à une vive émotion.

— N'est-ce pas qu'il ne peut y avoir de doute? répondit
l'avocat. Le nom, le navire, le signalement, — tout y est. Il
n'est pas jusqu'au choix de son pseudonyme — Johnny Bowles,
— jusqu'à ce soin d'affirmer que Patrick O'Donoghan est mort,
— qui ne soient des preuves surabondantes ! »

Tous deux gardèrent le silence, en réfléchissant aux conséquences possibles de cette révélation.

« Comment aller le chercher si loin? dit enfin le docteur.

— C'est difficile évidemment, répliqua M. Bredejord. Mais
enfin c'est déjà quelque chose de savoir qu'il existe et de connaître la partie du monde où il se trouve ! Et puis, il faut
compter avec l'imprévu !... Peut-être restera-t-il jusqu'au bout
à bord de la *Véga* et viendra-t-il nous apporter à Stockholm
même les explications que nous souhaitons ! Dans le cas contraire, peut-être trouverons-nous tôt ou tard une occasion de
communiquer avec lui? Les voyages à la Nouvelle-Zemble
vont devenir plus fréquents par suite de l'expédition même de
Nordenskiold. Des armateurs parlent déjà d'envoyer tous les
ans des navires à l'embouchure de l'Yéniséï... »

Sur ce thème, la discussion était inépuisable. Les deux
amis étaient encore en train de le traiter, quand Erik arriva
d'Upsal, à deux heures. Lui aussi, il avait lu la grosse nouvelle,
et il avait pris le train sans perdre un seul instant. Mais, chose
singulière, ce n'était pas la joie, c'était plutôt l'inquiétude qui
dominait chez lui.

« Savez-vous ce que je crains maintenant? dit-il au docteur
et à M. Bredejord. Je crains qu'il ne soit arrivé malheur à la
Véga... Songez donc que nous sommes au 5 décembre, et que
les chefs de l'expédition comptaient arriver avant le mois d'octobre au détroit de Behring !... Si cette prévision s'était réalisée,
nous le saurions maintenant, car la *Véga* serait depuis longtemps
au Japon, ou tout au moins à Pétropaulosk, aux îles Aléou-
tiennes, à une station du Pacifique d'où l'on aurait eu de ses

nouvelles!... Or les dépêches et les lettres venues par la voie
d'Irkoutsk sont datées du 7 septembre, c'est-à-dire que, depuis
trois mois entiers, on ne sait rien de ce qu'est devenue la *Véga*...
c'est-à-dire qu'elle n'est pas arrivée à temps au détroit de
Behring... c'est-à-dire qu'elle a subi le sort commun de toutes
les expéditions parties depuis trois siècles pour découvrir le
passage nord-est! Voilà la déplorable conclusion qui s'impose à
moi!

— La *Véga* peut avoir été obligée d'hiverner dans les glaces
comme ses prévisions le comportaient, objecta le docteur.

— Évidemment, mais c'est l'hypothèse la plus favorable, et
un hivernage pareil est entouré de tant de dangers qu'il équi-
vaut presque à un naufrage. En tous cas, un fait est désormais
hors de doute, c'est que, si nous devons jamais avoir des nouvelles de la *Véga*, nous n'en aurons pas avant l'été prochain.

— Pourquoi cela?

— Par la raison même que, si la *Véga* n'a pas péri, elle est
actuellement enfermée dans les glaces et ne pourra en sortir
qu'en juin ou juillet, en mettant les choses au mieux!

— C'est vrai, répondit M. Bredejord.

— Quelle conclusion tires-tu de ce raisonnement? demanda
le docteur, inquiet du ton saccadé qu'avait pris la voix d'Erik
en l'énonçant.

— La conclusion, c'est qu'il m'est impossible d'attendre
aussi longtemps, sans être fixé sur une question qui a pour
moi une si grande importance!...

— Que veux-tu faire? Il faut bien accepter l'inévitable!...

— A moins que cet inévitable ne soit simplement apparent!
répondit Erik. Les lettres sont bien venues des mers arctiques
par la voie d'Irkoutsk! Pourquoi n'irais-je pas, moi, par la
même voie?... Je suivrais la côte de Sibérie!... Je chercherais
à m'informer auprès des gens du pays, à savoir si l'on n'a pas
entendu parler d'un navire naufragé ou pris dans les glaces!...

Peut-être arriverais-je à retrouver Nordenskiold.... et Patrick O'Donoghan!... C'est une entreprise qui vaut qu'on la tente!

— En plein hiver?

— Pourquoi pas? C'est la saison favorable pour voyager en traîneau dans les hautes latitudes.

— Oui, mais tu oublies que tu n'y es pas encore, à ces hautes latitudes, et que le printemps y sera arrivé avant toi.

— C'est vrai, » dit Erik, obligé de reconnaître la force de cette objection.

Et il resta les yeux fixés sur le parquet, absorbé dans sa pensée.

« N'importe! reprit-il tout à coup. Il faut que Nordenskiold soit retrouvé, et avec lui Patrick O'Donoghan!... Ils le seront, ou il ne tiendra pas à moi!... »

L'idée d'Erik était très simple. Elle consistait tout uniment à communiquer aux journaux de Stockholm, sous forme de note impersonnelle, son dilemme sur le sort probable de la *Véga* : — Ou elle a péri, ou elle est actuellement enfermée dans les glaces, — en concluant à la nécessité d'envoyer à sa recherche.

Le raisonnement était assez serré, et l'intérêt qui s'attachait à la tentative de Nordenskiold assez universel, pour que le jeune étudiant d'Upsal fût certain de voir la question discutée avec ardeur dans les cercles scientifiques. Mais l'effet de sa note dépassa son attente. Tous les journaux sans exception la commentèrent en l'approuvant. Les corps savants et la masse même de la nation la prirent à cœur. L'opinion publique se prononça avec une unanimité sans égale en faveur d'une expédition de secours. Des comités se formèrent, des souscriptions s'ouvrirent pour la préparer. Le commerce, l'industrie, les écoles, les cours de justice, toutes les classes, voulurent contribuer à l'entreprise. Un riche armateur offrit d'équiper à ses propres frais un navire, qui partirait sur les traces de la *Véga* et qu'il appela le *Nordenskiold*.

17

L'enthousiasme ne fit que grandir à mesure que les jours s'écoulaient sans apporter de nouvelles positives de Nordenskiold. Dès la fin de décembre, les fonds souscrits atteignaient déjà un chiffre considérable. Le docteur Schwaryencrona et l'avocat Bredejord tenaient la tête de la liste avec une souscription de dix mille kröners chacun. Ils faisaient partie du comité directeur, qui avait choisi Erik pour secrétaire.

Celui-ci en était véritablement l'âme. Son ardeur, sa modestie, sa compétence évidente sur toutes les questions relatives à l'entreprise qu'il étudiait et creusait sans relâche, lui eurent bientôt conquis l'influence la plus décisive. Il n'avait pas caché, dès le premier jour, que son rêve était de faire partie de l'expédition, fût-ce à titre de simple matelot; qu'il y avait un intérêt personnel et supérieur; et cela même donnait plus de poids à toutes les excellentes idées qu'il apportait aux organisateurs de l'entreprise. Aussi dirigea-t-il en personne tous les travaux préparatoires.

Tout d'abord, il fut convenu qu'un second navire serait adjoint au *Nordenskiold,* pour que les recherches fussent complètes, et que ce navire serait, comme la *Véga,* un navire à vapeur. Nordenskiold lui-même avait démontré que la principale cause d'insuccès, dans toutes les tentatives antérieures, avait été l'emploi des navires à voiles. Les navigateurs arctiques, spécialement dans un voyage d'exploration, ont en effet tout intérêt à ne pas être subordonnés au vent, à pouvoir compter sur une vitesse moyenne, au besoin forcer leur marche pour franchir un passage périlleux, enfin, et surtout, à pouvoir toujours aller chercher la mer libre où elle est : toutes choses souvent impossibles à la voile.

Ce point fondamental établi, il fut décidé en outre que le navire serait couvert d'un revêtement de chêne vert de six pouces d'épaisseur et divisé en compartiments étanches, — ce qui le rendrait indépendant des avaries partielles causées par

LE CHOIX DU COMITÉ S'ARRÊTA SUR UN SCHOONER
RÉCEMMENT ACHEVÉ.

le choc des glaces; qu'il serait d'un faible tirant d'eau; que tout son aménagement serait préparé en vue d'emporter une provision relativement considérable de charbon.

Parmi les offres qui furent faites au comité, son choix s'arrêta sur un schooner de cinq cent quarante tonneaux, récemment achevé à Brême, qu'un équipage de dix-huit hommes pouvait aisément manœuvrer. Ce schooner, tout en conservant sa mâture, fut muni d'une machine à vapeur de quatre-vingts chevaux, et d'une hélice disposée de manière qu'on pût la remonter à bord si les glaces la mettaient en danger. Le foyer d'une des chaudières était aménagé en vue de brûler des huiles ou des graisses, qu'on peut aisément se procurer dans les régions arctiques, si le charbon venait à manquer. La coque, protégée par son revêtement de chêne, fut en outre renforcée de poutres transversales, de manière à offrir une grande résistance à la pression des glaces. Enfin, l'avant était cuirassé et armé d'un éperon d'acier, pour se frayer une route dans la banquise même, si son épaisseur ne dépassait pas la limite du tirant d'eau.

Le schooner, acheté et remis sur chantier, fut baptisé l'*Alaska*, à raison de la direction à laquelle il était destiné. Il avait en effet été décidé que, le *Nordenskiold* partant par la route même qu'avait suivie la *Véga*, le second navire prendrait autour du monde la route opposée, pour aborder l'océan Sibérien par la presqu'île d'Alaska et le détroit de Behring. Les chances de retrouver l'expédition suédoise, si elle était en détresse, ou ses traces, si elle avait péri, devaient ainsi se trouver doublées, puisque, tandis que l'un des navires partirait derrière elle, l'autre irait en quelque sorte au-devant.

Erik, à qui était due cette idée, s'était bien souvent demandé à laquelle des deux voies il donnerait la préférence, et il avait fini par s'arrêter à la seconde.

« Le *Nordenskiold*, s'était-il dit, va suivre la même route que la *Véga*. Il est donc indispensable qu'il soit aussi heureux qu'elle dans la première partie de son voyage, ne fût-ce que pour arriver à doubler le cap Tchelynskin, et rien ne prouve qu'il parviendra jamais aussi loin, puisque ce résultat n'a encore été atteint qu'une seule fois! D'autre part, aux dernières nouvelles, la *Véga* ne se trouvait plus qu'à deux ou trois cents lieues du détroit de Behring : c'est donc en arrivant au-devant d'elle par cette voie qu'il y a le plus de chances de la rencontrer. Le *Nordenskiold* peut la suivre pendant des mois sans l'atteindre, même en mettant les choses au mieux. Ceux qui vont en sens inverse ne peuvent manquer de la rencontrer, si elle existe encore, puisqu'elle longe la côte sibérienne. »

Or, aux yeux d'Erik, la grande affaire était de rencontrer la *Véga* le plus tôt possible, afin de retrouver Patrick O'Donoghan le plus tôt possible aussi.

Le docteur et M. Bredejord approuvèrent pleinement ces motifs, quand ils leur furent exposés.

Cependant les travaux d'aménagement de l'*Alaska* étaient activement poussés; les approvisionnements, les vivres, les vêtements choisis conformément à des principes consacrés par l'expérience; l'équipage composé de matelots d'élite, endurcis au froid par des campagnes de pêche en Islande ou au Groënland. Enfin le commandant, choisi par le comité, était un officier de la marine suédoise, présentement au service d'une compagnie maritime, et bien connu par ses voyages dans les mers arctiques, le lieutenant Marsilas. Il devait avoir pour premier lieutenant Erik lui-même, désigné pour ce poste par l'énergie qu'il avait mise au service de l'entreprise, et qualifié d'ailleurs par son diplôme de capitaine au long cours; pour second et troisième officiers, on fit choix de deux marins éprouvés, M. Bosewitz et M. Kjellquist.

L'*Alaska* allait emporter des matières explosibles, pour faire au besoin sauter les glaces, et d'abondantes provisions de con-

serves antiscorbutiques, pour lutter contre les maladies arctiques. Il était muni d'un calorifère, afin de conserver, à toutes
les latitudes, une température douce et régulière, et pourvu de
cet observatoire portatif, appelé « nid de corbeau », qu'on
hisse au sommet du grand mât, dans la région des glaces flottantes, pour signaler l'arrivée des icebergs. Sur la proposition
d'Erik, cet observatoire reçut un puissant foyer de lumière
électrique, alimenté par la machine même du navire, et qui
devait permettre d'éclairer, la nuit, la route de l'*Alaska*. Sept
bateaux auxiliaires, dont deux baleinières et un cutter à vapeur, six traîneaux, un jeu de « schnee-shuhe » ou souliers à
neige pour chaque homme de l'équipage, furent également
embarqués avec quatre canons Gattling, trente fusils à répéti-
tion et les munitions nécessaires.

Ces préparatifs touchaient à leur fin, quand maaster Hersebom et son fils Otto, arrivant de Noroë avec leur grand chien
Klaas, sollicitèrent la faveur d'être engagés comme matelots à
bord de l'*Alaska*. Ils savaient, par une lettre d'Erik, le puissant
intérêt personnel qu'il avait à ce voyage, et voulaient en partager les périls avec lui. Maaster Hersebom faisait valoir son
expérience des parages groënlandais et l'utilité dont pouvait
être son chien Klaas comme chef de file, dans l'attelage d'un
traîneau. Otto n'avait à mettre en ligne que sa belle santé, sa
force herculéenne et son dévouement. Grâce à l'appui du docteur et de M. Bredejord, ils furent tous trois agréés par le
comité.

Au commencement de février 1879, tout était prêt. L'*Alaska*
avait ainsi cinq mois pleins pour se trouver au détroit de Behring à la fin de juin, époque jugée la plus favorable pour son
exploration. Il allait d'ailleurs s'y rendre par la voie la plus
directe, c'est-à-dire par la Méditerranée, le canal de Suez,
l'océan Indien et les mers de Chine, en relâchant successivement, pour faire du charbon, à Gibraltar, Aden, Colombo de

Ceylan, Singapour, Hong-Kong, Yokohama et Petropaulosk.

De toutes ces stations, l'*Alaska* devait télégraphier à Stock-holm, et il était naturellement convenu que, si, dans l'inter-valle, on avait des nouvelles de la *Véga,* on ne manquerait pas de l'en avertir.

Le voyage de l'*Alaska,* en vue d'une expédition arctique, allait donc commencer par un voyage à travers les mers tropi-cales et le long des continents les plus favorisés du soleil. Le programme n'en avait pas été tracé à plaisir; il était le résultat d'une impérieuse nécessité, puisqu'il s'agissait d'arriver au dé-troit de Behring par le plus court chemin, et en restant jusqu'au dernier moment en communication télégraphique avec Stock-holm.

Mais une difficulté assez grave menaçait de retarder le dé-part. On avait si bien fait les choses pour l'armement du navire, que les fonds menaçaient d'être un peu courts pour les crédits indispensables à l'expédition. Il fallait, en effet, compter sur des achats considérables de charbon et sur divers autres frais. Un nouvel appel de fonds était nécessaire. Comme il venait d'être lancé, le comité fut mis en émoi, le 2 février, par deux lettres chargées qui lui arrivèrent ensemble.

La première était de M. Malarius, instituteur public à Noroë, lauréat de la *Société de botanique.* Elle contenait un billet de cent kröners et la demande d'être attaché en qualité d'aide-naturaliste à l'expédition de l'*Alaska.*

La seconde contenait un chèque de vingt-cinq mille krö-ners, avec cette note laconique :

« Pour le voyage de l'*Alaska.*

« De la part de M. Tudor Brown, à la condition qu'il sera admis comme passager. »

CHAPITRE XII

La demande de M. Malarius avait un caractère trop touchant pour ne pas être accueillie avec bienveillance par le comité directeur. Elle fut donc votée d'enthousiasme, et le digne instituteur, dont la réputation comme botaniste était plus étendue qu'il ne le soupçonnait lui-même, fut nommé aide-naturaliste de l'expédition.

Quant à la condition mise par Tudor Brown au versement de ses vingt-cinq mille kröners, le docteur Schwaryencrona et M. Bredejord furent d'abord vivement tentés de la combattre. Mais, quand ils durent avouer quels étaient les motifs de leur répugnance, ils se virent fort empêchés. Quelle raison donner au comité pour lui demander de repousser une souscription aussi importante? Ils n'en avaient pas de valable. Tudor Brown était venu apporter à M. Schwaryencrona l'acte de décès de Patrick O'Donoghan, et maintenant Patrick O'Donoghan paraissait être vivant. Mais où était la preuve de la mauvaise foi de Tudor Brown en cette affaire, voilà ce que le comité demanderait à juste titre avant de refuser une somme qui le tirait d'embarras. Tudor Brown pouvait fort bien soutenir qu'il avait été sincère. Sa démarche présente semblait le prouver. Peut-être son but était-il uniquement d'aller, lui aussi, vérifier comment

Patrick O'Donoghan, qu'il croyait noyé par le travers de
Madère, se trouvait sur la côte de Sibérie. En supposant même
d'autres projets chez Tudor Brown, il pouvait y avoir un intérêt
à le surveiller, à le connaître, à l'avoir sous la main. Car, enfin,
de deux choses l'une : ou il n'avait rien à démêler avec l'enquête qui occupait depuis si longtemps les amis d'Erik, et alors
il était inutile de le traiter en adversaire ; ou, au contraire, il
avait un intérêt personnel dans cette affaire si obscure, et alors
mieux valait cent fois le voir agir pour le combattre.

Le docteur et M. Bredejord commencèrent donc par se
décider à ne pas s'opposer à son embarquement. Puis, graduellement, ils furent pris du désir d'étudier par eux-mêmes cet
homme singulier et de savoir pourquoi il prenait passage sur
l'*Alaska*. Or, comment y arriver sans s'embarquer comme lui ?
Ce ne serait pas si absurde, après tout ! L'itinéraire de l'*Alaska*
était bien séduisant, au moins dans sa première partie. Bref,
le docteur Schwaryencrona, grand amateur de voyages,
demanda à partir comme passager, ne fût-ce que pour accompagner l'expédition jusqu'aux mers de Chine, en payant le prix
que le comité jugerait convenable.

Aussitôt son exemple agit avec une force irrésistible sur
M. Bredejord, qui rêvait depuis longtemps une excursion aux
pays du soleil. Lui aussi sollicita une cabine dans les mêmes
conditions.

Tout Stockholm crut alors que le professeur Hochstedt allait
en faire autant, moitié par curiosité scientifique, moitié par
terreur de passer de longs mois sans ses deux amis. Mais l'attente de Stockholm fut trompée. Le professeur, assez vivement
tenté de partir, pesa si bien le pour et le contre, qu'il trouva
impossible d'arriver à une décision. Il joua donc le voyage à
pile ou face, et le sort lui ordonna de rester.

Le départ était irrévocablement fixé au 10 février. Le 9,
Erik attendait M. Malarius. Il fut agréablement surpris de voir

arriver aussi dame Katrina et Vanda, qui avaient pris le train
pour venir lui faire leurs adieux. Elles étaient modestement
descendues dans une auberge de la ville ; mais le docteur exigea
qu'elles vinssent demeurer chez lui, au grand déplaisir de Kajsa,
qui ne trouvait pas ces hôtes assez distingués.

Vanda était maintenant une grande jeune fille, dont la beauté
avait tenu toutes ses promesses. Elle venait de subir avec succès
à Bergen des examens fort difficiles et qui pouvaient lui permettre de prétendre à une chaire de professeur dans une école
supérieure. Mais elle préférait rester à Noroë, auprès de sa
mère, et allait suppléer M. Malarius pendant son absence. Toujours sérieuse et douce, elle puisait dans cette instruction
solide, qui n'avait rien changé à la simplicité de ses habitudes
domestiques, un charme étrange et profondément original.
Rien d'imprévu comme de voir cette belle personne, dans son
pittoresque costume norvégien, dire tranquillement son mot
sur les plus hautes questions scientifiques, ou s'asseoir au
piano et jouer avec un talent consommé une sonate de Beetho-
ven. Mais ce qu'il y avait de tout à fait charmant en elle,
c'était l'absence de prétention et le naturel parfait de ses manières. Elle ne cherchait pas à se faire valoir et ne songeait
pas plus à être vaine de ses talents qu'elle ne songeait à rougir
de ses souliers à boucles. Elle s'épanouissait dans sa grâce
comme une fleur sauvage, choisie au bord du fiord et cultivée
par son vieux maître en son petit jardin derrière l'école.

Dans la soirée, une réunion intime rassembla au parloir
toute la famille d'adoption d'Erik. M. Bredejord et le docteur
jouèrent avec M. Hochstedt une dernière partie de whist. On
découvrit alors que M. Malarius était de première force à ce
noble jeu, — ce qui allait permettre de charmer les loisirs à
bord de l'*Alaska*. Malheureusement, le digne instituteur révéla
en même temps que, sujet au mal de mer, il restait presque
toujours couché quand il mettait le pied sur un navire. Il n'avait

18

fallu rien moins, pour le décider à s'embarquer, que son affection pour Erik, jointe à l'ambition toujours caressée, pendant une laborieuse existence, d'ajouter quelques variétés nouvelles aux familles botaniques déjà cataloguées.

Après le whist, on fit un peu de musique. Kajsa joua d'un air dédaigneux une valse à la mode. Vanda chanta, avec une voix d'une étendue et d'une justesse surprenantes, une vieille mélodie scandinave. Puis on servit le thé, et l'on but un grand bol de punch au succès de l'expédition. Erik remarqua que Kajsa affectait de ne pas toucher son verre.

« Ne nous souhaiterez-vous pas un heureux voyage? lui demanda-t-il à demi-voix.

— A quoi bon souhaiter ce qu'on n'espère pas? » répondit-elle.

Le lendemain, au point du jour, tout le monde se trouvait à bord, sauf Tudor Brown. Depuis l'envoi de la lettre chargée, il n'avait pas donné signe de vie.

Le départ était indiqué pour dix heures. Au premier coup, le commandant Marsilas fit lever l'ancre et sonner la cloche du départ pour avertir les visiteurs de redescendre à terre.

« Adieu, Erik? s'écria Vanda en lui jetant ses bras autour du cou.

— Adieu, mon fils! dit Katrina en pressant le jeune lieutenant sur son cœur.

— Et vous, Kajsa, ne me direz-vous rien? demanda-t-il en s'avançant vers elle comme pour l'embrasser aussi.

— Je vous souhaiterai de ne pas avoir le nez gelé et de découvrir que vous êtes un prince déguisé! répliqua-t-elle en riant avec impertinence.

— Si cela était, y gagnerais-je au moins un peu de votre amitié? dit-il en essayant de sourire pour dissimuler l'amertume que ce sarcasme lui mettait au cœur.

L'ALASKA SORTAIT DE STOCKHOLM.

— En doutez-vous? » répondit Kajsa en se retournant vers son oncle pour bien indiquer que les adieux étaient finis.

Ce fut tout. Les avertissements de la cloche devenaient plus impérieux. La foule des visiteurs regagnait l'escalier, autour duquel les embarcations se pressaient pour les recevoir. Au milieu de cette confusion, presque personne ne remarqua l'arrivée d'un retardataire, qui débouchait sur le pont, une valise à la main.

Ce retardataire était Tudor Brown. Il se présenta au capitaine et réclama sa cabine, qui lui fut indiquée sur l'heure.

Une minute plus tard, après deux ou trois coups de sifflet stridents et prolongés, l'hélice entrait en jeu, un bouillonnement d'écume blanchissait les eaux de l'arrière, et l'*Alaska,* glissant majestueusement sur les eaux vertes de la Baltique, sortait de Stockholm au milieu des acclamations de la foule, qui agitait chapeaux et mouchoirs.

Erik, debout sur la passerelle, commandait la manœuvre. M. Bredejord et le docteur, accoudés aux bastingages de bâbord, envoyaient un dernier adieu à Kajsa et à Vanda sur la jetée. M. Malarius, déjà pris d'un affreux malaise, était allé s'allonger sur sa couchette. Tout entiers au souci de la séparation, ni les uns ni les autres n'avaient remarqué l'arrivée de Tudor Brown.

Aussi le docteur ne put-il réprimer un mouvement de surprise, quand, en se retournant, il le vit surgir des profondeurs du navire et marcher droit à lui, les mains dans ses poches, vêtu comme il l'était lors de leur unique entrevue et le chapeau toujours vissé sur la tête.

« Beau temps, » dit Tudor Brown, en manière de salut et d'introduction.

Le docteur était stupéfait de cet aplomb. Il attendit quelques instants que l'étrange personnage ébauchât au moins une excuse, donnât une explication de sa conduite. Voyant que rien ne venait, il ouvrit le feu.

« Eh bien, Monsieur, il paraît que Patrick O'Donoghan n'est pas aussi mort qu'on le disait? s'écria-t-il avec sa vivacité ordinaire.

— C'est précisément ce qu'il s'agit de savoir, riposta l'étranger avec un flegme imperturbable, et c'est pour en avoir le cœur net que j'ai tenu à être du voyage. »

Sur quoi, Tudor Brown tourna les talons, et, jugeant sans doute l'explication parfaitement satisfaisante, se mit à arpenter le pont en sifflotant son air favori.

Erik et M. Bredejord avaient suivi ce rapide colloque avec une curiosité assez naturelle. La personne de Tudor Brown était nouvelle pour eux. Aussi l'étudiaient-ils attentivement, — plus attentivement encore que ne faisait le docteur. Il leur sembla que l'étranger, tout en affectant l'indifférence, jetait de temps à autre un regard furtif de leur côté, comme pour voir l'impression qu'il produisait. Aussi feignirent-ils immédiatement, sans même s'être donné le mot, de ne point s'occuper de sa présence. Mais bientôt, après être descendus dans le salon sur lequel s'ouvraient les cabines, ils tinrent conseil.

Quel pouvait avoir été le but de ce Tudor Brown en cherchant à établir la mort de Patrick O'Donoghan? Et quel but pouvait-il maintenant poursuivre en partant avec l'*Alaska?* C'était impossible à dire. Mais il était difficile de ne pas croire que cette double démarche se rapportait plus ou moins directement à l'histoire du *Cynthia* et de « l'enfant sur la bouée ». Tout l'intérêt qui s'attachait à Patrick O'Donoghan, pour Erik et ses amis, était en effet lié à sa connaissance supposée de l'affaire, et c'est seulement à raison de cette connaissance qu'on avait besoin de retrouver l'Irlandais. Or, on se trouvait en présence d'un homme qui, sans y être invité, était venu déclarer que Patrick O'Donoghan avait péri. Et cet homme s'imposait à l'expédition de recherches, aussitôt que sa déclaration se trouvait démentie de la manière la plus imprévue! Il fallait donc

conclure qu'il avait dans tout cela un intérêt personnel; et le
fait même qu'il fût venu trouver M. Schwaryencrona indiquait
la connexité de cet intérêt avec l'enquête instituée par le
docteur.

Ainsi tout semblait indiquer que Tudor Brown était dans le
problème un facteur au moins aussi important que Patrick
O'Donoghan lui-même. Qui sait s'il ne se trouvait pas déjà en
possession du secret qu'on allait chercher à élucider? Si cela
était ainsi, fallait-il se féliciter de l'avoir à bord ou fallait-il s'en
inquiéter? M. Bredejord inclinait vers la dernière opinion et
trouvait la figure du personnage fort peu rassurante. Le docteur, au contraire, alléguait que Tudor Brown pouvait fort
bien être de bonne foi et cacher sous des allures excentriques
un fonds d'honnêteté.

« S'il sait quelque chose, disait-il, on peut toujours espérer
arriver à le lui faire dire dans la familiarité qui naît forcément
d'un long voyage! Ce serait, dans ce cas, un coup de fortune
de l'avoir avec nous! Au pis, nous verrons bien ce qu'il peut
avoir à démêler avec O'Donoghan, en admettant que nous arrivions à retrouver l'Irlandais. »

Quant à Erik, il n'osait même pas exprimer le sentiment que
l'aspect du personnage avait éveillé en lui. C'était plus que de
la répulsion, — de la haine, — une envie instinctive de se ruer
sur lui et de le jeter à l'eau. La conviction irrésistible que cet
individu devait être pour quelque chose dans le malheur de sa
vie s'imposait à sa pensée. Mais il aurait rougi de s'abandonner
à une prévention pareille et même de la formuler. Il se contenta donc de dire que, pour son compte, il n'aurait jamais
admis Tudor Brown à bord, s'il avait eu voix au chapitre.

Quelle conduite tenir avec lui? Sur ce point aussi les avis
étaient partagés. Le docteur alléguait qu'il serait politique de
traiter Tudor Brown avec une bienveillance au moins apparente, afin d'arriver à le faire causer. M. Bredejord, comme Erik,

éprouvait une répugnance invincible à jouer cette comédie, et
il n'était pas bien sûr, en somme, que M. Schwaryencrona lui-
même eût la force de se conformer à son programme. On décida
de laisser à Tudor Brown et aux circonstances le soin de tracer
l'attitude à tenir avec lui.

L'attente ne fut pas longue. A midi précis, la cloche sonna
pour le dîner. M. Bredejord et le docteur se rendirent à la
table du commandant. Ils y trouvèrent Tudor Brown déjà installé, toujours avec son chapeau, et ne manifestant pas la
moindre intention d'entrer en relations avec ses voisins. Cet
homme était véritablement d'une grossièreté qui désarmait l'indignation. Il semblait étranger aux plus simples éléments du
savoir-vivre, se servait le premier, choisissait les meilleurs
morceaux, mangeait et buvait comme un ogre. A deux ou trois
reprises, le commandant et M. Schwaryencrona lui adressèrent
la parole. Il ne daigna même pas leur répondre, ou ne répondit
que par gestes.

Cela ne l'empêcha pas, d'ailleurs, à la fin du repas, et tout
en se servant libéralement d'un cure-dent gigantesque, de se
renverser sur sa chaise et de s'adresser comme suit à M. Marsilas :

« Quel jour serons-nous à Gibraltar?

— Le 19 ou le 20, je pense, » répondit le capitaine.

Tudor Brown tira un calepin de sa poche et consulta son
calendrier.

« Cela nous mettrait le 22 à Malte, le 25 à Alexandrie, et,
pour la fin du mois, à Aden, » reprit-il, comme se parlant à
lui-même.

Là-dessus, il se leva, remonta sur le pont et se remit à
arpenter la dunette.

« Un joli compagnon de route que le comité nous a octroyé
là! » ne put s'empêcher de remarquer M. Marsilas.

M. Bredejord allait lui donner la réplique, quand un vacarme épouvantable, éclatant au haut de l'escalier, lui coupa la parole. C'étaient des cris, des aboiements, des voix confuses. Tout le monde se leva et courut sur le pont.

L'algarade était causée par Klaas, le grand chien groënlandais de maaster Hersebom. Il semblait que la mine de Tudor Brown ne lui revînt pas, car, après avoir témoigné son hostilité par des grognements sourds en le voyant passer et repasser auprès de lui, il avait fini par se jeter sur ses jambes. Tudor Brown avait aussitôt tiré de sa poche un revolver et se disposait à s'en servir, quand Otto était arrivé à point pour l'en empêcher et renvoyer Klaas à sa niche. Une discussion assez confuse s'était alors produite. Tudor Brown, blême de colère ou de terreur, voulait absolument brûler la cervelle au chien. Maaster Hersebom, survenu à la rescousse, protestait vivement contre un pareil projet. Le commandant se montra à propos pour mettre le holà, en priant Tudor Brown de rengainer son revolver, et décrétant que Klaas serait désormais tenu à la chaîne.

Cet incident ridicule fut le seul qui signala les premiers jours du voyage. Tout le monde s'accoutuma peu à peu au mutisme et aux étranges manières de Tudor Brown. A la table du commandant, on finit par ne pas plus s'occuper de lui que s'il n'existait pas. Chacun se créa des habitudes et des distractions. M. Malarius, après deux jours passés au lit, commença à manger, et fut bientôt en état de tenir sa place à d'interminables parties de whist avec le docteur et M. Bredejord. Erik, très occupé à son service, consacrait à la lecture tous ses instants de loisir. La navigation de l'*Alaska* suivait son cours normal et régulier.

Le 11, on avait passé l'île d'Oland, le 12, franchi le Sund, atteint le Skager-Rack le 13, signalé Heligoland le 14, enfilé le 15 le Pas de Calais, et doublé le 16 le cap de la Hague.

Au milieu de la nuit suivante, Erik dormait dans sa cabine,

quand il fut réveillé par un grand silence, et s'aperçut qu'il n'entendait pas la trépidation de l'hélice. Il n'avait pas à s'en inquiéter, M. Kjellquist étant de quart; mais, par curiosité, il se leva pour aller aux informations.

Il apprit alors, au rapport du chef mécanicien, que la tige de la pompe de circulation venait de se fausser, — ce qui avait nécessité l'extinction des feux. On naviguait à présent à la voile avec une assez faible brise de sud-ouest.

L'inspection fut assez longue et ne jeta aucun jour sur les causes de l'avarie. Le mécanicien demandait qu'on relâchât au port le plus voisin pour le réparer.

Le commandant Marsilas, après examen personnel, adopta cette opinion. On se trouvait à une trentaine de milles de Brest, et ordre fut donné de mettre le cap sur le grand port français.

CHAPITRE XIII

APPUYONS AU SUD-OUEST

Le lendemain, l'*Alaska* entrait en rade de Brest. Son avarie n'était heureusement pas grave. Un ingénieur, immédiatement appelé, promit que tout serait réparé dans trois jours. C'était donc un retard de peu d'importance et qu'on allait compenser dans une certaine mesure en faisant du charbon, — ce qui dispenserait de relâcher à Gibraltar, comme on en avait d'abord l'intention. Le prochain arrêt se trouvant ainsi remis à Malte, on gagnait vingt-quatre heures de ce chef; cela réduisait à deux jours le retard réel. Or, l'itinéraire de l'*Alaska* donnait à l'imprévu une marge de trente jours au moins. Il n'y avait donc pas lieu de s'inquiéter, et tout le monde se sentait désormais en disposition de prendre ce contretemps le plus philosophiquement du monde.

Bientôt il fut évident que le contretemps allait se transformer en fête. En quelques heures, l'arrivée de l'*Alaska* s'était répandue dans la ville, et, comme on connaissait par les journaux le but de son voyage, l'état-major du navire suédois ne tarda pas à se trouver l'objet des démonstrations les plus flatteuses. L'amiral-préfet maritime et le maire de Brest, le commandant du port et ceux des navires en rade vinrent officiellement visiter le capitaine Marsilas. Un dîner et un bal furent

19

offerts aux hardis explorateurs qui partaient à la recherche de
Nordenskiold. Si peu épris que fussent le docteur et M. Malarius
de ces réunions mondaines, il fallut bien paraître à la table qui
se dressait pour eux. Quant à M. Bredejord, il était là dans son
véritable élément.

Parmi les convives du préfet, invités pour faire honneur à
l'état-major de l'*Alaska*, se trouvait un grand vieillard à la physionomie fine et mélancolique. Il fut bientôt remarqué par Erik,
qui lut, dans son regard un peu triste, une sympathie à laquelle
il ne pouvait se méprendre. C'était M. Durrieu, consul général
honoraire, membre militant de la Société de géographie, bien
connu par ses voyages en Asie Mineure et au Soudan. Erik en
avait lu la relation avec un très vif intérêt. Il en parla au savant
français en homme compétent, quand on les eut présentés l'un
à l'autre. Or, si légitimes que puissent être les satisfactions de
cet ordre, elles ne sont pas souvent le lot des voyageurs. Il
peut leur arriver, quand leurs aventures font du bruit, de récolter l'admiration banale de la foule ; il leur arrive moins souvent de voir leurs travaux appréciés, dans un salon, par des
juges bien informés. La respectueuse curiosité du jeune lieutenant alla droit au cœur du vénérable géographe et mit un sourire sur ses lèvres pâles.

« Je n'ai pas eu grand mérite à ces découvertes, dit-il en
réponse à quelques mots d'Erik sur des fouilles heureuses,
récemment exécutées aux environs d'Assouan. J'allais droit
devant moi, en homme qui cherche à oublier des peines
cruelles et qui se soucie peu des résultats, pourvu qu'il se
livre aux travaux de son goût. Le hasard a fait le reste... »

Voyant Erik et M. Durrieu si bons amis, l'amiral eut soin
de les faire placer l'un près de l'autre à table, de sorte que leur
causerie se poursuivit tout le temps du dîner.

Comme on prenait le café, le lieutenant de l'*Alaska* se vit
entrepris par un petit homme chauve, qui lui avait été présenté

sous le nom du docteur Kergaridec, lequel lui demanda de but
en blanc quel était son pays. D'abord un peu surpris de la
question, Erik répondit qu'il était Suédois, ou, pour parler
plus exactement, Norvégien, et que sa famille habitait le gouvernement de Bergen. Puis il désira connaître le motif de cette
demande.

« Le motif est fort simple, lui répondit son interlocuteur.
Voilà une heure que je me permets de vous considérer par-dessus
la table, tout en dînant, et je n'ai jamais vu nulle part le typo
celte aussi nettement accusé que chez vous!... Il faut vous dire
que je suis fort adonné aux études celtiques!... Or, voici la
première fois qu'il m'arrive de rencontrer le type celte chez un
Scandinave! Peut-être y a-t-il là une indication précieuse pour
la science, et faut-il classer la Norvège parmi les régions visi-
tées par nos ancêtres gaëls! »

Erik allait sans doute expliquer au savant brestois les raisons qui infirmaient la valeur de cette hypothèse, quand le
docteur Kergaridec se détourna pour adresser ses hommages
à une dame qui venait d'entrer dans le salon du préfet maritime, et l'entretien en resta là. Le jeune lieutenant de l'*Alaska*
n'aurait même plus pensé à cet incident, si, le lendemain, en
passant dans une rue voisine d'un marché, M. Schwaryencrona
ne lui avait dit tout à coup, à la vue d'un bouvier du Morbihan :

« Mon cher enfant, si j'avais pu conserver un doute sur ton
origine celtique, je le perdrais ici! Vois donc comme tous ces
Bretons te ressemblent!... Comme ils ont ton teint mat, ton
crâne osseux, tes yeux bruns, tes cheveux noirs et jusqu'à ton
attitude générale!... Bredejord en dira ce qu'il voudra, mais tu
es un Celte pur sang, sois-en sûr ! »

Erik conta alors ce que lui avait dit la veille le docteur Kergaridec. Et M. Schwaryencrona en fut si ravi, qu'il ne parla
d'autre chose pendant tout le jour.

Comme les autres passagers de l'*Alaska,* Tudor Brown avait

reçu et accepté l'invitation du préfet maritime. On put même croire un instant qu'il allait s'y rendre dans son costume habituel, car c'est ainsi qu'il s'était fait débarquer à l'heure du dîner. Mais, sans doute, la nécessité d'ôter son précieux chapeau lui parut trop dure, et, au moment même de franchir la porte de son hôte, il rebroussa chemin. On ne le vit plus de la soirée.

En rentrant après le bal, où il avait dansé fort et ferme, Erik apprit d'Hersebom que Tudor Brown était revenu vers sept heures et avait dîné seul. Après quoi il avait pénétré dans l'appartement du commandant pour consulter une carte marine; puis, il était reparti vers huit heures dans le canot qui l'avait ramené de terre.

Ce furent les dernières nouvelles qu'on eut de lui.

Le lendemain soir, à cinq heures, Tudor Brown n'avait pas reparu. Il savait pourtant que les réparations de la machine devaient être terminées, les feux rallumés, et que le départ de 'Alaska ne pouvait être retardé. Le commandant avait pris soin d'en avertir tout le monde. Il donna donc l'ordre de lever l'ancre.

Le navire allait larguer ses amarres, quand un canot, lancé à toute vitesse, fut signalé, venant du quai. Tout le monde crut qu'il portait Tudor Brown. On vit bientôt qu'il s'agissait seulement d'une lettre. A la surprise générale, cette lettre était adressée à Erik.

En l'ouvrant, Erik constata qu'elle contenait simplement la carte de M. Durrieu, consul général honoraire, membre de la Société de géographie, avec ces mots au crayon :

« Bon voyage!... Prompt retour!... »

Explique qui pourra ce qui se passa dans l'âme d'Erik. Cette attention d'un savant aimable et distingué lui alla au cœur et fit monter une larme à ses yeux. En quittant cette terre hospitalière, qu'il connaissait depuis trois jours à peine, il lui semblait quitter une patrie. Il serra la carte de M. Durrieu dans son carnet, en se disant que cet adieu d'un vieillard lui porterait bonheur.

Deux minutes plus tard, l'*Alaska* se mettait en mouvement et s'avançait vers le goulet. A six heures, il l'avait franchi, et le pilote lui souhaitait bon voyage.

On était au 20 février. Le temps était clair. Le soleil avait disparu sous une ligne d'horizon aussi nette qu'en un jour d'été. Mais la nuit montait, et bientôt elle allait être profonde, car la lune ne devait se lever qu'à dix heures du soir. Erik, de service pendant le premier quart, se promenait d'un pas léger sur le gaillard d'arrière. Il lui semblait qu'avec Tudor Brown le mauvais génie de l'expédition avait disparu.

« Pourvu qu'il n'aille pas s'aviser de nous rejoindre à Malte ou à Suez! » se disait-il.

Et c'était en effet possible, — probable même, si Tudor Brown avait voulu s'épargner le long détour que l'*Alaska* devait faire pour se rendre en Égypte. Pendant que le navire allait contourner la France et l'Espagne, il pouvait, si bon lui semblait, se donner une semaine de séjour à Paris ou sur tout autre point du trajet par terre, et rejoindre ensuite l'*Alaska* par la malle des Indes, soit à Alexandrie ou à Suez, soit même à Aden, à Colombo de Ceylan, à Singapour ou à Yokohama.

Mais enfin ce n'était qu'une possibilité. La réalité du moment, c'est qu'il ne se trouvait plus là, et il n'en fallait pas davantage pour mettre tout le monde en gaieté.

Aussi le dîner, qui eut lieu à six heures et demie, comme à l'ordinaire, fut-il le plus cordial qu'on eût encore vu. Au dessert, on but au succès de l'expédition, que chacun associait, plus ou moins distinctement, au fond de sa pensée, avec l'absence de Tudor Brown. Puis on monta sur le pont pour fumer un cigare.

La nuit était profonde. Au loin, vers le nord, on voyait

briller le feu du cap Saint-Mathieu, celui des Pierres-Noires et celui d'Ouessant. Vers le sud, on laissait à l'arrière le grand feu fixe du Bec-du-Raz et le feu clignotant à éclipses de Tevennec. Le petit feu fixe de la falaise du Bec-du-Raz, qui n'éclaire que deux secteurs, l'un de 41 degrés, l'autre de 30, vers l'ouest, venait d'être signalé, ce qui montrait qu'on était en bonne route. Par le travers même de l'*Alaska,* à bâbord, brillait le feu de l'île de Sein, feu à éclats, se succédant de quatre secondes en quatre secondes, précédés et suivis d'éclipses. Une bonne brise de nord-est accélérait la marche du navire en l'appuyant fortement sur sa hanche de bâbord. Aussi roulait-il peu, quoique la mer fût assez houleuse.

Comme les dîneurs arrivaient sur le pont, l'homme de service à l'arrière achevait de tirer le loch.

« Dix nœuds un quart, dit-il au commandant qui s'avançait vers lui pour savoir le résultat de l'opération.

— C'est une jolie marche, à laquelle on s'abonnerait pour cinquante ou soixante jours ! dit le docteur en riant.

— En effet, répondit le commandant, et nous n'aurions plus, en ce cas, beaucoup de charbon à brûler pour arriver au détroit de Behring. »

Sur ces mots, il quitta le docteur et redescendit à sa chambre. Là, il choisit, dans un grand casier ouvert sous ses baromètres et ses montres marines, une carte doublée de toile qu'il déploya sur son bureau, à la vive lueur d'une énorme lampe Carcel suspendue au plafond. C'était une carte de l'amirauté britannique, indiquant tous les détails de la région maritime dite armoricaine et présentement parcourue par l'*Alaska,* entre le 47° et le 49° degré de latitude nord, le 4° et le 5° degré de longitude ouest de Greenwich. La carte avait près d'un mètre carré de surface. Les côtes, les îles, les feux fixes et tournants, les bancs de sable, les profondeurs et jusqu'aux directions à suivre y étaient marqués par le menu. Avec une carte pareille

et une boussole, il semblait qu'un enfant même eût pu guider
le plus gros navire dans ces parages pourtant si périlleux, où
naguère encore un officier distingué de la marine française,
le lieutenant Mage, l'explorateur du Niger, vint se perdre corps
et biens avec tous ses compagnons de la *Magicienne,* après le
Sané et tant d'autres.

Le hasard voulait que le commandant Marsilas n'eût jamais
navigué dans ces eaux. En fait, la nécessité seule de relâcher
à Brest l'y avait amené, sans quoi il eût passé fort au large.
Aussi ne pouvait-il se fier qu'à une étude attentive de la carte du
soin de rester en bonne route. Mais la chose semblait des plus
simples. Laissant sur sa gauche la Pointe-du-Van, le Bec-du-
Raz et l'île de Sein, séjour légendaire des neuf Druidesses,
presque toujours voilé par la poussière des lames mugissantes,
il n'avait qu'à courir droit à l'ouest, pour virer au sud quand
il se trouverait au large. Le feu fixe de l'île indiquait nettement
sa position, et, d'après la carte, à moins d'un quart de mille à
l'ouest de ce feu, l'île finissait à pic par de hautes falaises,
bordée par la mer libre à des profondeurs qui atteignaient rapidement cent mètres. Ce point de repère étant précieux par une
nuit aussi sombre, le commandant, après un examen minutieux
de la carte, se décida à le ranger de plus près qu'il n'aurait fait
peut-être en plein jour, c'est-à-dire à trois ou quatre milles au
large. Il remonta donc sur le pont, donna un coup d'œil à la
mer et dit à Erik d'appuyer de vingt-cinq degrés au sud-ouest.

L'ordre parut surprendre le jeune lieutenant.

« C'est bien au sud-ouest? demanda-t-il respectueusement,
croyant avoir mal entendu.

— J'ai dit au sud-ouest, répéta un peu sèchement le commandant. Cette route n'est pas de votre goût?

— Puisque vous me posez la question, commandant, je
dois vous avouer que non, répondit franchement Erik. J'aurais
préféré courir plus longtemps à l'ouest.

— A quoi bon?... Pour perdre une nuit de plus? »

Le ton du commandant ne permettait pas d'insister. Erik
donna l'ordre tel qu'il l'avait reçu. Après tout, son chef était
un marin éprouvé et dans lequel on pouvait avoir pleine confiance.

Si léger qu'il fût, le changement de direction avait suffi
pour modifier sensiblement l'allure du navire. L'*Alaska* commençait à rouler fortement et, à chaque embardée, piquait son
avant dans la lame. Tout autour de lui, c'était maintenant un
bouillonnement confus de petites vagues à crête blanche. Le
loch indiquait quatorze nœuds, et, comme la brise fraîchissait
encore, Erik jugea prudent de faire prendre deux ris.

Le docteur et M. Bredejord, en proie à un malaise subit,
ne tardèrent pas à descendre dans leurs cabines. Le commandant, qui s'était pendant quelques minutes promené de long
en large sur le pont, fit bientôt comme eux.

Il était à peine arrivé dans sa chambre, quand Erik en personne s'y présenta.

« Commandant, dit le jeune homme, je viens d'entendre à
bâbord des bruits suspects! On dirait des lames qui se brisent
sur les rochers!... Je me crois en conscience obligé de vous
dire qu'à mon estime nous suivons une route dangereuse!...

— Décidément, Monsieur, vous avez l'inquiétude tenace !
s'écria le commandant. Quel danger pouvez-vous craindre tant
que nous avons ce feu à trois bons milles de nous, si ce n'est
quatre? »

Et, d'un doigt impatient, il montrait sur la carte, toujours
étalée sur son bureau, l'île de Sein, qui se dressait comme
une sentinelle avancée à la pointe extrême du musoir breton.

Erik suivit la direction de ce doigt. Il vit clairement qu'en
effet aucun danger n'était signalé aux abords de l'île taillée à
pic et entourée d'eaux profondes. Rien ne pouvait être, aux
yeux d'un marin, plus rassurant et plus décisif. Pourtant, ce

n'était pas une illusion, non plus, ces bruits de lames brisées qu'il avait perçus à sa gauche, c'est-à-dire sous le vent, et conséquemment à une faible distance.

Chose bizarre, qu'Erik osait à peine se dire à lui-même, il lui semblait ne pas reconnaître, dans les profils de côtes qu'il avait sous les yeux, l'image sinistre et perfide que sa mémoire gardait de ces parages, tels qu'il les avait vus décrits dans les traités de géographie. Mais quoi! opposer une impression fugitive, un vague souvenir, à un fait aussi brutal et aussi précis qu'une carte de l'amirauté britannique!... Erik ne l'osa pas. Les cartes sont faites précisément pour garantir les navigateurs contre les erreurs ou les illusions de leur mémoire. Il salua son chef et remonta.

Il n'avait pas encore mis le pied sur la passerelle que ces cris retentirent :

« Brisants à tribord! » suivis presque aussitôt d'un second appel : « Brisants à bâbord!... »

Il y eut aussitôt sur le pont un coup de sifflet accompagné d'un trépignement confus, une série de manœuvres effectuées l'une sur l'autre. L'*Alaska* ralentit sa marche et fit machine en arrière... Le commandant se précipita vers l'escalier.

A ce moment, il perçut un bruit sourd qui ressemblait à un froissement de traîneau sur la neige. Soudain une secousse terrible le jeta à la renverse en faisant frémir le navire de la quille à la pointe de ses mâts!... Puis le silence se fit, et l'*Alaska* resta immobile.

Il venait de se loger comme un coin entre deux rochers sous-marins.

Le commandant Marsilas, la tête ensanglantée par sa chute, se releva pour monter sur le pont. Tout y était dans une confusion inouïe. Les matelots éperdus se précipitaient vers les chaloupes. Les lames se brisaient avec fureur sur cet écueil nouveau que leur opposait le navire naufragé. Les deux yeux

20

lumineux de Tevennec et de l'île de Sein, ouverts sur l'*Alaska*
avec une fixité implacable, semblaient lui reprocher de s'être
jeté sur les dangers qu'ils avaient pour fonction de signaler.
Erik, debout sur la passerelle et se penchant à tribord, cherchait
à percer la nuit du regard et à mesurer l'étendue du désastre.

« Enfin, Monsieur, qu'y a-t-il donc? lui cria le commandant encore à demi étourdi de sa chute.

— Il y a, monsieur, qu'en appuyant au sud-ouest, selon
vos ordres, nous nous sommes jetés sur des brisants! » répliqua
Erik.

Le commandant Marsilas ne dit pas un mot. Qu'aurait-il
pu répondre?... Il tourna sur ses talons et revint vers l'escalier.

Chose étrange, la situation était tragique et elle ne semblait pas immédiatement périlleuse. L'immobilité même du
navire, la présence de ces deux feux, le voisinage de la terre qui
ne se révélait que trop par ces roches entre lesquelles l'*Alaska*
se trouvait pris comme dans une pince, — tout concourait à
faire de ce désastre une aventure plus morne encore qu'effrayante. Erik, pour son compte, n'y voyait qu'un fait : l'expédition arrêtée court, l'occasion perdue de retrouver Patrik
O'Donoghan!...

Il n'avait pas plutôt laissé échapper la réponse un peu vive,
dictée par l'amertume dont son cœur était rempli, qu'il l'avait
regrettée. Il quitta donc la passerelle pour redescendre sur le
pont et chercher des yeux son chef, avec l'intention généreuse
de le réconforter, s'il était possible.

Mais le commandant avait disparu, et trois minutes ne
s'étaient pas écoulées qu'une détonation retentit dans sa
chambre.

Erik y courut. La porte était fermée intérieurement. Il l'en-
fonça d'un coup de pied.

Le commandant Marsilas gisait sur le tapis, le front ouvert
et fracassé, un revolver dans la main droite.

ERIK CHERCHAIT A MESURER L'ÉTENDUE DU DÉSASTRE.

Voyant le navire perdu par sa faute, il s'était fait sauter la
cervelle. La mort avait été instantanée. Le docteur et M. Bredejord, accourus derrière le jeune lieutenant, ne purent que
la constater.

Mais l'heure n'était pas aux vains regrets. Erik, laissant aux
deux amis le soin de relever le cadavre et de le déposer sur la
couchette, avait le devoir de remonter sur le pont et de songer
au salut de l'équipage.

Comme il passait devant la cabine de M. Malarius, l'excellent homme, réveillé par l'immobilité du navire ou par le coup
de feu, ouvrit sa porte et passa au dehors sa tête blanche,
coiffée de l'inévitable bonnet de soie noire. Depuis Brest il
n'avait pas cessé de dormir et ne s'était aperçu de rien.

« Eh bien! qu'est-ce donc?... Qu'y a-t-il? demanda-t-il avec
douceur.

— Ce qu'il y a? lui répondit Erik. Il y a, mon cher maître,
que l'*Alaska* est à la côte et que le commandant vient de se
tuer!

— Oh! s'écria M. Malarius au comble de la surprise. Mais
alors, mon enfant, adieu notre expédition!

— Ceci, cher maître, est une autre affaire, répliqua Erik.
Je ne suis pas mort, moi, et, tant qu'il me restera un souffle de
vie, je dirai : En avant! »

CHAPITRE XIV

LA BASSE-FROIDE

L'*Alaska* s'était jeté entre les roches avec une telle violence qu'il s'y trouvait comme incrusté, et restait absolument immobile. Il ne semblait pas être dans une situation immédiatement critique pour l'équipage. Les lames, rencontrant cet obstacle inaccoutumé, venaient bien le battre, en balayant le pont et jetant leurs embruns jusque dans la mâture; mais la mer n'était pas assez grosse pour que cela constituât un danger pressant. Si le temps ne changeait pas, on pouvait compter arriver au jour sans nouveau désastre.

Erik vit cela d'un coup d'œil. Il avait naturellement pris le commandement, en sa qualité de premier officier. Après avoir donné l'ordre de fermer avec soin les sabords et les hublots et de jeter des bâches goudronnées sur toutes les ouvertures, pour le cas où la mer deviendrait plus forte, il descendit à fond de cale, en compagnie du maître charpentier. Là il constata avec une vive satisfaction qu'aucune voie d'eau ne s'était produite. Le revêtement extérieur de l'*Alaska* avait évidemment protégé sa coque interne, et la précaution prise en vue des glaces polaires s'était trouvée des plus efficaces contre le récif armoricain. A la vérité, la machine à vapeur s'était arrêtée net, détraquée par l'effroyable secousse. Mais il ne s'était pas pro-

duit d'explosion, et l'on n'avait pas d'avarie vitale à déplorer.
Erik résolut d'attendre le jour pour débarquer son monde, si
cela était nécessaire.

Il se contenta donc de faire tirer le canon, pour demander
du secours à l'île de Sein, et de mettre à la mer la chaloupe à
vapeur pour la dépêcher à Lorient.

« Nulle part, se disait-il avec raison, il n'avait chance de
trouver des moyens de sauvetage plus prompts et plus puissants
que dans ce grand arsenal maritime de la France occidentale ! »

Ainsi, à cette heure tragique, où chacun à bord croyait tout
perdu sans retour, il commençait déjà à espérer. Ou plutôt son
âme intrépide était de celles qui ne connaissent pas le découragement et jamais ne s'avouent vaincues.

« Qu'il soit seulement possible de dégager l'*Alaska*, pen-
sait-il, et nous verrons bien qui aura le dernier mot ! »

Mais il n'avait garde d'exprimer encore cet espoir, que les
autres auraient sans doute trouvé chimérique. Il dit seulement,
en revenant de la visite dans la cale, que tout allait bien pour
le présent, et qu'on avait largement le temps de recevoir du
secours. Puis, il ordonna une distribution de thé au rhum à
tout l'équipage.

Il n'en fallait pas plus pour mettre ces grands enfants en
belle humeur. Le lancement de la chaloupe à vapeur s'opéra
donc avec beaucoup d'entrain.

Comme il s'achevait, des fusées, parties du phare de Sein,
annoncèrent que l'on venait au navire naufragé. Bientôt des
feux rouges se montrèrent dans la nuit, et passèrent au vent
de l'*Alaska*. Des voix hélèrent. On put leur répondre et savoir
qu'on était naufragé sur la Basse-Froide de la chaussée de Sein.
Une grande heure s'écoula avant qu'un canot pût accoster, tant
le ressac était fort et l'opération périlleuse. Mais, enfin, les six
hommes qui le montaient parvinrent à saisir un grelin et à se
hisser sur l'*Alaska*.

C'ÉTAIENT SIX RUDES PÊCHEURS QUI N'EN ÉTAIENT PAS
A LEUR PREMIER SAUVETAGE.

C'étaient six rudes pêcheurs de Sein, — grands et intré-
pides gaillards, — qui n'en étaient pas à leur premier sauvetage. Ils approuvèrent pleinement l'idée de demander de l'aide
à Lorient, car le petit port de l'île ne pouvait offrir les ressources nécessaires. Il fut convenu que deux d'entre eux parti-
raient dans la chaloupe à vapeur avec maaster Hersebom
et Otto, dès que la lune arriverait au-dessus de l'horizon. En
attendant, ils donnèrent quelques renseignements sur le théâtre
du naufrage.

La chaussée de Sein est un haut-fond, en forme de pointe,
qui part de l'île de Sein, dans la direction de l'ouest et s'étend
à neuf milles de distance de cette île. Elle se divise en deux
parties : le Pont de Sein et la Basse-Froide.

Le Pont de Sein a environ quatre milles de longueur sur
un mille et demi de large. Il se compose d'une suite de roches
assez élevées, qui forment une chaîne au-dessus des eaux. La
Basse-Froide prolonge le Pont de Sein sur cinq milles de longueur et deux tiers de mille de largeur moyenne ; elle présente
également un très grand nombre d'écueils, qui ne s'élèvent pas
au-dessus des hautes mers, et dont un très petit nombre seulement découvrent à mer basse. Les principaux sont Cornengen,
Schomeur, Cornoc-ar-Goulet, Bas-Von, Madiou et Ar-men. Ce
sont les moins redoutables, parce qu'ils sont visibles. Le nombre et l'irrégularité des pointes sous-marines, encore incom-
plètement connues, l'extrême violence de la mer sur ce banc de
sable, les courants qui le balayent en tous sens, en font le plus
dangereux des abords et le plus fécond en naufrages. Aussi les
phares de l'île de Sein et du Bec-du-Raz ont-ils été établis de
manière à donner l'alignement de la chaussée, qui peut ainsi
être reconnue et évitée par les navires venant de l'ouest. Mais
elle est restée si périlleuse pour ceux qui viennent du sud,
qu'on a dû se préoccuper, de longue date, d'en signaler la
pointe par un feu spécial. Malheureusement, il n'existe à cette

extrémité aucun îlot ou rocher où l'on puisse construire, et la
violence habituelle de la mer ne permet pas de songer à un feu
flottant. Il a donc fallu se résoudre à élever le phare sur la
roche d'Ar-men, située à trois milles de la pointe extrême.
Encore les travaux sont-ils entourés de si grandes difficultés,
que ce phare, commencé en 1867, douze ans plus tard, en 1879,
n'était arrivé qu'à moitié hauteur, c'est-à-dire à treize mètres
au-dessus des eaux. On cite telle année où il n'a été possible
d'y travailler que pendant huit heures, quoique les ouvriers
fussent constamment à guetter l'instant favorable. Le phare
n'existait donc encore qu'en projet, au moment de la catastrophe de l'*Alaska*.

Mais cela ne suffisait pas à expliquer qu'on fût venu se
jeter, en sortant de Brest, sur un danger pareil. Erik se promit
d'approfondir la question aussitôt après le départ de la chaloupe à vapeur.

Ce départ put bientôt s'effectuer, la lune n'ayant pas tardé
à paraître. Le jeune commandant décida alors que la bordée
de quart resterait seule sur le pont, l'autre allant se reposer
comme à l'ordinaire ; puis, il descendit à la chambre d'honneur.

M. Bredejord, M. Malarius et le docteur veillaient auprès
du cadavre. Ils se levèrent en voyant entrer Erik.

« Mon pauvre enfant, qu'est-ce enfin que ce drame, et comment tout ceci est-il arrivé ? demanda le docteur.

— C'est inexplicable, répondit le jeune homme en se penchant sur la carte étalée sur le bureau du mort. Je sentais
instinctivement, et je l'avais dit, que nous n'étions pas en
bonne route. Mais, à mon estime et à celle de tout le monde,
nous sommes à trois milles au moins de l'ouest de ce feu, — à
peu près ici, ajouta-t-il en montrant un point sur la carte, —
et vous le voyez, aucun danger n'y est indiqué... ni banc de
sable, ni récifs !... La couleur foncée des grandes profondeurs !...
C'est inconcevable !... On ne peut pourtant pas supposer une

erreur dans une carte de l'amirauté britannique, et sur une région maritime aussi connue, aussi minutieusement relevée depuis des siècles !... Ce qui se passe est absurde comme un cauchemar !

— Ne peut-il y avoir eu erreur sur la position ? N'a-t-on pas pris et ne prend-on pas encore un feu pour un autre ? demanda M. Bredejord.

— C'est à peu près impossible dans un trajet aussi court que le nôtre, depuis notre sortie de Brest ! dit Erik. Songez donc que nous n'avons pas un instant perdu les terres de vue et que nous sommes constamment allés d'un repère à l'autre ! Il faudrait supposer qu'un des feux portés sur la carte n'a pas été allumé, ou qu'un feu supplémentaire a été ajouté, — supposer en un mot l'invraisemblable !... Sans compter que cela ne suffirait pas, car notre course a été si régulière, notre loch si soigneusement relevé, qu'il n'y a pour ainsi dire pas d'erreur admissible ! Nous pouvons donner, à cinq cents mètres près, le graphique de notre route. Le terme de ce graphique correspond exactement à la position que l'observation nous assigne actuellement par rapport au feu de l'île de Sein !... Et pourtant, le fait est que nous sommes sur un écueil, quand, d'après la carte, nous devrions être sur trois cents mètres d'eau !...

— Mais comment cela va-t-il finir ? Voilà ce qu'il faudrait savoir ! s'écria le docteur.

— Nous le saurons bientôt, répondit Erik, si les autorités maritimes veulent mettre quelque empressement à nous envoyer du secours. Pour le présent, nous n'avons qu'à attendre, et le mieux pour tout le monde sera d'aller paisiblement dormir, comme si nous étions à l'ancre dans la baie la plus sûre ! »

Le jeune commandant n'ajoutait pas que, personnellement, il se réservait le soin de veiller pendant que ses amis se livreraient au repos. Et c'est ce qu'il fit toute la nuit, tantôt se promenant sur le pont et s'assurant que les hommes de quart

21

faisaient bonne garde, tantôt redescendant quelques minutes
au salon.

Comme le jour allait poindre, il eut la satisfaction de constater que la houle tombait à vue d'œil avec la brise. Il s'aperçut aussi que la marée était au plus bas, et allait bientôt laisser
l'*Alaska* presque à sec. Cela lui donnait l'espoir de vérifier
promptement l'étendue du désastre, et, en effet, vers sept heures
du matin, il lui fut possible de procéder à cet examen.

Le navire se trouvait comme piqué sur ces dents de rochers,
qui sortent du banc de sable. Trois de ces pointes avaient crevé
le bordage extérieur de l'*Alaska* au moment du naufrage, et le
maintenaient comme auraient pu le faire des étais. La direction même de ces étais, qui étaient inclinés vers le nord, c'est-
à-dire en sens contraire de la marche de l'*Alaska* au moment
du naufrage, expliquait qu'ils l'eussent arrêté net au bord même
du banc de sable, et empêché d'aller se jeter plus avant sur
l'écueil. La manœuvre suprême, commandée par Erik, avait
aussi contribué à rendre le choc moins terrible. Le navire,
ayant fait machine en arrière quelques secondes avant de toucher, n'avait été porté sur le récif que par ce qui lui restait de
vitesse acquise et par le courant. Nul doute que, sans cela, il
eût été mis en pièces. D'autre part, la brise et les lames, s'étant
tenues toute la nuit dans le même sens, avaient aidé à maintenir l'*Alaska* en place, au lieu de le fixer sur les roches, comme
cela n'aurait pas manqué avec un changement de vent. Au total,
il n'était pas possible d'avoir plus de bonheur dans un désastre.
Toute la question maintenant restait d'arriver à dégager le
navire, avant qu'une saute de vent vînt modifier des conditions
si favorables.

Erik résolut de ne pas perdre une minute. Aussitôt après le
déjeuner de l'équipage, il mit tout le monde au travail pour
élargir, à grands coups de hache, les trois plaies principales
faites au bordage extérieur par les pointes de rocher. Qu'un

remorqueur, envoyé de Lorient, arrivât à temps maintenant,
et il deviendrait possible, à marée haute, de dégager l'*Alaska*
presque sans effort. On peut penser si le jeune commandant
épiait, avec impatience, l'apparition du moindre panache de
fumée sur l'horizon.

Tout vint à souhait comme il le désirait. Et d'abord, le
temps resta aussi calme, aussi doux qu'on pouvait l'espérer.
Puis, vers midi, un aviso, suivi de près par un remorqueur,
parut dans les eaux de l'*Alaska*. L'aviso était commandé par
un lieutenant de vaisseau, qui venait se mettre courtoisement
à la disposition des naufragés.

Erik et l'état-major du navire suédois le reçurent à la coupée, comme cela se doit ; puis, on descendit au salon.

« Mais expliquez-moi donc, demanda le lieutenant, comment vous avez pu vous jeter sur la chaussée de Sein, en sortant de Brest, demanda-t-il à Erik.

— Cette carte vous l'expliquera, répondit Erik. Il n'y est
fait aucune mention de ce danger ! »

L'officier français examina avec curiosité d'abord, puis avec
stupeur, le tracé géographique qui lui était soumis.

« En effet, la Basse-Froide n'y est pas marquée... ni le
Pont de Sein !... s'écria-t-il. C'est une négligence inouïe !...
Comment ! la teinte bleue des grandes profondeurs au ras de
l'île !... Et ce profil à pic !... jusqu'à la position du phare qui
est inexactement donnée !... Vous me voyez aller de surprise
en surprise !... C'est pourtant une carte de l'amirauté britannique !... Mais pour une mauvaise carte, assurément c'en est
une !... On dirait qu'on a pris plaisir à la faire erronée, trom-
peuse et perfide !... Les navigateurs d'autrefois jouaient volontiers de ces aimables tours à leurs rivaux ! Je n'aurais jamais
cru que l'Angleterre pût avoir conservé de pareilles traditions !

— Est-il bien sûr que ce soit l'Angleterre ? demanda M. Bredejord de sa voix flûtée. Pour moi, il me vient un autre soup-

çon ; c'est que cette carte pourrait bien être l'œuvre d'un faussaire, et avoir été placée, par une main criminelle, dans le casier de l'*Alaska*...

— Par Tudor Brown ! s'écria impétueusement Erik. Le soir du dîner chez le préfet de Brest !... quand il s'est introduit dans la chambre d'honneur, sous prétexte de consulter une carte !... Oh ! l'infâme !... C'est donc pourquoi il n'est pas revenu à bord ?...

— Cela semble trop évident ! dit le docteur Schwaryencrona. Et pourtant, une action si noire suppose de tels abîmes de scélératesse !... Dans quel but l'aurait-il commise ?...

— Et dans quel but est-il venu à Stockholm, tout exprès pour vous dire que Patrick O'Donoghan était mort ? répliqua M. Bredejord. Dans quel but a-t-il souscrit vingt-cinq mille kröners pour le voyage de l'*Alaska*, quand ce voyage ne pouvait plus faire de doute ?... Dans quel but s'est-il embarqué avec nous pour nous quitter à Brest ?... En vérité, je trouve qu'il faudrait être aveugle pour ne pas voir maintenant, entre ces faits, un enchaînement aussi logique qu'effrayant ! Quel est dans tout cela l'intérêt de Tudor Brown ? Je l'ignore. Mais cet intérêt doit être bien grave, bien redoutable, pour qu'il n'ait pas reculé devant de pareils moyens d'arrêter notre conquête ! Car, j'en suis convaincu, maintenant, c'est lui qui nous a fait relâcher à Brest, c'est lui qui nous a conduits comme par la main sur l'écueil où nous devions trouver la mort !

— Il semble pourtant difficile qu'il ait prévu la route que choisirait le capitaine ! objecta honnêtement M. Malarius.

— Pourquói ? Cette route n'était-elle pas tout indiquée par la modification même qu'il avait fait subir à la carte ? Après trois jours de retard, il était certain que le commandant Marsilas voudrait regagner le temps perdu et irait au plus court ! Croyant la mer libre au bord de Sein et allant au sud, il y avait neuf à parier sur dix qu'il se jetterait sur la Chaussée !...

— C'est vrai, dit Erik, mais la preuve que le procédé était bien incertain, c'est que j'avais insisté auprès du commandant pour qu'il courût encore à l'ouest.

— Et qui dit que d'autres cartes n'étaient pas prêtes pour nous tromper sur d'autres parages, si nous avions échappé à la Basse-Froide ? s'écria M. Bredejord.

— C'est facile à vérifier, » répliqua Erik, en allant prendre dans le casier toutes les cartes de détail qui s'y trouvaient.

La première qu'il ouvrit était celle de la Corogne, — et d'un coup d'œil, l'officier français y signala deux ou trois erreurs graves. La seconde était celle du cap Saint-Vincent. Il en était de même. La troisième était celle de Gibraltar. Ici encore les fausses indications éclataient aux yeux ! Un plus ample examen eût été superflu, et aucun doute ne pouvait subsister. Si le naufrage de l'*Alaska* ne s'était pas produit à la Chaussée de Sein, il devait nécessairement se produire avant d'arriver à Malte !

Quant au procédé employé pour préparer ses attentats, un examen attentif des cartes suffit à le révéler. C'était bien des cartes de l'amirauté anglaise, mais effacées en partie par un lavage chimique, et retouchées de manière à donner des indications fausses parmi les indications vraies. Si habiles que fussent ces retouches, elles se distinguaient à de légères différences de teinte et de ton, maintenant qu'on en était averti. Enfin, une circonstance mettait hors de doute la préméditation du coupable : les cartes de l'*Alaska* portaient le timbre du ministère de la marine suédoise ; celles qu'on avait introduites dans la collection n'avaient pas de timbre. Le faussaire avait jugé qu'on n'y regarderait pas de si près pour courir à la mort.

Ces découvertes successives avaient plongé dans la consternation tous ceux qui prenaient part à l'enquête. Erik sortit le premier du profond silence qui avait succédé à la discussion.

« Pauvre commandant Marsilas ! dit-il d'une voix émue,

c'est lui qui aura payé pour nous tous !... Mais, puisque nous
avons échappé, presque par miracle, au sort qui nous était réservé, tâchons au moins de ne plus rien laisser au hasard !...
La marée monte et sera bientôt assez haute pour qu'il soit
possible de dégager l'*Alaska!*... Si vous le voulez bien, Messieurs, nous allons nous en occuper sans délai ! »

Il parlait avec une autorité simple, une dignité modeste que
lui inspirait déjà le sentiment de la responsabilité. Se voir à
son âge investi du commandement d'un navire, dans de telles
circonstances et au début d'une expédition aussi hasardeuse,
était certes une aventure assez imprévue. Mais il avait, depuis
la veille, la certitude de se trouver à la hauteur de tous les
devoirs ; il savait qu'il pouvait compter sur lui-même, sur son
équipage, et cette idée le transfigurait. L'enfant d'hier était
aujourd'hui un homme. La flamme des héros brillait dans son
regard. Son ascendant s'imposait invinciblement à tout son
entourage. M. Bredejord et le docteur le subissaient comme
les autres.

L'opération, préparée par les travaux de la matinée, fut plus
facile encore qu'on ne l'espérait. Soulevé par le flot, le navire
ne demandait en quelque sorte qu'à s'arracher aux pointes de
rocher qui le retenaient. Il suffit au remorqueur de se mettre
en marche et d'exercer une traction sur les amarres de l'arrière,
pour qu'avec un grincement de bois traîné et de bordages
déchirés, le navire échappât à la terrible étreinte, et, tout à
coup, se retrouvât libre, — alourdi, il est vrai, par l'eau qui
inondait ses compartiments étanches, privé du secours de son
hélice qui avait talonné, et de sa machine qui restait inerte et
silencieuse, — mais maniable, après tout, obéissant à la barre
et prêt à naviguer, s'il l'avait fallu, sous ses deux focs et son
hunier.

Tout l'équipage, assemblé sur le pont, avait suivi avec une
émotion assez concevable les péripéties de cet effort décisif, et

il salua d'un hurrah la délivrance de l'*Alaska*. L'aviso français
et le remorqueur répondirent à ce cri de joie par des acclamations pareilles. Il était trois heures après midi. Tout près de
l'horizon un beau soleil de février inondait de lumière la mer
calme et scintillante, qui achevait de recouvrir les sables et les
rochers de la Basse-Froide, comme pour effacer jusqu'au souvenir des drames de la nuit.

Le soir même, l'*Alaska* était en sûreté dans la rade de
Lorient. Dès le lendemain, les autorités maritimes françaises,
avec une bonne grâce parfaite, autorisaient sa mise à sec dans
un des bassins de radoub de Caudan. Les avaries de la coque
n'avaient rien de grave. Celles de la machine étaient plus com-
pliquées, mais non pas sans remède. Peut-être auraient-elles,
néanmoins, nécessité partout ailleurs de très longs délais.
Mais, comme Erik l'avait prévu, nulle part au monde il n'aurait pu trouver, du jour au lendemain, les précieuses ressources que lui offraient les chantiers de construction navale,
les forges et les fonderies de Lorient. La maison Gamard,
Norris et Cⁱᵉ s'engagea à tout réparer en trois semaines. On
était au 23 février; le 16 mars, on pourrait se remettre en
route, avec de bonnes cartes, cette fois.

Cela laissait trois mois et demi pour arriver au détroit de
Behring à la fin de juin. L'entreprise n'avait rien d'impossible,
quoiqu'elle se trouvât resserrée dans des limites assez étroites.
Erik n'admettait même pas qu'on pût l'abandonner. Il ne craignait qu'une chose, c'était de s'y voir contraint. Aussi avait-il
refusé d'adresser à Stockholm un rapport sur le naufrage, de
peur d'être rappelé, et de déposer une plainte en justice contre
l'auteur présumé de l'attentat, de peur d'être retardé par l'instruction criminelle.

Qui sait pourtant si l'impunité n'allait pas encourager
Tudor Brown à semer de nouveaux obstacles sur la route de
l'*Alaska?* C'est ce que M. Bredejord et le docteur se deman-

daient, en jouant au whist avec M. Malarius dans le petit salon
de l'hôtel où ils étaient descendus en arrivant à Lorient.

Pour M. Bredejord, la question ne faisait pas doute. Un
sacripant comme ce Tudor Brown, s'il connaissait l'échec de sa
tentative, — et comment douter qu'il la connût? — ne devait
reculer devant rien pour la renouveler. Croire qu'on arriverait
jamais au détroit de Behring était donc plus qu'une illusion,
c'était de la démence. M. Bredejord ne savait pas comment
Tudor Brown s'y prendrait pour l'empêcher; mais il était certain qu'il en trouverait le moyen. Le docteur Schwaryencronu
inclinait à penser de même, et M. Malarius ne se trouvait guère
plus rassuré. Le découragement planait donc sur ces parties de
whist, et les promenades que les trois amis faisaient aux alen-
tours de la ville n'étaient pas non plus bien gaies. Leur grande
affaire était de surveiller les travaux du mausolée qu'ils élevaient au commandant Marsilas, dont tout Lorient avait suivi
les obsèques. Et la vue de ce monument funèbre n'était pas faite
pour donner aux survivants de l'*Alaska* des idées couleur de
rose.

Mais il leur suffisait de retrouver Erik pour se reprendre à
espérer. Sa résolution à lui était si inébranlable, son activité si
soutenue, il montrait une volonté si ferme d'aborder tous les
obstacles, quels qu'ils fussent, avec la certitude de les vaincre,
qu'il devenait impossible de manifester ou même de conserver
intérieurement des sentiments moins héroïques.

Un fait nouveau vint pourtant donner la preuve que Tudor
Brown poursuivait un programme défini. Le 14 mars, au soir,
Erik avait vu les travaux de la machine presque achevés. Il ne
restait plus qu'à ajuster une des pompes, et cela devait être fait
le lendemain. A l'heure dite, on allait être prêt. Or, dans la nuit
du 14 au 15, ce corps de pompe disparut des ateliers de
MM. Gamard, Norris et Cⁱᵉ, et il fut impossible de le retrouver.
Comment s'était fait cet enlèvement? Quels en étaient les

autours? C'est ce que l'enquête la plus minutieuse ne put établir.

Toujours est-il qu'il fallait maintenant dix jours de plus pour refaire ce travail, ce qui ajournait au 25 mars le départ de l'*Alaska*.

Chose singulière, cet incident eut plus d'influence sur l'esprit d'Erik que n'en avait eu le naufrage même. Il y vit, en effet, la marque certaine d'une volonté persistante d'empêcher le voyage de l'*Alaska*. Et cette évidence redoubla encore, s'il est possible, l'ardent désir qu'il avait de la mener à bien.

Ces dix jours de délai furent presque exclusivement consacrés par lui à examiner la question sous toutes ses faces. Plus il l'étudiait, plus il arrivait à se convaincre que se donner pour mandat d'arriver au détroit de Behring en trois mois, par un itinéraire connu de Tudor Brown, quand l'*Alaska* se trouvait encore à Lorient, quarante jours après avoir quitté Stockholm, c'était courir à l'insuccès, sinon au désastre irréparable.

Cette conclusion ne l'arrêta pas; mais elle l'amena à penser qu'une modification aux plans originaux était indispensable. Il n'eut garde, d'ailleurs, d'en rien dire, jugeant avec raison que le secret était la condition première de la victoire. Il se contenta de surveiller plus étroitement que jamais les travaux de réparation.

Mais ses compagnons crurent remarquer qu'il était désormais moins pressé de repartir. Ils en conclurent qu'au fond il voyait l'entreprise irréalisable, comme, pour leur compte, ils le croyaient désormais.

En quoi ils se trompaient.

Le 25 mars, à midi, l'*Alaska* sortait du bassin, descendait la rade et reprenait le large.

CHAPITRE XV

LE PLUS COURT CHEMIN

Les côtes de France venait de disparaître à l'horizon, quand Erik convoqua au salon ses trois amis et conseillers pour une communication grave.

« J'ai beaucoup réfléchi, leur dit-il, aux circonstances qui ont marqué notre voyage depuis le jour où nous avons quitté Stockholm. Une conclusion s'impose, c'est que nous devons nous attendre à rencontrer encore sur notre route des obstacles ou des contretemps. Celui qui a osé nous envoyer à la mort sur la Basse-Froide ne se tiendra pas pour battu !... Peut-être nous guette-t-il déjà à Gibraltar, à Malte ou ailleurs... S'il n'arrive pas à causer notre perte, il me paraît au moins certain qu'il parviendra à nous retarder... Nous n'arriverons donc pas au détroit de Behring pour la saison d'été, la seule pendant laquelle l'océan Glacial soit abordable !

— C'est aussi ma conclusion, déclara M. Bredejord. Je la gardais pour moi, parce qu'il ne me convenait pas de t'enlever tout espoir, mon cher enfant. Mais j'en suis convaincu, nous devons désormais renoncer à franchir en trois mois la distance qui nous sépare du détroit de Behring.

— C'est mon avis, » dit le docteur.

De son côté, M. Malarius indiqua d'un signe de tête qu'il partageait cette opinion.

« Eh bien, reprit Erik, cela posé, quelle ligne de conduite nous reste-t-il à adopter?

— Il n'y en a qu'une de raisonnable et de conforme au devoir, répondit M. Bredejord, c'est de renoncer à une entreprise que nous reconnaissons irréalisable et de rentrer à Stockholm. Tu l'as compris, mon enfant, et je te félicite au nom de nous tous de savoir regarder cette nécessité en face.

— Voilà un compliment que je ne saurais accepter, s'écria Erik en souriant, car je ne le mérite en rien. Non! je ne songe nullement à renoncer à notre entreprise, et je suis loin de la regarder comme irréalisable!... Je crois seulement que, pour la mener à bien, il est nécessaire de déjouer les machinations du scélérat qui nous guette, et, dans ce but, la première mesure à prendre est de changer entièrement notre itinéraire.

— Un changement d'itinéraire pourra seulement compliquer les difficultés, répliqua le docteur, puisque nous avons arrêté le plus direct. S'il nous est malaisé d'arriver en trois mois au détroit de Behring par la Méditerranée et le canal de Suez, ce serait tout à fait impossible par la voie du cap de Bonne-Espérance ou du cap Horn, et l'une ou l'autre de ces routes nous prendrait nécessairement cinq à six mois.

— Il y en a une autre qui abrégerait le voyage au lieu de l'allonger, et où nous serions sûrs de ne pas rencontrer Tudor Brown, dit Erik, sans s'émouvoir de l'objection.

— Une autre route? répliqua M. Schwaryencrona. Ma foi, je ne la connais pas; à moins que tu ne veuilles parler de la voie de Panama!... Or, elle n'est pas encore praticable aux navires, que je sache, et ne le sera pas avant plusieurs années!

— Je ne songe ni à la voie de Panama ni à celle du cap Horn, ni à celle du cap de Bonne-Espérance, reprit le jeune commandant de l'*Alaska*. La route dont je parle, la seule par laquelle nous puissions arriver en trois mois au détroit de Behring, c'est l'océan Glacial, le passage du nord-ouest! »

Puis, voyant ses auditeurs stupéfaits de cette conclusion inattendue, Erik la développa.

« Le passage du nord-ouest n'est plus aujourd'hui ce qu'il était jadis, reprit-il, l'épouvante et le tourment des navigateurs. C'est une voie intermittente, — puisqu'elle n'est guère ouverte chaque année que pendant huit à dix semaines, — mais parfaitement connue maintenant, tracée sur d'excellentes cartes, fréquentée par des centaines de navires baleiniers. Il est encore rare qu'on la prenne pour se rendre de l'Atlantique au Pacifique, j'en demeure d'accord. La plupart de ceux qui l'abordent de l'un ou de l'autre côté, ne la parcourent que partiellement. Il pourra même arriver, si les circonstances ne sont pas favorables, qu'elle reste fermée devant nous, ou que nous ne la trouvions pas ouverte précisément à l'heure où nous aurions besoin qu'elle le fût. C'est une chance à courir!... Mais je dis qu'il y a beaucoup de motifs d'espérer le succès par cette voie, tandis qu'il n'y en a pour ainsi dire plus aucun par les autres. Et, cela étant, notre devoir, le mandat que nous avons reçu de nos souscripteurs, celui que nous nous sommes imposé à nous-mêmes, est d'adopter le seul moyen qui nous reste d'arriver à temps au détroit de Behring. Un navire ordinaire, armé pour la navigation des mers tropicales, pourrait hésiter devant cette nécessité. Un navire comme l'*Alaska,* armé précisément en vue de la navigation circumpolaire, ne saurait hésiter. Pour mon compte, je le déclare, je rentrerai peut-être à Stockholm sans avoir retrouvé Nordenskiold!... je n'y rentrerai point sans avoir tout tenté pour le rejoindre! »

Le raisonnement d'Erik était si serré que personne n'essaya de le réfuter. Qu'auraient pu objecter le docteur, M. Bredejord et M. Malarius? Ils voyaient bien les difficultés du nouveau plan. Mais, du moins, ces difficultés pouvaient n'être pas insurmontables, tandis que tout autre système était à peu près sans espoir. Aussi n'hésitèrent-ils pas à convenir qu'il serait, en tout cas, plus glorieux de tenter l'aventure que de rentrer l'oreille basse à Stockholm.

« Je ne vois, pour ma part, qu'une objection sérieuse, dit le docteur Schwaryencrona, après être resté quelques minutes absorbé dans ses réflexions. C'est la difficulté de se procurer du charbon dans ces régions arctiques. Or, sans charbon, adieu la possibilité de franchir à point le passage du nord-ouest, en profitant du temps, souvent très court, pendant lequel il est praticable !

— J'ai prévu la difficulté, qui est en effet la seule, répliqua Erik, et je ne la crois pas insoluble. Au lieu de nous diriger sur Gibraltar et Malte, où nous attendent sans doute de nouvelles machinations de Tudor Brown, nous allons nous rendre à Londres. De là, j'enverrai, par câble transatlantique, à une maison de Montréal, l'ordre de dépêcher sans délai un bateau à charbon qui s'en ira nous attendre dans la baie de Buffin, et à une maison de San-Francisco, l'ordre d'en envoyer un autre au détroit de Behring. Nous avons les fonds nécessaires et au delà, car la quantité de houille indispensable sera, en tout cas, très inférieure à celle qu'il nous aurait fallu par la voie d'Asie, le trajet étant beaucoup plus court. Il est inutile que nous arrivions à la mer de Buffin avant la fin de mai, et nous ne pouvons en aucune façon espérer d'être au détroit de Behring avant la fin de juin. Nos correspondants de Montréal et de San-Francisco auront donc largement le temps d'exécuter nos ordres, couverts par des dépôts de fonds chez un banquier de Londres... Dès lors, la question se réduira à trouver le passage du nord-ouest praticable. Cela ne dépend évidemment pas de nous. Mais, si nous le trouvons fermé, du moins aurons-nous la consolation de nous dire que nous n'avons rien négligé de ce qui pouvait nous donner le succès !

— C'est évident ! s'écria M. Malarius. Mon cher enfant, il n'y a rien à répondre à tes arguments !

— Doucement, doucement! dit M. Bredejord. Ne nous emportons pas! J'ai une autre objection, moi! Crois-tu, mon cher Erik, que l'*Alaska* pourra passer inaperçu dans les eaux de la Tamise? Non, n'est-il pas vrai? Les journaux parleront de son arrivée. Les agences télégraphiques le signaleront. Tudor Brown en aura connaissance. Il saura en conclure que nos plans sont modifiés. Qui l'empêchera alors de modifier les siens? Crois-tu qu'il lui sera bien difficile d'empêcher, par exemple, l'arrivée des bateaux à charbon, sans lesquels tu ne pourras rien?

— C'est vrai, répondit Erik, et cela prouve comme il faut penser à tout! Nous n'irons donc pas à Londres! Nous allons relâcher à Lisbonne, comme si nous étions toujours en route pour Gibraltar et Suez. Puis, l'un de nous partira incognito pour Madrid, et, sans expliquer pourquoi ni comment, se mettra en communication télégraphique avec Montréal et San-Francisco, pour commander les bateaux à charbon. Ces bateaux, on ne saura pas à qui ils sont destinés, et ils resteront aux points désignés à la disposition du capitaine qui leur apportera un mot d'ordre convenu.

— Parfait! Il devient presque impossible ainsi que Tudor Brown retrouve notre trace!

— Vous voulez dire « ma » trace, car j'espère bien que vous n'allez pas vous engager avec moi dans les mers arctiques! dit Erik.

— Ma foi! si, et je veux en avoir le cœur net! répondit le docteur. Il ne sera pas dit que ce scélérat de Tudor Brown m'aura fait reculer!

— Moi non plus! » s'écrièrent ensemble M. Bredejord et M. Malarius.

Le jeune commandant voulut combattre cette résolution, expliquer à ses amis les dangers et la monotonie du voyage qu'ils prétendaient faire avec lui. Mais il ne put rien contre une

décision arrêtée. Les périls déjà courus en commun, disaient-
ils, leur faisaient maintenant un devoir d'honneur d'aller jusqu'au bout. Le seul moyen de rendre un tel voyage acceptable
pour les uns et les autres était de ne pas se séparer. Toutes
les précautions n'avaient-elles pas été prises à bord de l'*Alaska*
pour ne pas souffrir du froid outre mesure? Ce n'étaient pas
des Suédois ou des Norvégiens qui craignaient une gelée!

Bref, Erik dut capituler, et il resta entendu que la modification de l'itinéraire ne changerait rien au personnel du navire.

On glissera rapidement sur la première partie du voyage.
Le 2 avril, l'*Alaska* était à Lisbonne. Avant que les journaux
portugais eussent seulement signalé sa présence, M. Bredejord
s'était rendu à Madrid et mis en rapport, par l'intermédiaire
d'une maison de banque et du câble transatlantique français,
avec deux importantes maisons de Montréal et de San-Francisco. Il avait conclu l'envoi de bateaux à charbon à des points
désignés et indiqué le mot d'ordre par lequel Erik se ferait
reconnaître. Ce mot d'ordre n'était autre que la devise trouvée
sur lui quand il flottait sur la bouée du *Cynthia* : *Semper idem*.
Enfin, le 9 avril, ces transactions bien et dûment terminées,
M. Bredejord rentré à Lisbonne, l'*Alaska* reprenait le large.

Le 25 du même mois, après une heureuse traversée de
l'Atlantique, il arrivait à Montréal, y faisait du charbon et s'assurait que ses ordres avaient été ponctuellement exécutés. Le
29, il quittait les eaux de Saint-Laurent pour franchir le lendemain le détroit de Belle-Isle, qui sépare le Labrador de Terre-
Neuve. Le 10 mai, il trouvait à Godhaven, sur la côte du
Groënland, le bateau à charbon qui l'y avait précédé.

Erik savait fort bien qu'à cette date, il ne pouvait songer à
franchir le Cercle arctique, ni s'engager dans les tortueux dé-
tours du passage du nord-ouest, encore fermé par les glaces
sur la plus grande partie de sa longueur. Mais il comptait avec
raison prendre dans ces parages, si fréquentés par les balei-

niers, des informations précises sur les meilleures cartes. Il
put aussi acheter, à un prix d'ailleurs assez élevé, une douzaine
de chiens qui devaient avec Klaas composer au besoin l'attelage des traîneaux.

Comme toutes les stations danoises de la côte du Groënland, Godhaven n'est qu'un pauvre village et sert d'entrepôt
aux marchands d'huile ou de fourrures du pays. A cette époque
de l'année, le froid n'y est guère plus vif qu'à Stockholm ou à
Noroë. Mais Erik et ses amis constataient avec surprise combien deux pays, situés à la même distance du pôle, peuvent
être profondément différents. Godhaven se trouve précisément
à la même latitude que Bergen. Or, tandis que la Norvège
méridionale est, en avril, toute verte de forêts, d'arbres à fruits
et même de vignes cultivées en espaliers sur des couches d'en-
grais, le Groënland est encore, en mai, caché sous les glaces
et les neiges, et pas un arbre n'en égaye la monotonie. La
forme du littoral norvégien, profondément découpé en fiords
et abrité par des chaînes d'îles, contribue presque autant que
la tiédeur du Gulf-Stream à relever la température générale du
pays. Au Groënland, au contraire, les côtes basses et régu-
lières reçoivent de première main les brises du pôle. Aussi
sont-elles bordées jusqu'au milieu de l'île d'une bande de glace
de plusieurs pieds d'épaisseur.

Quinze jours s'écoulèrent danse cette relâche ; puis, l'*Alaska*
remonta le détroit de Davis en longeant la côte groënlandaise
et franchit le cercle polaire.

Le 28 mai, il rencontra pour la première fois des glaces
flottantes par 70° 15′ de latitude nord avec une température de
deux degrés au-dessous de zéro. Ces premières glaces étaient,
il est vrai, dans un état complet d'émiettement ou dérivaient
par petites bandes isolées. Mais bientôt elles devinrent plus
denses, et il fallut fréquemment, pour avancer, se frayer un
passage à coups d'éperon. La navigation n'offrait encore ni

23

dangers sérieux ni difficultés réelles. A mille signes on s'apercevait pourtant que c'était là un monde nouveau. Tous les
objets un peu éloignés semblaient sans couleur et pour ainsi
dire sans corps. L'œil ne savait où se reposer dans la perpé-
tuelle mobilité des horizons, dont l'aspect se modifiait à chaque
minute par l'action dissolvante des lames ou du soleil sur les
masses flottantes. Mais c'était surtout la nuit, et sous les rayons
du foyer électrique allumé dans le « nid de corbeau » de l'*Alaska*,
que la mer de Baffin, où l'on venait d'entrer, prenait des aspects
fantastiques.

« Qui pourrait, a dit un témoin oculaire, rendre ces images
mélancoliques, les bruissements du flot sous les glaçons errants,
le bruit singulier des grappes de neige qui s'abîment soudain
et s'éteignent dans l'eau comme une flamme qui grésille? Qui
pourrait se figurer les splendides cascades qui ruissellent de
tous côtés, les soulèvements d'écume produits par leur chute,
l'effroi comique des oiseaux de mer en train de dormir sur un
radeau de glace, et qui, perdant tout à coup leur point d'appui,
s'envolent en tournoyant pour aller bientôt se poser derechef
sur quelque autre?... Et, le matin, quelle bizarre fantasmago-
rie, quand le soleil, avec sa brillante auréole de cirrus, perce
subitement le brouillard, laissant voir d'abord un petit pan de
ciel bleu, qui va peu à peu s'agrandissant, et semble poursuivre,
jusqu'aux limites de l'horizon, les nuées vaporeuses emportées
dans une folle déroute? »

Ces spectacles et tous ceux que présentent les mers gla-
ciales, Erik et ses amis purent les contempler à loisir en quittant la côte du Groënland, qu'ils avaient longée jusqu'à la hauteur d'Uppernawik, pour se diriger ensuite vers l'ouest, et
traverser la mer de Baffin dans toute sa largeur. Ici les difficultés devinrent plus sérieuses, car cette mer est le grand
chemin des glaces polaires, entraînées par les innombrables
courants qui y débouchent. L'*Alaska* avait presque incessam-

ment à se frayer une voie à travers d'immenses champs de glace. Par moments, il se trouvait arrêté devant des barrières insurmontables qu'il fallait tourner, ne pouvant les rompre. Ou bien il était assailli par des tempêtes de neige, qui couvraient le pont, les mâts et tous les agrès d'une ouate épaisse. Assiégé par des amoncellements de glaçons que le vent poussait tout à coup sur lui, il était menacé de s'ensevelir sous leur masse. Ou encore, il s'engageait dans une « wacke », sorte de lac entouré par la banquise et fermé comme une impasse. En sortait-il pour retrouver la mer libre? c'est alors surtout qu'il fallait ouvrir l'œil pour ne pas être pris en flanc par quelque iceberg monstrueux, arrivant du nord avec une vitesse vertigineuse, et dont la masse effrayante aurait écrasé l'*Alaska* comme une noisette. Mais un danger plus grave encore était celui des glaces sous-marines, que la quille heurtait et faisait basculer, — véritables paradoxes hydrostatiques, qui n'attendaient qu'un contact pour se redresser avec une violence souvent terrible en brisant tout sous leur coup de bélier. L'*Alaska* perdit ainsi ses deux chaloupes et se vit parfois obligé de hisser son hélice à bord afin d'en redresser les ailes. Il faut avoir passé par ces épreuves et les dangers de tous les instants que présente la navigation dans les mers arctiques, pour s'en faire une idée même approximative. Après une ou deux semaines d'un pareil régime, l'équipage le plus intrépide est à bout de forces. Un repos lui est nécessaire.

Du moins ces épreuves et ces dangers avaient-ils une compensation dans la rapidité avec laquelle les degrés de longitude s'égrenaient sur le livre de bord. Il y eut des jours où l'on en comptait dix et jusqu'à douze. Il y eut des jours où l'on n'en comptait qu'un et moins encore. Mais enfin, le 11 juin, l'*Alaska* revit la terre et jeta l'ancre à l'entrée du détroit de Lancastre.

Erik avait cru qu'il serait obligé d'attendre quelques jours avant de s'engager dans ce long couloir. A sa surprise et à sa joie, il le trouva libre, — du moins à l'entrée. Il y pénétra donc résolument. Mais ce fut pour se voir, le lendemain, bloqué par les glaces pour trois jours entiers. Grâce aux courants violents, qui balayent ce canal arctique, il ne tarda pas, toutefois, à se trouver dégagé, comme le lui avaient annoncé les baleiniers de Godhaven, et il put continuer sa route.

Le 17, il arrivait au détroit de Barrow et le brûlait à toute vapeur. Mais, le 19, au moment de déboucher dans Melville-Sound, à la hauteur du cap Walk, il se vit encore barré par les glaces.

Tout d'abord, il prit son mal en patience, attendant la débâcle. Mais les jours succédaient aux jours, et la débâcle ne venait pas.

A la vérité, les distractions ne manquaient point aux voyageurs. Arrêtés tout près de la côte et munis de tout ce qui pouvait rendre leur position moins précaire, ils purent entreprendre des promenades en traîneau, chasser le phoque, voir au loin les baleines prenant leurs ébats. Le solstice d'été approchait; depuis le 15, l'*Alaska* avait le spectacle étonnant, et nouveau — même pour des Norvégiens ou des Suédois du sud, — de ce soleil de minuit, rasant l'horizon sans le quitter, puis remontant dans les cieux. En gravissant une hauteur sans nom, qui s'élève dans ces parages désolés, on pouvait voir l'astre du jour décrire en vingt-quatre heures un cercle complet sur l'espace. Le soir, tandis qu'on restait baigné dans sa lumière, au loin toutes les régions du sud étaient plongées dans la nuit. Cette lumière, il est vrai, est pâle et languissante; les formes perdent leur saillie; l'ombre des objets devient de plus en plus molle; la nature entière revêt l'apparence d'une vision. On sent alors plus vivement encore dans quel monde extrême on se trouve, et combien près du pôle!... Et pourtant le froid n'était pas vif. La température ne descendait guère au-dessous de

4 ou 5 degrés centigrades. Parfois l'air était si doux qu'on
avait peine à se persuader qu'on fût véritablement au cœur de
la zone arctique.

Mais ces curiosités ne suffisaient point à remplir l'âme
d'Erik ni à lui faire perdre de vue son but suprême. Il n'était
venu là ni pour herboriser, comme M. Malarius, qui rentrait
tous les soirs plus ravi de ses explorations à terre et des
plantes inconnues dont il augmentait son herbier, ni pour
savourer, avec le docteur et M. Bredejord, la nouveauté des
aspects que leur offrait la nature circumpolaire. Il s'agissait de
retrouver Nordenskiold et Patrick O'Donoghan, de remplir un
devoir sacré, tout en découvrant peut-être le secret de sa
propre naissance. Et c'est pourquoi, sans relâche, il cherchait
à rompre le cercle de glace dans lequel il se trouvait enfermé.
Excursions en traîneau, courses en « schnee-shuhe » jusqu'au
bord de l'horizon, reconnaissances en chaloupe à vapeur, —
pendant dix jours, il essaya de tout sans arriver à trouver une
issue. A l'ouest, comme au nord et à l'est, la banquise restait
fermée.

On était au 26 juin et si loin encore de la mer de Sibérie !
Fallait-il s'avouer vaincu ? Erik ne le voulut pas. Des sondages
répétés lui avaient révélé l'existence sous les glaces d'un courant dirigé vers le détroit de Franklin, c'est-à-dire vers le sud ;
il se dit qu'un effort, même disproportionné, suffirait peut-être
à provoquer la débâcle, et résolut de le tenter.

Sur une longueur de sept milles marins, il fit creuser dans
la banquise une chaîne de chambres de mine, espacées de
deux à trois cents mètres, et qui reçurent chacune un kilo-
gramme de dynamite. Ces chambres furent reliées par un fil de
cuivre à gaine isolante en gutta-percha. Et, le 30 juin, à huit
heures du matin, Erik, du pont de l'*Alaska* même, mit le
feu aux poudres en pressant le bouton d'un appareil électrique.

Une explosion formidable retentit aussitôt dans l'air. Cent volcans de glace pilée jetèrent à la fois leur gerbe vers le ciel. La banquise frémit et s'agita comme par l'effet d'un tremblement sous-marin. Des nuées d'oiseaux de mer, terrifiés, se mirent à tournoyer en poussant des cris rauques. Quand le silence se fut rétabli, une longue traînée noire, coupée dans tous les sens de prodigieuses fissures latérales, zébrait à perte de vue le champ de glace. Soulevée par l'explosion des gaz, déchirée par la force brisante du terrible agent, la banquise s'était rompue. Il y eut un moment d'attente et, pour ainsi dire, d'hésitation; puis, la débâcle s'opéra comme s'il ne lui avait manqué que le signal. Craquant de toutes parts, lézardée, morcelée, la banquise se désagrégea, céda à l'action du courant qui la rongeait à sa base, et bientôt s'en alla en dérive. Çà et là, un continent ou une presqu'île de glace s'allongeait encore, comme pour protester contre cette violence. Mais, dès le lendemain, le passage était libre; l'*Alaska* pouvait rallumer ses feux. Erik et la dynamite avaient fait ce que le pâle soleil arctique n'eût accompli peut-être qu'un mois plus tard.

Le 2 juillet, l'expédition arrivait au détroit de Banks; le 4, elle débouchait sur l'océan Glacial proprement dit. Dès lors, la route était ouverte, en dépit des icebergs, des brumes et des neiges. Le 12, l'*Alaska* doublait le cap Glacé; le 13, le cap Lisburne; le 14, à dix heures du matin, il entrait dans le golfe de Kotsebue, au nord du détroit de Behring, et y trouvait, selon la consigne, le bateau à charbon venu de San-Francisco. Ainsi s'était accompli, en deux mois et seize jours, le programme arrêté dans le golfe de Gascogne.

L'*Alaska* n'avait pas plus tôt stoppé, qu'Erik se jetait dans la baleinière et accostait le bateau à charbon :

« *Semper idem*, dit-il en abordant le patron.

— Lisbonne, répondit le Yankee.

« SEMPER IDEM, » DIT ERIK EN ABORDANT.

— Il y a longtemps que vous m'attendez ici?

— Cinq semaines! Nous avons quitté San-Francisco un mois après l'arrivée de votre dépêche!

— Était-on toujours sans nouvelles de Nordenskiold?

— A San-Francisco, on n'en avait pas de certaines. Mais, depuis que je suis ici, j'ai parlé à plusieurs baleiniers qui disent avoir entendu rapporter par les naturels de Serdze-Kamen qu'un navire européen est, depuis neuf ou dix mois, arrêté dans les glaces à l'ouest de ce cap. Ils pensent que c'est la *Véga.*

— En vérité! s'écria Erik avec une joie facile à comprendre. Et vous croyez qu'elle y est encore et n'a pas franchi le détroit?

—Je l'affirme. Pas un navire n'a passé par ici depuis cinq semaines, sans que je lui aie parlé.

— Dieu soit loué! Nos peines n'auront pas été sans récompense, si nous arrivons à retrouver Nordenskiold!

— Vous ne serez pas les premiers, dit le Yankee avec un sourire ironique. Un yacht américain vous précède. Il a passé ici, il y a trois jours, et, comme vous, s'est enquis de Nordenskiold.

— Un yacht américain? demanda Erik avec stupeur.

— Oui, l'*Albatros*, capitaine Tudor Brown, venant de Vancouver. Je lui ai dit ce que je savais, et il a immédiatement mis le cap sur Serdze-Kamen! »

CHAPITRE XVI

Tudor Brown avait donc eu vent du changement de route de l'*Alaska!* Il avait donc pu le devancer au détroit de Behring?... Comment et par quel chemin? Cela semblait presque surnaturel, et cependant cela était.

Si péniblement impressionné que fût Erik de cette nouvelle, il n'en témoigna rien à personne. Mais il pressa de tout son pouvoir le transbordement du charbon, et, ses soutes pleines, mit sans perdre une minute le cap sur la mer de Sibérie.

Serdze-Kamen est un long promontoire asiatique, situé à une centaine de milles à peine à l'ouest du détroit de Behring, et que les navires baleiniers du Pacifique visitent tous les ans. En vingt-quatre heures de navigation, l'*Alaska* y arrivait, et bientôt, au fond de la baie de Koljutschin, il lui était donné de reconnaître, derrière un entassement de glaces, la fine mâture de la *Véga,* arrêtée depuis neuf mois entiers.

La barrière, qui tenait Nordenskiold captif, n'avait pas dix kilomètres de large. Après l'avoir contournée, l'*Alaska* revint vers l'est pour mouiller dans une petite crique, restée libre parce qu'elle se trouvait abritée des vents du nord. Puis, Erik débarqua avec ses trois amis et se rendit par terre à l'établisse-

24

ment que la *Véga* avait formé sur la côte sibérienne pour
passer ce long hivernage, et que signalait une colonne de
fumée.

Cette côte de la baie de Koljutschin est formée par une
plaine basse, légèrement ondulée et sillonnée de vallons d'éro-
sion. Pas de bois, mais seulement quelques touffes de saules
nains, des tapis de camarines et de licopodes, çà et là quelques
pieds d'artémise. Au milieu de ces broussailles, l'été faisait
déjà poindre quelques plantes que M. Malarius reconnut pour
des espèces fort communes en Norvège, notamment l'aire, le
rouge, et le pissenlit.

Le campement de la *Véga* se composait d'abord d'un grand
dépôt de vivres, établi, sur les ordres de Nordenskiold, pour le
cas où la pression des glaces aurait inopinément détruit son
navire, comme il arrive si fréquemment en hiver dans ces
redoutables parages. Détail touchant : les pauvres populations
de cette côte, toujours affamées, et pour lesquelles ce dépôt de
vivres représentait une richesse incalculable, l'avaient respecté, quoiqu'il fût à peine gardé. Les huttes de peaux de ces
Tschoutskes s'étaient groupées peu à peu autour de la station. La construction la plus imposante en était la « Tintin-
jaranga », ou maison de glace, spécialement aménagée pour
servir d'observatoire magnétique, et où tous les appareils
nécessaires avaient été débarqués. Elle avait été bâtie en
beaux parallélipipèdes de glace, délicatement teintés en bleu
et reliés par de la neige en guise de ciment ; le toit de planches
était couvert d'une toile.

Les voyageurs de l'*Alaska* y furent cordialement accueillis
par le jeune savant, qui s'y trouvait au moment de leur arrivée, avec un homme de garde. Il s'offrit avec la meilleure
grâce du monde à les conduire à la *Véga* par le sentier tracé
sur la glace, qui mettait le navire en communication avec la
terre ferme, et qu'une corde portée sur des pieux bordait pour

servir de guide dans les nuits noires. Chemin faisant, il leur conta les aventures de l'expédition depuis que le monde n'avait plus de ses nouvelles.

En quittant l'embouchure de la Léna, Nordenskiold s'était dirigé vers les îles de la Nouvelle-Sibérie, qu'il désirait explorer; mais, trouvant presque impossible de les accoster, à cause des glaces dont elles étaient entourées et du peu de profondeur de la mer sur une zone de plusieurs milles, il s'était bientôt résigné à reprendre sa navigation vers l'est. La *Véga* n'avait pas rencontré de grandes difficultés jusqu'au 10 septembre. Mais, vers cette date, des brumes continuelles et des gelées nocturnes avaient commencé à ralentir sa marche; la profonde obscurité des nuits nécessitait des arrêts fréquents. Le 27 septembre seulement, la *Véga* était arrivée au cap de Serdze-Kamen. Elle avait jeté l'ancre sur un banc de glace, espérant, le lendemain, pouvoir franchir les quelques milles qui la séparaient encore du détroit de Behring, c'est-à-dire des eaux libres du Pacifique. Mais le vent du nord, se levant dans la nuit, avait poussé tout autour du navire des amas de glaces, qui n'avaient fait, les jours suivants, que s'épaissir. La *Véga* s'était trouvée enfermée et condamnée à l'hivernage au moment même de toucher au but.

« Le désappointement a été grand pour nous, comme vous pouvez l'imaginer, dit le jeune astronome; mais nous en avons bientôt pris notre parti en nous organisant de notre mieux pour faire tourner ce retard au profit de la science. Nous sommes entrés en relations avec les Tschoutskes du voisinage, qu'aucun voyageur n'avait encore étudiés de près. Nous avons pu former un vocabulaire de leur langue, réunir une collection de leurs ustensiles, armes et outils. Nos observations magnétiques n'auront pas été sans utilité. Les naturalistes de la *Véga* ont ajouté un grand nombre d'espèces nouvelles à la flore et à la faune des régions arctiques. Enfin, le but principal de notre

voyage est atteint, puisque nous avons doublé le cap Tchélynskin et franchi les premiers la distance qui sépare les
bouches de l'Yenisséï de celles de la Léna. Désormais, le passage du nord-est est trouvé et reconnu. Il aurait été plus
agréable pour nous de l'effectuer en deux mois, comme il s'en
est fallu de si peu, — de quelques heures à peine. Mais, à tout
prendre, pourvu que nous soyons prochainement débloqués,
comme de nombreux symptômes permettent de l'espérer, nous
n'aurons pas à nous plaindre, et nous pourrons revenir avec la
certitude d'avoir fait œuvre utile ! »

Tout en écoutant leur guide avec un profond intérêt, les
voyageurs faisaient du chemin. Ils étaient maintenant assez
près de la *Véga* pour distinguer son avant couvert d'une grande
toile, tendue jusqu'à la passerelle, et qui laissait seulement la
dunette en plein air, ses flancs protégés par de hauts amas de
neige, ses manœuvres réduites aux haubans et aux étais, sa
cheminée soigneusement matelassée pour prévenir les effets de
la gelée.

Les abords immédiats du navire étaient plus étranges encore. Il ne se trouvait pas, comme on aurait pu s'y attendre,
encastré dans un lit de glace unie, mais en quelque sorte suspendu au milieu d'un véritable labyrinthe de lacs, d'îles
et de canaux, entre lesquels il avait fallu jeter des passerelles
de bois.

« L'explication du mystère est des plus simples, répondit
le jeune savant à une des questions d'Erik. Tout bâtiment, qui
passe des mois au milieu d'un radeau de glace, voit se former
autour de lui une couche de détritus, dont la cendre de charbon
brûlé constitue l'élément principal. Ces objets étant plus fon-
cés que la neige et absorbant plus de calorique, il s'ensuit
qu'ils accélèrent la fonte ou l'empêchent en agissant comme
isolateurs, selon qu'ils se trouvent en amas plus ou moins
denses ou considérables. Aussi, quand le dégel arrive, la zone

LES VOYAGEURS ÉTAIENT PRÈS DE LA VÉGA.

attenante au navire prend-elle bientôt l'aspect que vous lui
voyez, et devient-elle un véritable chaos de dépressions grandes
ou petites, de creux en forme d'entonnoir et de plates-formes
déchiquetées ! »

L'équipage de la *Véga*, en tenue arctique, et deux ou trois
officiers, groupés sur la dunette, regardaient déjà venir ces
visiteurs européens que leur amenait l'astronome. Leur joie
fut grande de s'entendre saluer en suédois et de reconnaître,
parmi les nouveaux venus, la physionomie si populaire du docteur Schwaryencroua.

Ni le professeur Nordenskiold, ni le fidèle compagnon de
ses voyages arctiques, le capitaine Palender, ne se trouvaient
à bord. Ils étaient en excursion géologique dans l'intérieur des
terres, et ne devaient pas rentrer avant cinq ou six jours[1]. Ce
fut une première déception pour les voyageurs, qui avaient
naturellement espéré, en retrouvant la *Véga*, présenter leurs
hommages et leurs félicitations au grand explorateur. Mais
cette déception ne devait pas être la seule.

A peine entrés au carré des officiers, Erik et ses amis apprirent que la *Véga* avait eu, trois jours plus tôt, la visite d'un
yacht américain ou du moins de son propriétaire, M. Tudor
Brown. Ce gentleman avait apporté des nouvelles du monde
extérieur, dont les internés de la baie de Koljutschin étaient
naturellement très friands. Il leur avait appris ce qui se passait
en Europe depuis leur départ, l'anxiété que la Suède et toutes
les nations civilisées éprouvaient sur leur sort, l'envoi de
l'*Alaska* à leur recherche. Ce M. Tudor Brown venait de l'île
de Vancouver, sur le Pacifique, où son yacht l'attendait depuis
trois mois.

« Mais, du reste, vous devez le connaître ! s'écria ici un

---

1. Ils rentrèrent plus tôt, car le 18 juillet, la débâcle s'opéra, et la *Véga*, après
deux cent soixante-quatre jours de captivité dans les glaces, put reprendre son
voyage. Le 20 juillet, elle sortait du détroit de Behring et faisait route pour Yokohama.

jeune médecin attaché à l'expédition, car il nous a dit s'être embarqué d'abord avec vous, et ne vous avoir quittés à Brest que parce qu'il doutait de vous voir mener votre entreprise à bonne fin...

— Il avait en effet d'excellentes raisons pour en douter, répliqua froidement Erik, non sans un frémissement intérieur.

— Son yacht se trouvant à Valparaiso, il lui a télégraphié d'aller l'attendre à Victoria, sur la côte de Vancouver, reprit le jeune médecin ; puis, il s'y est rendu lui-même par la ligne de Liverpool à New-York et le chemin de fer du Pacifique. C'est ce qui explique qu'il soit arrivé ici avant vous.

— Vous a-t-il dit ce qu'il venait y faire? demanda M. Bredejord.

— Il venait nous porter secours si nous en avions besoin, et puis aussi, s'informer d'un personnage assez bizarre, dont j'avais incidemment parlé dans ma correspondance, et auquel M. Tudor Brown semble porter un vif intérêt. »

Les quatre visiteurs échangèrent un regard.

« Patrick O'Donoghan?... N'est-ce pas ainsi que s'appelle cet homme? demanda Erik.

— Précisément! C'est du moins le nom qui est tatoué sur sa peau, quoiqu'il prétende que ce ne soit pas le sien, mais celui d'un ami! Il se fait appeler Johnny Bowles...

— Puis-je vous demander si cet homme est ici?

— Il nous a quittés depuis dix mois déjà. Nous avions cru d'abord qu'il pouvait nous être utile comme intermédiaire avec les naturels de la côte, à cause de sa connaissance apparente de la langue samoyède ; mais nous nous sommes aperçus que cette connaissance était très superficielle, réduite à quelques mots à peine. Et puis, le hasard a voulu que, depuis Chabarova jusqu'ici, nous n'eussions aucun rapport avec les habitants des pays que nous longions. Un interprète nous devenait inutile.

D'autre part, ce Johany Bowles ou Patrick O'Donoghan était
paresseux, ivrogne, indiscipliné. Sa présence à bord ne pouvait avoir que des inconvénients. Nous avons donc accueilli
avec un véritable plaisir sa demande d'être débarqué avec
quelques provisions sur la grande île Ljakow, au moment où
nous en suivions la côte méridionale.

— Quoi! c'est là qu'il est descendu! s'écria Erik. Mais cette
île n'est-elle pas inhabitée!

— Absolument! Ce qui a séduit notre homme, paraît-il,
c'est qu'elle est littéralement couverte d'ossements de mammouths et par conséquent d'ivoire fossile. Il avait conçu le plan
de s'y établir, de consacrer les mois d'été à réunir la plus grande
quantité d'ivoire qu'il pourrait trouver; puis, quand l'hiver
serait revenu glacer le bras de mer qui sépare l'île Ljakow du
continent, de transporter en traîneau ces richesses à la côte
sibérienne, afin de les vendre aux marchands russes, qui viennent jusque-là chercher les produits du pays.

— Vous avez donné ces détails à M. Tudor Brown? demanda Erik.

— Assurément! Il venait d'assez loin les chercher! » répliqua le jeune médecin, sans se douter de l'intérêt profond et
personnel qui s'attachait pour le commandant de l'*Alaska* aux
questions qu'il lui adressait.

La conversation devint alors plus générale. On parla de la
facilité relative avec laquelle s'était réalisé le programme de
Nordenskiold. Sur presque aucun point il n'avait rencontré
de difficultés sérieuses. De là, les conséquences que la découverte de la nouvelle route pouvait avoir pour le commerce du
monde. Non, disaient les officiers de la *Véga*, que cette route
dans son entier fût jamais destinée à devenir très fréquentée,
mais parce que le voyage de la *Véga* devait nécessairement
habituer les nations maritimes de l'Atlantique et du Pacifique à
considérer comme possibles les relations directes par mer avec

la Sibérie. Et nulle part ces nations ne pouvaient trouver, contrairement à l'opinion vulgaire, un champ aussi vaste et aussi riche pour leur activité.

« N'est-il pas singulier, faisait observer M. Bredejord, que, pendant trois siècles, on ait complètement échoué dans cette tentative, et qu'aujourd'hui vous ayez pu l'accomplir presque sans difficulté?

— La singularité n'est qu'apparente, répondit un des officiers. Nous avons profité au nord de l'Asie, comme vous venez de le faire au nord du continent américain, de l'expérience acquise, souvent au prix de leur vie, par nos devanciers. Et nous avons aussi profité de la profonde expérience personnelle de notre chef. Le professeur Nordenskiold s'était préparé à cet effort suprême pendant plus de vingt ans au cours de huit grandes expéditions arctiques; il avait patiemment réuni tous les éléments du problème et marchait, en quelque sorte à coup sûr, à sa solution. Puis, nous avions ce qui manquait à nos prédécesseurs, un navire à vapeur, spécialement aménagé pour ce voyage. Cela nous a permis de franchir en deux mois des distances, qui nous eussent peut-être pris deux ans avec un bâtiment à la voile. Nous avons constamment pu, non seulement choisir, mais chercher notre route, fuir devant les glaces flottantes, gagner de vitesse des courants ou des vents! Encore n'avons-nous pas pu éviter un hivernage! Quelle ne devait pas être la difficulté pour les marins de jadis, réduits à attendre la brise favorable, perdant parfois les plus beaux mois d'été à errer à l'aventure?... Nous-mêmes, n'avons-nous pas vingt fois trouvé la mer libre aux points où les cartes indiquaient non seulement des glaces éternelles, mais aussi des continents ou des îles?... Alors nous pouvions aller la reconnaître, au besoin faire machine en arrière et reprendre notre route, tandis que les navigateurs d'autrefois étaient le plus souvent réduits aux conjectures! »

Ainsi causant et discutant, on passa l'après-midi. Les visiteurs de l'*Alaska*, après avoir accepté le dîner de la *Véga*, emmenèrent souper à leur bord les officiers qui n'étaient pas de service. On se communiqua mutuellement les nouvelles et les renseignements dont on disposait. Erik prit soin de s'informer exactement de l'itinéraire suivi par la *Véga* et des précautions à prendre pour utiliser son tracé. On but au succès définitif de tous, on échangea les vœux les plus sincères de retour au pays, puis on se sépara.

Le lendemain, à la première heure du jour, l'*Alaska* allait se mettre en route pour l'île de Ljakow. Quant à la *Véga*, elle devait attendre que la débâcle lui permît de gagner le Pacifique.

La première partie de la tâche d'Erik était donc accomplie. Il avait retrouvé Nordenskiold. Il lui restait à accomplir la seconde, à rejoindre Patrick O'Donoghan, à voir s'il était possible de lui arracher son secret. Ce secret devait être bien redoutable, tout le monde l'admettait maintenant, pour que Tudor Brown mît tant d'acharnement à retrouver seul celui qui le détenait.

Arriverait-on avant lui à l'île Ljakow? C'était peu probable, car il avait trois jours d'avance. N'importe! on tenterait l'aventure. L'*Albatros* pouvait s'égarer, rencontrer des obstacles imprévus, se laisser gagner ou même dépasser. Tant qu'il restait une possibilité de succès, il fallait en courir la chance.

Il faut dire que la douceur de la température était des plus rassurantes. L'atmosphère se maintenait tiède et moite; de légères brumes sur l'horizon indiquaient de tous côtés la mer libre, en dehors de la bande de glaces, qui bordait encore la côte sibérienne, où la *Véga* se trouvait prise. L'été ne faisait que s'ouvrir, et l'*Alaska* pouvait raisonnablement compter sur dix semaines de temps favorable. L'expérience acquise au milieu des glaces américaines avait sa valeur et pouvait faire considérer la nouvelle entreprise comme relativement aisée. Enfin, le passage du nord-est était incontestablement la voie la plus directe pour revenir en Suède, et, à côté de l'intérêt poignant qui poussait Erik à la prendre, il y avait un véritable intérêt scientifique à refaire en sens inverse le trajet accompli par Nordenskiold. Si l'on réussissait, — et pourquoi ne pas réussir? — ce serait la preuve et l'application pratique du principe posé par le grand explorateur.

La brise se mit de la partie et voulut aussi favoriser l'*Alaska*. Pendant dix jours, elle souffla presque constamment du sud-est, et permit de courir neuf à dix nœuds en moyenne, sans brûler de charbon. C'était un précieux avantage, outre que la direction des vents avait pour objet de refouler vers le nord les glaces flottantes et, par suite, de rendre la navigation beaucoup plus facile. C'est à peine si, dans ces dix jours, on rencontra quelques paquets de drift-ices, ou de glace pourrie, comme les marins arctiques appellent les résidus à moitié fondus des banquises hivernales.

Le onzième jour, il est vrai, on eut une tempête de neige, suivie de brumes assez intenses, qui retardèrent sensiblement la marche de l'*Alaska*. Mais, le 29 juillet, le soleil reparut dans tout son éclat, et, le 2 août, au matin, la pointe orientale de l'île Ljakow fut signalée.

Erik donna aussitôt l'ordre de la contourner, à la fois pour vérifier si l'*Albatros* ne se cachait pas dans quelque crique, et pour embosser l'*Alaska* sous le vent de l'île. Sa reconnaissance opérée, il fit jeter l'ancre sur un fond de sable, à trois milles environ de la côte méridionale; puis, il s'embarqua dans la baleinière en compagnie de ses trois amis et de six hommes de l'équipage. Une demi-heure plus tard, la baleinière accostait une anse assez profonde.

Ce n'est pas sans raison qu'Erik avait choisi la côte méridionale. Il se disait que Patrick O'Donoghan, soit qu'il eût

véritablement pour but de faire avec la Sibérie le commerce
de l'ivoire, soit qu'il se proposât de quitter, à la première occasion, l'île où il s'était fait déposer, devait avoir choisi, pour s'y
établir, un point d'où il pût surveiller la mer. On pouvait même
affirmer, avec quelque degré de certitude, que ce point serait
placé sur une hauteur et aussi rapproché que possible de la côte
sibérienne. Enfin la nécessité de s'abriter contre les vents
polaires devait avoir été un motif de plus pour choisir une
exposition méridionale. Erik ne prétendait pas que ces suppositions dussent nécessairement se trouver fondées. Mais il
se disait qu'en tout cas, il ne pouvait y avoir aucun inconvénient à les prendre pour base d'une exploration systématique.

L'événement devait pleinement justifier son attente. Les
voyageurs n'avaient pas marché une heure le long de la grève,
qu'ils aperçurent, sur une hauteur parfaitement abritée par
une chaîne de collines et tournée vers le sud, ce qui ne pouvait
être qu'une habitation. A leur grande surprise même, cette
maisonnette, fort bien construite en forme cubique, était toute
blanche et comme enduite d'un crépi de plâtre. Il ne lui manquait que des volets verts pour revêtir l'aspect d'une bastide
marseillaise ou d'un cottage américain.

En approchant, après avoir gravi la hauteur, ils eurent
l'explication du phénomène. La maisonnette n'était pas crépie
en plâtre; elle était tout simplement composée d'ossements
gigantesques, superposés et assemblés avec un certain art et
qui lui donnaient sa couleur blanche. Si étranges que fussent
ces matériaux, il fallait bien convenir, d'ailleurs, que l'idée de
les utiliser était assez naturelle. Outre qu'il n'y en avait pas
d'autres sur l'île, où la végétation semblait des plus pauvres, le
sol de la colline et de toutes les hauteurs voisines était littéralement couvert de débris osseux que le docteur Schwaryencrona
reconnut à première vue pour des restes de mammouths, de
bisons et d'aurochs.

CHAPITRE XVII

ENFIN!

La porte de la cabane était béante. Les quatre visiteurs y
pénétrèrent et constatèrent d'un coup d'œil que la chambre
unique dont elle se composait avait été récemment habitée.
Dans le foyer, formé de trois grosses pierres, les tisons éteints
portaient cette cendre légère comme une ouate, qui ne tarde
guère à être enlevée au moindre souffle. Le lit, formé d'un
cadre de bois sur lequel était tendu un hamac de matelot, portait encore l'empreinte d'un corps humain.

Ce hamac, qu'Erik examina à l'instant, était marqué du
timbre de la *Véga*.

Sur une espèce de table formée d'une omoplate fossile
portée sur quatre fémurs, on voyait des miettes de biscuit de
mer, un gobelet d'étain, une cuiller de bois de fabrication suédoise.

On se trouvait donc, à n'en pas douter, dans la demeure de
Patrick O'Donoghan, et, selon toute apparence, il en était sorti
depuis fort peu de temps.

Était-ce pour quitter l'île? Était-ce au contraire pour la parcourir? C'est ce qu'aucun indice ne révélait, et ce qu'une exploration du pays pouvait seule faire connaître.

Autour de l'habitation, des tranchées et des terres remuées

portaient témoignage de travaux assez actifs. Sur une sorte de
plateau, qui formait le sommet de la colline, une vingtaine de
défenses d'ivoire fossile, rangées en ligne, indiquait la nature
de ces travaux. C'étaient évidemment des fouilles destinées à
exhumer ces restes des âges disparus. Les voyageurs s'expli-
quèrent que les fouilles eussent été nécessaires, en constatant
que les nombreux squelettes d'éléphants ou de mammouths
gisant à fleur de terre étaient tous privés de leur ivoire. Sans
doute, les indigènes de la côte sibérienne n'avaient pas attendu
la visite de Patrick O'Donoghan à l'île Ljakow pour venir eux-
mêmes en exploiter les richesses, et l'Irlandais n'avait à peu
près rien trouvé de précieux à la surface du sol. Il s'était donc
vu réduit à le creuser pour exhumer l'ivoire qui pouvait y être
enfoui et dont la qualité semblait d'ailleurs très inférieure.

Or, le jeune médecin de la *Véga*, comme le propriétaire de
l'auberge du *Red-Anchor*, à New-York, avait déclaré que la
paresse était un des traits distinctifs de Patrick O'Donoghan.
Il semblait donc peu probable qu'il se fût longtemps résigné à
un travail ingrat et peu rémunérateur. Et il était parfaitement
possible qu'à la première occasion, il eût quitté l'île Ljakow.
Le seul espoir qu'on eût encore de l'y trouver, reposait sur le
caractère très récent des indices relevés dans la cabane.

Un sentier redescendait vers la côte par le versant opposé à
celui que les explorateurs avaient gravi. Ils le suivirent et arrivèrent bientôt à un bas-fond, où la fonte des neiges avait formé
une sorte de petit lac, séparé de la mer par une barrière de
rochers. Le sentier suivait les bords de cette eau douce et, con-
tournant la falaise, aboutissait à un véritable port naturel.

Un traîneau était abandonné sur la grève, où l'on voyait
aussi la trace d'un feu récent. Erik inspecta le rivage avec soin,
mais sans y trouver aucune marque laissée par une embarcation.

Il revenait vers ses compagnons, quand il aperçut, au pied

d'un arbuste et tout près de l'emplacement du feu, un objet de couleur rouge qu'il ramassa aussitôt.

Cet objet était une de ces boîtes de fer-blanc, extérieurement peintes en carmin, qui renferment de la conserve de bœuf, communément appelée « endaubage », et que tous les navires du monde emportent maintenant dans leur soute aux vivres. La trouvaille n'avait rien d'extraordinaire au premier abord, puisque Patrick O'Donoghan avait été muni par la *Véga* de provisions de bouche. Mais ce qui parut significatif à Erik, c'est que la boîte vide portait sur une étiquette imprimée le nom de « Martinez Domingo, Valparaiso ».

« Tudor Brown est passé ici! s'écria-t-il aussitôt. On nous l'a dit à bord de la *Véga*, son navire se trouvait à Valparaiso, quand il lui a télégraphié d'aller l'attendre à Vancouver!... D'ailleurs, ce n'est pas la *Véga* qui aurait pu laisser ici une boîte venue du Chili, et cette boîte est toute fraîche! Il n'y a pas trois jours, peut-être pas vingt-quatre heures, qu'elle a été vidée! »

Le docteur Schwaryencrona et M. Bredejord hochaient la tête, comme s'ils hésitaient à accepter une conclusion aussi formelle, quand Erik, qui tournait et retournait la boîte dans tous les sens, leur montra un détail de nature à lever tous les doutes : le mot *Albatros,* écrit au crayon sur le couvercle même, sans doute par le fournisseur qui avait livré l'endaubage.

« Tudor Brown est passé ici! répéta Erik. Et pourquoi serait-il venu, sinon pour emmener Patrick O'Donoghan? Allons, l'affaire est claire! Il a débarqué dans cette crique! Ses hommes l'ont attendu en déjeunant autour du feu! Il est monté chez l'Irlandais, et, de gré ou de force, l'a embarqué! J'en suis aussi certain que si je le voyais! »

En dépit de cette certitude, Erik voulut explorer les environs pour s'assurer que Patrick O'Donoghan ne s'y trouvait pas. Mais une promenade d'une heure suffit à le convaincre que le

reste de l'île était absolument inhabité. Il n'y avait pas trace
de sentier, pas le moindre vestige d'être vivant. De tous côtés,
des dunes et des vallées s'étendant à perte de vue, sans aucune
végétation, sans un oiseau, sans un insecte pour en animer la
solitude. Et partout des ossements gigantesques, gisant sur le
sol, comme si une armée de mammouths, de rhinocéros et
d'aurochs fût venue jadis, devant quelque effrayant cataclysme,
se réfugier, pour y mourir, sur cette île perdue. Au dernier plan,
derrière ces dunes et ces vallées, un rideau de hauteurs couvertes de neiges et de glaciers.

« Partons! dit le docteur Schwaryencrona. Il n'y a rien à
attendre d'une exploration plus complète, et ce que nous voyons
suffit à nous assurer qu'il n'aura guère fallu prier O'Donoghan
pour le décider à partir! »

Avant quatre heures, la baleinière avait regagné l'*Alaska*,
qui se remit en route.

Erik ne se dissimulait pas que ses espérances venaient de
recevoir un coup décisif. Tudor Brown ayant réussi à le gagner
de vitesse, à visiter le premier l'île Ljakow, et sans doute à emmener Patrick O'Donoghan, il était désormais bien peu probable
qu'on arrivât jamais à le retrouver! Un homme capable de faire
tout ce qu'il avait osé contre l'*Alaska*, capable de déployer une
énergie aussi farouche pour venir enlever l'Irlandais en pareil
lieu, ne serait assurément pas en peine d'empêcher désormais
qu'on pût l'atteindre. Le monde est grand, et toute l'étendue des
mers était ouverte à l'*Albatros!* Comment deviner vers quel
point de la rose des vents il emportait O'Donoghan et son secret?

Voilà ce que se disait le commandant de l'*Alaska* en se
promenant sur la dunette, après avoir donné l'ordre de mettre
le cap à l'ouest. Et à ces pensées douloureuses se mêlaient
quelques remords d'avoir souffert que ses amis partageassent
avec lui les dangers et les fatigues de cette inutile expédition!

Deux fois inutile, puisque Tudor Brown avait retrouvé Nordenskiold avant l'*Alaska*, comme il avait précédé l'expédition suédoise à l'île Ljakow! On allait donc rentrer à Stockholm, — si
l'on y rentrait, — sans avoir atteint aucun des objets du voyage.
C'était en vérité trop de malechance!... Ah! du moins, que le
retour servît à quelque chose et fût la contre-épreuve du voyage
de la *Véga*. Que le passage nord-est restât consacré par une
seconde expérience!... A tout prix il fallait atteindre le cap
Tchelynskin et le doubler de l'est à l'ouest! A tout prix, il
fallait revenir en Suède par la mer de Kara!

C'est donc vers ce redoutable cap Tchelynskin, naguère
encore réputé infranchissable, que l'*Alaska* voguait maintenant
à toute vapeur. L'itinéraire qu'il suivait n'était pas exactement
celui de la *Véga*, partie de l'embouchure de la Léna, où elle
avait relâché pour se rendre à l'île Ljakow. Erik n'avait aucune
raison de redescendre à la côte sibérienne. Laissant à tribord
les îles Stolbovoï et Semonoffski, signalées le 4 août, il cingla
droit à l'ouest, en suivant à peu près le 76° parallèle, et fit si
bonne route qu'en huit jours, il franchit trente-cinq degrés de
longitude, du 140° au 105° à l'est de Greenwich. A la vérité,
ce ne fut pas sans brûler beaucoup de houille, car l'*Alaska* avait
presque constamment vent debout. Mais Erik pensait avec raison qu'il fallait tout subordonner à la nécessité de sortir au plus
tôt de ces dangereux parages. Une fois arrivés aux bouches de
l'Yénisséï, on s'arrangerait toujours pour faire du combustible.

Le 14 août, à midi, les observations solaires ne furent pas
possibles, à cause d'une brume épaisse qui voilait le ciel et
l'horizon. Mais, à l'estime, on devait approcher du grand promontoire asiatique. Aussi Erik prescrivit-il la plus extrême
vigilance, en même temps qu'il faisait ralentir la marche du
navire. Vers le soir, il donna même l'ordre de stopper.

Ces précautions n'étaient pas inutiles. Le lendemain, au
jour, en jetant la sonde, on ne trouva que trente brasses, et,

26

une heure plus tard, la terre fut signalée. L'*Alaska* louvoya jusqu'à ce qu'il fut en vue d'une baie, dans laquelle il jeta l'ancre.

On résolut d'attendre que les brumes se fussent dissipées
pour aller à terre. Mais, les journées du 15 et du 16 s'étant
passées sans amener de résultat, Erik se décida à accoster, en
compagnie de M. Bredejord, de M. Malarius et du docteur.

Une reconnaissance sommaire leur montra alors que la baie
où l'*Alaska* était mouillé se trouvait placée à l'extrême nord et
entre les deux points du cap Tchelynskin. Des deux côtés, les
terres étaient assez basses vers la mer; mais elles s'élevaient
graduellement en pente douce vers le sud, jusqu'à des montagnes que le brouillard laissait par moments à découvert, et qui
paraissaient toutes de trois à quatre cents mètres. Nulle part on
n'apercevait de neiges ni de glaces, si ce n'est au bord même
de la mer, où il y en avait une bande comme partout dans les
régions arctiques. Le sol argileux était couvert d'une abon-
dante végétation de mousses, de gazons et de lichens. La côte
s'animait par la présence d'un assez grand nombre d'oies et
de canards sauvages et d'une douzaine de morses. Un ours
blanc montrait sa fourrure sur une pointe de rocher. Au total,
n'eût été la brume qui couvrait tout de son manteau gris, l'aspect général de ce fameux cap Tchelynskin ou Severo n'avait
rien de particulièrement rébarbatif, rien surtout qui justifiât le
triste renom qu'il a gardé pendant des siècles.

En avançant sur la pointe extrême à l'ouest de la baie, les
voyageurs aperçurent une sorte de monument qui en couron-
nait la hauteur, et s'empressèrent naturellement de le visiter.
Ils virent en approchant que c'était un « cairn » ou amas de
pierres, supportant une colonne de bois formée d'une poutre.

Cette colonne portait deux inscriptions. La première disait :

Le 19 août 1878, la Véga, *partie de l'Atlantique, a doublé le
cap Tchelynskin, en route pour le détroit de Behring.*

La seconde :

Le 12 août 1879, l'Albatros, venant du détroit de Behring, a doublé le cap Tchelynskin, en route pour l'Atlantique.

Ainsi, là encore, Tudor Brown avait précédé l'*Alaska!* On était au 16 août !... Il y avait seulement quatre jours qu'il avait tracé cette inscription !

Elle prenait aux yeux d'Erik un sens ironique et cruel, comme si elle lui avait dit : « Jusqu'au bout tu seras déçu ! Jusqu'au bout tu seras inutile !... Nordenskiold aura fait l'expérience, Tudor Brown la contre-éprouve ! Quant à toi, tu rentreras humilié et confus, sans avoir rien démontré, rien trouvé, rien appris ! »

Il allait partir, sans ajouter un seul mot aux inscriptions de la colonne. Mais le docteur Schwaryencrona ne voulut pas entendre de cette oreille. Tirant un couteau de sa poche, il écrivit sur le fût de bois :

Le 16 août 1879, l'Alaska, parti de Stockholm, venu par l'Atlantique, la mer de Baffin, les détroits américains arctiques, la mer de Sibérie, a doublé le cap Tchelynskin, en route pour achever le premier périple circumpolaire.

Étrange puissance des mots ! Cette simple phrase, en rappelant à Erik quel tour de force géographique il était en train d'accomplir, presque sans y songer, suffit à lui rendre sa bonne humeur. C'était bien vrai, après tout, que l'*Alaska* allait avoir achevé le premier périple circumpolaire !... Avant lui, d'autres voyageurs avaient franchi les détroits arctiques américains et reconnu le passage nord-ouest ! Avant lui, Nordenskiold et Tudor Brown avaient doublé le Tchelynskin et franchi le passage nord-est ! Mais ce que personne n'avait fait encore, c'était d'aller d'un passage à l'autre, c'était de décrire autour du pôle, par les mers arctiques, le cercle complet de 360 degrés. Or, il

ne s'en fallait plus guère que de 80, pour que l'*Alaska* l'eût
achevé ! A la rigueur, ce pouvait être l'affaire de dix jours de
navigation.

Cette perspective nouvelle rendit tant d'ardeur à chacun,
qu'on ne songea plus qu'au départ. Erik voulut pourtant atten-
dré encore au lendemain pour voir si les brumes se dissiperaient.
Mais le brouillard paraissait être la maladie chronique du cap
Tchelynskin, et, le jour s'étant levé une fois de plus sans ramener le soleil, ordre fut donné de lever l'ancre.

Laissant au sud le golfe de Taymis, qui donne son nom à
la grande péninsule sibérienne dont le cap Tchelynskin n'est
que la pointe extrême, l'*Alaska* se dirigea vers l'ouest et navi-
gua sans relâche pendant toute la journée et la nuit du 17. Le
18 au matin, on sortit enfin du brouillard pour entrer dans une
atmosphère pure et ensoleillée. A midi, on put faire le point.
Cette opération s'achevait, quand la vigie signala une voile au
sud-ouest.

Une voile dans ces mers peu fréquentées était un phénomène trop extraordinaire pour ne pas obtenir une attention
toute spéciale. Erik grimpa sans tarder au « nid de corbeau »,
et, lorgnette en main, examina longuement le navire qui venait
de lui être signalé. Il lui parut bas sur l'eau, gréé en schooner
et muni d'une cheminée, quoiqu'il ne marchât pas présentement à la vapeur.

En redescendant sur le pont, le jeune commandant était
très pâle.

« Cela m'a tout l'air d'être l'*Albatros*, » dit-il au docteur.

Puis, il donna l'ordre de pousser les feux de la machine.

En moins d'un quart d'heure, il fut visible qu'on gagnait
sur le navire, dont la coque se dessina bientôt à l'œil nu. Outre
qu'il allait à la voile avec une brise des plus faibles, sa direction
formait avec celle de l'*Alaska* un angle très aigu.

Mais, soudain, un changement se produisit dans son allure.

Une fumée épaisse jaillit de sa cheminée et forma derrière lui un long panache noir. Il allait maintenant à la vapeur et dans la même direction que l'*Alaska*.

« Plus de doute! c'est l'*Albatros!* » murmura Erik.

Et il donna ordre au chef mécanicien d'activer encore la marche. On filait déjà quatorze nœuds. Un quart d'heure plus tard on en filait seize.

Le navire qu'on poursuivait n'avait pu encore atteindre une pareille vitesse, car l'*Alaska* continuait à gagner sur lui. En trente minutes, on en fut assez près pour distinguer les détails de sa mâture, son sillage, les hommes qui allaient et venaient dans ses manœuvres ; — enfin les moulures de son arrière et les lettres qui formaient ce nom : *Albatros*.

Erik donna ordre de hisser le pavillon suédois. Aussitôt l'*Albatros* hissa le pavillon étoilé de l'Union américaine.

Encore quelques minutes, et les deux navires ne furent plus séparés que par une distance de trois à quatre cents mètres. Alors le commandant de l'*Alaska*, debout sur sa passerelle et muni d'un porte-voix, héla l'*Albatros* en anglais.

« Ohé!... du navire!... Je désire parler à votre capitaine!... »

Quelqu'un monta à la passerelle de l'*Albatros*. C'était Tudor Brown.

« Je suis propriétaire et capitaine de ce yacht, dit-il. Que me voulez-vous?

— Je désire savoir si vous avez à votre bord Patrick O'Donoghan.

— Patrick O'Donoghan est à mon bord et va vous répondre en personne, » répondit Tudor Brown.

Sur un signe qu'il fit, un homme le rejoignit sur la passerelle.

« Voici Patrick O'Donoghan, reprit le propriétaire de l'*Albatros*. Que lui voulez-vous? »

Erik souhaitait cette entrevue depuis bien longtemps, il venait la chercher de bien loin, et pourtant, en se trouvant inopinément en présence de cet homme aux cheveux rouges, au nez écrasé, qui le regardait d'un air soupçonneux, il se trouva pris au dépourvu et ne sut d'abord que lui demander. Mais enfin, rassemblant ses idées et faisant un effort :

« J'aurais besoin de causer longuement et confidentiellement avec vous, dit-il. Depuis plusieurs années, je vous cherche, et c'est pour vous trouver que je suis venu dans ces mers. Voulez-vous passer à mon bord?

— Je ne vous connais pas et je suis bien où je suis, répondit l'homme.

— Mais je vous connais, moi! Je sais par M. Bowles, de New-York, que vous vous êtes trouvé au naufrage du *Cynthia* et que vous lui avez parlé de « l'enfant sur la bouée »! Je suis cet enfant, et c'est à ce sujet que je voudrais vous demander les détails qui sont en votre possession.

— Il faut donc les demander à un autre que moi, car je ne suis pas d'humeur à les donner!

— Voulez-vous faire supposer qu'ils ne sont pas à votre honneur?

— Supposez ce qu'il vous plaira, cela m'est parfaitement indifférent! » répliqua l'autre.

Erik était décidé à ne pas montrer d'irritation.

« Mieux vaudrait me dire de bon gré ce que j'ai tant d'intérêt à savoir, que vous exposer à vous le voir demander devant une cour de justice, ajouta-t-il froidement.

— Une cour de justice!... Il faudrait d'abord pouvoir m'y amener! » riposta l'homme.

Ici Tudor Brown s'interposa.

« Vous voyez qu'il ne tient pas à moi si vous n'avez pas l'explication que vous souhaitez, dit-il à Erik. Le mieux est donc d'en rester là et de reprendre notre route, chacun de notre côté.

« JE VOUS ACCUSE D'AVOIR TENTÉ DE FAIRE NAUFRAGER
MON NAVIRE. »

— Pourquoi chacun de notre côté!... Le plus simple n'est-il pas de naviguer de conserve jusqu'à ce que nous arrivions en pays civilisé, pour régler les affaires que nous pouvons avoir ensemble? répondit le jeune commandant de l'*Alaska*.

— Je ne me connais pas d'affaires avec vous, et n'ai besoin de la compagnie de personne! » répliqua Tudor Brown en faisant mine de quitter la passerelle.

Erik l'arrêta d'un signe.

« Propriétaire de l'*Albatros*, s'écria-t-il, je suis porteur d'une commission régulière de mon gouvernement, et à ce titre officier de police maritime!... Je vous invite à me donner communication immédiate de vos papiers!... »

Tudor Brown ne répondit même pas et descendit de la passerelle avec l'homme qu'il y avait appelé.

Erik attendit deux minutes, puis il reprit :

« Propriétaire de l'*Albatros*, je vous accuse d'avoir tenté de faire naufrager mon navire sur la Basse-Froide de Sein, et je vous somme de venir vous expliquer sur cette accusation devant un tribunal maritime!... Faute par vous d'obtempérer à cette sommation, mon devoir sera de vous y contraindre par la force!

— Essayez si le cœur vous en dit! » cria Tudor Brown, en donnant l'ordre de se remettre en marche.

Pendant ce colloque, son navire avait insensiblement viré et s'était mis à angle droit avec l'avant de l'*Alaska*. Soudain, l'hélice entra en action et battit les eaux, qui blanchirent en bouillonnant. Un long coup de sifflet déchira les airs, et l'*Albatros*, glissant sur les flots, partit à toute vapeur dans la direction du pôle Nord.

Deux minutes plus tard, l'*Alaska* s'élançait à sa poursuite.

CHAPITRE XVIII

COUPS DE CANON

En même temps qu'il donnait la chasse à l'*Albatros*, Erik avait commandé de mettre en batterie le canon que l'*Alaska* portait à son avant. Cette opération prit beaucoup de temps. Quand le canon fut débarrassé de son fourreau goudronné, chargé et prêt à partir, il se trouva que l'ennemi était hors de portée. Sans doute il avait profité du temps d'arrêt pour pousser vivement ses feux, et son avance était déjà de trois ou quatre milles. Ce n'est pas, à la rigueur, une distance démesurée pour un Gattling; mais avec le roulis, la vitesse des deux navires et la cible très limitée que le yacht américain offrait au tir, il y avait beaucoup plus de chances de jeter ses obus à l'eau que de les loger au but. Mieux valait donc attendre. Bientôt, du reste, l'avance de l'*Albatros*, sans diminuer, cessa de croître. Expérience faite, il devint évident que les deux navires, lancés à toute vitesse, étaient à peu près aussi bons marcheurs l'un que l'autre. L'intervalle qui les séparait resta le même pendant plusieurs heures.

Toutefois, c'était au prix d'une énorme dépense de charbon, — denrée qui devenait de plus en plus rare à bord de l'*Alaska*, — et il y avait à craindre que cette dépense ne fût en pure perte, si la nuit arrivait sans qu'on eût pu atteindre l'*Albatros*. Erik ne

27

se jugea pas en droit de jouer cette dernière carte, sans consulter son équipage. Il le fit monter sur le pont et exposa franchement la situation.

« Mes amis, dit-il, vous savez de quoi il s'agit, de voir si nous prendrons, pour le livrer à la justice maritime, le scélérat qui a tenté de nous faire périr sur la Basse-Froide, — ou si nous lui permettrons de s'échapper! C'est à peine s'il nous reste du charbon pour six jours pleins. Toute déviation de route nous expose donc à finir notre voyage à la voile, ce qui peut même en compromettre le succès. D'autre part, l'*Albatros* compte sûrement sur la nuit pour nous mettre en défaut. Il sera essentiel de le garder dans le rayon de notre projecteur électrique et de ne pas ralentir un instant notre marche. Nous sommes sûrs, d'ailleurs, que cette course aura un terme obligé, soit demain soit le jour suivant, à la barrière de glaces éternelles qui défend les approches du pôle vers le 78° ou le 79° degré. Mais je n'ai pas voulu continuer cette poursuite sans vous demander si vous l'approuvez et si vous acceptez d'avance les complications où elle peut nous jeter! »

Les hommes se consultèrent à voix basse et chargèrent maaster Hersebom de formuler leur opinion.

« Nous sommes d'avis que le devoir de l'*Alaska* est de tout sacrifier à la capture de ce misérable, dit-il tranquillement.

— Fort bien! nous allons donc faire de notre mieux pour y arriver, » répliqua Erik.

Sûr désormais que l'équipage était avec lui, il ne ménagea pas le combustible et parvint à se maintenir, en dépit des efforts désespérés que faisait Tudor Brown pour le distancer. A peine le soleil s'était-il couché que l'œil électrique de l'*Alaska* s'alluma à la pointe de son grand mât et se fixa impitoyablement sur l'*Albatros,* pour ne plus le quitter jusqu'au jour. Toute la nuit, l'intervalle resta le même entre les deux navires. L'aube, en se levant, les trouva toujours courant vers le pôle. A midi,

XVIII

L'ŒIL ÉLECTRIQUE DE L'ALASKA SE FIXA IMPITOYABLEMENT
SUR L'ALBATROS.

l'observation solaire donna comme position de l'*Alaska* 78° 21' 14" de latitude nord, par 98° de longitude est.

Les glaces flottantes, qu'on n'avait plus aperçues depuis dix ou quinze jours, commençaient à redevenir nombreuses. Il fallait par instants les fendre à coups d'éperon, comme naguère dans la mer de Baffin. Erik, convaincu que la banquise n'allait pas tarder à se montrer, eut soin d'obliquer légèrement sur la droite de l'*Albatros,* de manière à lui barrer le chemin vers l'est s'il était tenté de changer de route en se voyant arrêté au nord.

Cette précaution se trouva pleinement justifiée, car, vers deux heures, une longue barrière de glaces se profila sur l'horizon. Aussitôt le yacht américain se porta vers l'ouest, laissant la banquise à quatre ou cinq milles au large, par tribord. L'*Alaska* suivit immédiatement sa manœuvre, mais, cette fois, en obliquant à gauche de l'*Albatros,* de manière à le couper, s'il tentait de revenir au sud.

La chasse devenait très émouvante. Certain de la direction que l'*Albatros* était obligé de suivre, l'*Alaska* cherchait à le prendre en flanc, de manière à le pousser de plus en plus contre la banquise. Le yacht, de plus en plus hésitant, retardé par les glaces flottantes, changeait à tout moment d'allure, tantôt appuyant au nord, tantôt se jetant éperdument vers l'ouest.

Erik, monté sur le « nid de corbeau », suivait avec attention ses moindres feintes, pour les déjouer par des mouvements appropriés, quand tout à coup il vit le yacht s'arrêter court, virer de bord et se présenter par l'avant. Une longue ligne blanche, qui s'étendait à l'ouest, disait assez la cause de cette manœuvre : l'*Albatros* était venu se jeter au fond d'un véritable golfe, formé par un promontoire méridional de la banquise, et, comme un fauve acculé par la meute, il lui faisait face.

Le jeune commandant de l'*Alaska* n'avait pas eu le temps de redescendre sur le pont, qu'un obus passa en sifflant au-dessus de sa tête.

Ainsi, l'*Albatros* était armé et comptait se défendre !

« J'aime mieux qu'il en soit ainsi et qu'il ait tiré le premier ! » se dit Erik en donnant ordre de riposter.

Son obus ne fut pas plus heureux que celui de Tudor Brown, et s'en alla toucher à deux ou trois cents mètres du but. Mais le combat était engagé maintenant, et bientôt le tir se régularisa. Un projectile américain cassa net la grande vergue de l'*Alaska,* s'abattit sur le pont et, en éclatant, tua deux hommes. Un obus suédois porta en plein sur la dunette de l'*Albatros* et dut y faire de grands ravages. Plusieurs autres projectiles se logèrent de part et d'autre dans la coque ou dans les manœuvres.

Les deux navires se rapprochaient de plus en plus, en virant tout à coup pour échanger leurs bordées, quand un roulement lointain vint se mêler à la voix du canon, et les équipages, en levant la tête, virent le ciel tout noir du côté de l'est.

Un orage, un rideau de brume ou de neige, allait-il s'interposer entre l'*Albatros* et l'*Alaska,* permettre à Tudor Brown de s'échapper? C'est ce qu'Erik ne voulait à aucun prix. Il résolut d'en venir à l'abordage. Armant tout son monde de sabres, de haches, de coutelas, et remettant son navire en marche, il le jeta à toute vapeur contre le yacht.

Tudor Brown n'avait garde de l'attendre. Il battit en retraite, se remit à longer la banquise tout en tirant de cinq minutes en cinq minutes un coup de canon par l'arrière. Mais son champ d'action était maintenant trop limité. De plus en plus étroitement resserré entre le continent de glace et l'*Alaska,* il vit qu'il n'avait plus de salut possible, sinon en risquant une pointe audacieuse pour regagner la haute mer. Il la tenta donc, après quelques feintes destinées à tromper son adversaire sur sa véritable intention.

Erik le laissa faire. Puis, au moment précis où l'*Albatros,* lancé à toute vapeur, arrivait à sa portée, il se rua sur lui avec son éperon d'acier.

L'effet du choc fut terrible. Une plaie béante s'ouvrit dans les flancs du yacht, qui s'alourdit à l'instant, s'arrêta et devint presque impossible à manœuvrer. Quant à l'*Alaska,* il s'était promptement rejeté en arrière et se préparait à renouveler son assaut. L'état de plus en plus menaçant de la mer ne lui en laissa pas le temps.

La tempête arrivait. C'était un grand vent de sud-est, accompagné de tourbillons de neige, et qui n'avait pas seulement pour effet de soulever des lames formidables, mais refoulait vers le golfe, où se trouvaient les deux navires comme au fond d'un entonnoir, des masses énormes de glaces flottantes. On aurait dit que, de tous les points de l'horizon, elles s'y donnaient subitement rendez-vous. Erik comprit qu'il n'y avait pas une minute à perdre et qu'il fallait sortir sans délai de ce cul-de-sac, s'il ne voulait s'y voir enfermé peut-être sans ressource. Virant de bord vers l'est, il ne songea plus qu'à lutter contre le vent, contre la neige, contre l'armée hurlante des glaçons.

Mais bientôt il fallut s'avouer que l'entreprise était sans espoir. La tempête faisait rage avec une telle puissance que ni la machine de l'*Alaska* ni son éperon d'acier ne pouvaient plus rien. Non seulement le navire avançait peu, mais par moments il était forcé de reculer de plusieurs mètres. Ses mâts gémissaient sous l'effort du vent. Une neige épaisse, obscurcissant le ciel et aveuglant l'équipage, couvrait déjà le pont et les manœuvres sur plus d'un pied d'épaisseur. Les glaces, s'entassant, s'accumulant, élevaient, à chaque rafale, leur muraille impénétrable. Force fut de revenir à la banquise, d'y chercher presque à tâtons un petit havre, de se résigner à attendre une éclaircie.

Le yacht américain avait disparu dans la tourmente, et, dans l'état où l'avait mis le coup de bélier de l'*Alaska,* il était plus que douteux qu'il pût y résister. Quant à sortir de l'impasse, Erik ne supposait même pas que ce fût à craindre.

Au surplus, la situation était assez grave pour qu'on n'eût
plus que des soucis personnels, et, de minute en minute, elle
empirait.

Rien ne peut rendre l'horreur et l'épouvante de ces tempêtes arctiques, où les forces de la nature primitive semblent, en
quelque sorte, se réveiller pour donner au navigateur un spé-
cimen de ce qu'ont dû être jadis les cataclysmes de la période
glaciaire. L'obscurité était profonde, quoiqu'il fût à peine cinq
heures du soir dans les pays où le jour et la nuit se distinguent
l'un de l'autre. La machine à vapeur ayant dû s'arrêter, il n'y
avait pas à songer à allumer le foyer électrique. Aux sifflements
de l'ouragan, aux roulements du tonnerre, au vacarme des
glaces flottantes, s'entre-choquant et s'écroulant les unes sur
les autres, s'ajoutaient dans les ténèbres les craquements de la
banquise qui se disloquait et se brisait de toutes parts. Chaque
crevasse, en se formant, donnait lieu à une détonation qui se
détachait sur la basse continue de la tempête, comme un coup
de canon en détresse. La fréquence de ces explosions indiquait que les fissures devaient être innombrables.

Bientôt l'*Alaska* en subit directement le contre-coup. Le
petit havre où il avait pu se réfugier ne tarda pas à être envahi
par le « drift-ice », comme les moindres recoins du golfe. Un
entassement de glaçons, uni, cimenté par la neige qui tombait
toujours, se forma autour de la coque du navire, l'assiégea,
l'enserra comme dans un étau. Dès lors, l'*Alaska* se mit à cra-
quer, lui aussi, sous l'effort des glaces. Ses membrures gémi-
rent à l'unisson de la banquise dans laquelle il était maintenant
incrusté. A tout instant, on pouvait redouter que la coque se
rompît, et cela n'aurait assurément pas manqué, si elle n'avait
été renforcée en vue de ces pressions terribles.

Erik, résolu à ne pas du moins succomber sans lutte,
avait dès le premier moment employé son équipage à établir
autour du navire un revêtement vertical de lourdes poutres,

destinées à atténuer autant que possible les pressions en les
répartissant sur une plus large surface. Mais ces étais, s'ils
eurent pour effet immédiat de protéger la coque, ne tardèrent
pas à amener un résultat imprévu et qui menaçait d'être fatal.

Le navire, au lieu de subir un écrasement, se trouva soulevé hors de l'eau à chaque mouvement de la banquise, pour
retomber sur les glaces avec la force d'un marteau-pilon. D'un
moment à l'autre, dans une de ces chutes effroyables, il pouvait être fracassé, couler bas, disparaître. Or, pour parer à ce
danger, il n'y avait qu'une ressource, c'était de renforcer encore, de renforcer sans relâche la barrière de « drift-ice » et
de neige qui protégeait tant bien que mal la coque, de manière
qu'elle fît partie d'une masse à peu près homogène et pût en
suivre les va-et-vient.

Tout le monde s'y employait avec ardeur. Ce fut un spectacle émouvant de voir cette poignée d'hommes faire appel à
leurs muscles de pygmées pour résister aux puissances de la
nature, essayer, avec des ancres, des câbles, des planches, de
recoudre à la hâte les déchirures faites à la glace, combler ces
coutures avec de la neige, jusqu'à ce qu'un seul mouvement
respiratoire de l'Océan polaire vînt faire éclater tout ce rapié-
cetage. Après quatre ou cinq heures d'un travail surhumain,
on était à bout de forces, et pourtant le danger ne faisait que
croître, car la tempête allait en grandissant.

Erik tint conseil avec ses officiers et se décida à mettre en
sûreté sur la banquise un dépôt de vivres et de munitions,
pour le cas où l'*Alaska* ne pourrait pas résister à ces épouvan-
tables secousses. Dès le premier moment, d'ailleurs, chaque
homme avait reçu des provisions personnelles pour huit jours
avec des instructions précises, en cas de désastre, et l'ordre de
garder, même au travail, le fusil en bandoulière. L'opération
du transbordement d'une vingtaine de tonneaux ne fut rien
moins que facile; mais enfin on en vint à bout, et l'amas de

vivres fut logé à deux cents mètres environ du navire, sous
une bâche goudronnée que la neige eut bientôt couverte d'un
épais manteau blanc.

Cette précaution prise, tout le monde se trouva plus rassuré
sur les suites immédiates d'un naufrage possible, et l'équipage
s'attabla pour réparer ses forces devant un souper supplémentaire, arrosé de thé au rhum.

Tout à coup, au milieu même de ce souper, une secousse
plus violente encore que les précédentes agita la banquise. Une
pression formidable rompit le lit de glaces et de neige sur
lequel reposait l'*Alaska*. Il se trouva étreint par l'arrière et se
souleva avec des craquements terribles, en plongeant son avant
dans le gouffre comme s'il allait s'y abîmer. Il y eut une panique. Tout le monde se précipita sur le pont. Quelques hommes
crurent le moment venu de chercher un refuge sur la banquise,
et, sans attendre le signal de leurs chefs, enjambèrent les bastingages.

Quatre ou cinq de ces malheureux parvinrent à sauter sur
la neige. Deux autres se trouvèrent pris entre l'amas de glaces
qui entourait le navire et le bordage de tribord, au moment
même où, reprenant son équilibre, l'*Alaska* se redressait en
gémissant.

Leurs cris de douleur et le bruit de leurs os broyés se
perdirent dans l'ouragan.

L'accalmie vint et le navire resta immobile.

La leçon était tragique. Erik en prit texte pour recomman-
der à l'équipage de garder son sang-froid, et, en toute occasion,
d'attendre des ordres positifs.

« Vous le comprenez, dit-il à ses compagnons, le débarquement est une mesure suprême, à laquelle nous ne pouvons
recourir qu'à la dernière extrémité. Tous nos efforts doivent
tendre à sauver l'*Alaska!* Si nous ne l'avions plus, notre situation serait étrangement précaire sur la banquise! C'est seule-

ment en cas où le navire deviendrait intenable qu'il faudrait
l'évacuer. Il importe, en tout cas, au plus haut point qu'un tel
mouvement s'opère avec ordre, sinon il se transformerait en
désastre ! Je compte sur vous pour reprendre paisiblement votre souper, et remettez-vous-en à vos officiers du soin de décider ce qu'il convient de faire ! »

La fermeté de ce langage eut pour effet immédiat de ras-
surer les plus timides, et tous les hommes redescendirent dans
l'entrepont.

Erik appela alors maaster Hersebom, lui dit de détacher
son bon chien Klaas et de le suivre sans bruit.

« Nous allons passer sur le champ de glace, reprit-il à
demi-voix, pour ramener les fugitifs et les faire rentrer dans le
devoir. Cela vaut mieux que de les laisser aller à l'aventure. »

Les pauvres diables étaient encore au bord de la banquise,
assez honteux de leur escapade. A la première sommation, ils
reprirent le chemin de l'*Alaska*.

Erik et maaster Hersebom, après les avoir vus rentrer, poussèrent jusqu'au dépôt de vivres où ils supposaient que quelque
autre matelot avait pu chercher un asile. Ils en firent le tour,
sans rencontrer personne.

« Je me demande depuis un instant, dit alors Erik, s'il ne
serait pas à propos de prévenir une nouvelle panique en pro-
cédant tout de suite au débarquement d'une partie de l'équipage?

— Cela vaudrait peut-être mieux, répondit le pêcheur.
Mais il y aurait à craindre que les autres, ceux qui resteraient
à bord, ne fussent jaloux et démoralisés par cette mesure qui
les inquiéterait !

— C'est vrai ! reprit Erik. Il sera plus sage de les occuper
tous jusqu'au dernier moment à lutter contre la tempête, et
c'est en somme la seule chance que nous puissions avoir de
sauver le navire. Mais, puisque nous voici sur la banquise, si

28

nous en profitions pour voir un peu comment elle se comporte?
J'avoue que tous ces craquements et ces détonations ne sont
pas sans me donner des doutes sur sa solidité! »

Erik et son père adoptif n'avaient pas fait, au delà du dépôt
de vivres, trois cents pas vers le nord, quand ils furent arrêtés
court. Une crevasse gigantesque s'ouvrait sous leurs pieds.
Pour la franchir, il aurait fallu de longues perches dont ils
avaient négligé de se munir. Aussi prirent-ils le parti d'en
suivre le bord, en obliquant vers l'ouest, afin de voir jusqu'où
elle se prolongeait.

Ils trouvèrent alors que cette crevasse ou plutôt cette fissure
se continuait dans cette direction sur une très longue ligne,
— si longue qu'après avoir marché pendant plus d'une demi-
heure, ils n'en voyaient pas la fin. Rassurés par leur exploration sur l'étendue du champ de glace où se trouvait établi le
dépôt de vivres, ils revinrent sur leurs pas.

Comme ils étaient à moitié chemin environ de la distance
qui les séparait de ce dépôt, une nouvelle vibration de la banquise se produisit, suivie de détonations, de craquements et
d'un vacarme assourdissant de glaces entre-choquées. Ils ne
s'en inquiétèrent pas outre mesure, mais pressèrent le pas,
dans l'impatience de savoir si cette secousse n'avait pas eu de
conséquence fâcheuse pour l'*Alaska*.

Le dépôt de vivres fut bientôt atteint, puis le petit havre
qui abritait le navire.

Erik et maaster Herschom se frottèrent les yeux et se demandèrent s'ils ne rêvaient pas : l'*Alaska* n'y était plus!...

Leur première pensée fut qu'il s'était abîmé sous les eaux.
Elle était trop naturelle, après une soirée comme celle qu'ils
venaient de passer.

Mais, presque aussitôt, ils furent frappés de ce fait qu'aucun
débris n'était visible, et aussi de l'aspect tout nouveau pour
eux que le petit havre avait pris pendant leur absence. On n'y

voyait plus cette bordure de « drift-ice » que la tempête y avait entassée en quelques heures et au milieu de laquelle l'*Alaska* se trouvait incrusté. Tout au contraire, la forme en était nettement découpée, comme si la banquise avait fini par se détacher de toutes pièces de cette bordure accidentelle et par en devenir indépendante.

Presque au même instant, maaster Herscbom constata une circonstance qui n'avait pu le frapper pendant qu'il parcourait la banquise en tout sens, mais qui devenait fort apparente pour lui maintenant qu'il se retrouvait au point de départ : le vent avait tourné et soufflait de l'ouest.

N'était-il pas possible que la tempête, en changeant de direction, eût simplement chassé au fond du golfe les glaces flottantes au milieu desquelles se trouvait fixé l'*Alaska?*

Oui, évidemment, c'était possible. Il restait à vérifier si c'était vrai.

Sans plus tarder, Erik se dirigea vers le fond du golfe, suivi de maaster Hersebom.

Ils marchèrent longtemps, — l'espace de quatre ou cinq kilomètres. Partout le bord de la banquise était libre de « drift-ice »; les lames furieuses venaient s'y briser comme sur une grève; mais le fond du golfe ne se montrait point, et, ce qui semblait plus étrange encore, le promontoire qui le fermait vers le sud avait disparu.

Enfin, Erik s'arrêta. Cette fois il avait compris. Il prit la main de maaster Hersebom et la serra dans les siennes.

« Père, dit-il, d'une voix grave, vous êtes de ceux à qui l'on peut dire la vérité!... Eh bien, la vérité, c'est que la banquise s'est rompue, séparée de la masse qui enferme l'*Alaska,* et que nous sommes sur une île de glace de quelques kilomètres de long, de quelques cents mètres de large, emportés sur les eaux au gré de la tempête! »

CHAPITRE XIX

Vers deux heures du matin, Erik et maaster Hersebom, épuisés de fatigue, s'étaient glissés sous la bâche du dépôt de vivres pour s'allonger côte à côte entre deux tonneaux, contre la chaude fourrure de Klaas. Ils n'avaient pas tardé à s'endormir. Quand ils se réveillèrent, le soleil était déjà haut sur l'horizon, le ciel était redevenu bleu et la mer était calme. L'immense lambeau de banquise sur lequel ils flottaient semblait immobile, tant son mouvement était doux et régulier. Mais, le long de ses deux bords les plus rapprochés, d'énormes icebergs étaient emportés avec une vitesse effrayante, se poursuivant, se heurtant, parfois se brisant l'un contre l'autre. Le paysage formé par tous ces gigantesques cristaux, réfléchissant ou décomposant, comme un prisme, les rayons solaires, n'en était pas moins un des plus merveilleux qu'Erik eût jamais contemplés. Maaster Hersebom lui-même, si peu enclin qu'il pût être en général, et spécialement dans la condition où il se trouvait, à admirer les splendeurs de la nature arctique, ne put s'empêcher d'en être saisi.

« Que tout cela serait beau à voir du pont d'un bon navire ! dit-il en soupirant.

— Bah ! lui répondit Erik avec sa bonne humeur habituelle,

à bord d'un navire, il faudrait songer seulement à éviter tous
ces icebergs et à ne pas être mis en pièces, tandis que, sur
cette île de glace, nous n'avons pas à nous inquiéter de ces mi-
sères ! »

C'était évidemment un point de vue fort optimiste. Maaster
Hersebom se contenta de sourire tristement. Mais Erik était
décidé à prendre les choses par le bon côté.

« N'est-ce pas un bonheur extraordinaire que nous ayons ce
dépôt de vivres? reprit-il. Notre cas ne serait véritablement
désespéré que si nous nous trouvions démunis de tout. Mais,
avec vingt tonneaux de biscuit, de viande fumée et de branvin, avec nos fusils par surcroît et notre ceinture à cartouches,
que pouvons-nous avoir à craindre? Au pis d'attendre quelques semaines, sans apercevoir une terre où nous puissions
aborder!... Vous verrez, cher père, que nous nous tirerons
de cette aventure comme s'en sont tirés les naufragés de la
Hansa!

— De la *Hansa?* demanda maaster Hersebom avec curiosité.

— Oui, un navire parti en 1869 pour les mers arctiques.
Une partie de son équipage se trouva, comme nous, jetée sur
un radeau de glace, où elle était en train de transporter des
vivres et du charbon. Les braves gens durent s'accommoder
de leur mieux sur la banquise flottante. Ils y vécurent six mois
et demi, parcourant avec elle une distance de plusieurs milliers de lieues, et finirent par aborder sur les terres arctiques
de l'Amérique du Nord.

— Puissions-nous avoir le même bonheur! dit maaster
Hersebom en soupirant... Mais nous ferons bien, je pense, de
manger un morceau.

— C'est mon avis, répliqua Erik. Un biscuit et une tranche
de bœuf fumé seront les bienvenus! »

Maaster Hersebom défonça deux tonneaux pour en extraire

les éléments du déjeuner. Avec la pointe de son couteau il fora au flanc d'une pièce de branvin un trou qu'il boucha à l'instant avec un fuseau de bois taillé dans un cercle de barrique et qui devait permettre de la saigner à volonté. Puis, on se mit en devoir de faire honneur aux provisions.

« Est-ce que le radeau de l'équipage de la *Hansa* était aussi grand que le nôtre? demanda le vieux pêcheur, au bout de dix minutes consciencieusement employées à réparer ses forces.

— Je ne le crois pas! Le nôtre doit avoir au moins dix ou douze kilomètres de long. Celui de la *Hansa* en avait deux à peine. Encore était-il réduit à sa plus simple expression, après six mois de service. Les malheureux naufragés en furent réduits à l'abandonner alors parce que les vagues venaient les visiter jusque sur leur refuge. Heureusement pour eux, ils possédaient un grand canot, — ce qui leur permettait de déménager quand la banquise n'était plus habitable et d'aller en chercher une autre. Ils passèrent ainsi à plusieurs reprises de glaçon en glaçon, comme des ours blancs, jusqu'au moment où il leur fut enfin possible de retrouver la terre ferme.

— Ah! voilà! dit maaster Hersebom, ils avaient un canot, eux, et nous n'en avons pas!... A moins de nous embarquer dans une barrique vide, je ne vois pas trop comment nous pourrons quitter ce radeau-ci! ·

. — C'est ce que nous verrons, quand il en sera temps, répondit Erik. Pour le moment, ce que nous avons de mieux à faire, c'est de procéder à une exploration complète de notre domaine! »

. Maaster Hersebom et lui se levèrent, et tous deux commencèrent par grimper sur une sorte de monticule de glaçon et de neige, — un « hummock », tel est le nom technique, — pour prendre une idée générale de la banquise. Elle se présentait sous la forme d'un long radeau, ou, pour mieux dire, d'une île, de douze ou peut-être quinze kilomètres d'un bout à l'autre, figurant grossièrement un prodigieux cétacé, allongé à la surface de l'Océan polaire. Le dépôt de vivres se trouvait à peu près au niveau d'une ligne qui aurait délimité le premier tiers ou la tête du cétacé. Mais il était assez difficile, en somme, de juger de son étendue ou de sa forme véritable. Un grand nombre de hummocks en accidentaient la surface et barraient la vue de tous côtés. L'extrémité qui correspondait, la veille, au fond du golfe était la plus éloignée. Il fut résolu qu'on se dirigerait d'abord dans cette direction. Autant qu'il était possible de l'affirmer, d'après la position du soleil, ce bout de banquise qui s'étendait vers l'ouest, avant de se détacher de la masse dont elle faisait partie, était maintenant tourné au nord. Il y avait donc lieu de supposer que le bateau voguait vers le sud, sous l'influence des courants ou de la brise, et le fait qu'on n'aperçut plus trace de la longue barrière de glaces étendue vers le 78° parallèle de l'est à l'ouest corroborait pleinement cette hypothèse.

La banquise était entièrement couverte de neige, et sur cette neige se voyaient, de loin en loin, des mouchetures noires que maaster Hersebom reconnut immédiatement pour des « ougiouks », c'est-à-dire pour des morses barbus de grande espèce. Ces morses habitaient sans doute des crevasses ou des cavernes de la banquise, et, se croyant parfaitement à l'abri de toute attaque, en profitaient pour se chauffer au soleil.

Il fallut plus d'une heure de marche à Erik et à maaster Hersebom pour arriver à la pointe extrême du radeau. Ils en avaient à peu près constamment suivi le bord du côté est, parce que cela leur permettait d'explorer à la fois la mer et la banquise. A tout instant, Klaas, en se portant en avant, mettait en fuite quelqu'un de ces ougiouks aperçus de loin, et qui se traînaient maladroitement jusqu'au bord du champ de glace

pour se jeter à l'eau. Rien n'aurait été plus facile que d'en
tuer un grand nombre. Mais à quoi bon, puisqu'on ne pouvait
songer à faire du feu pour rôtir ou griller la chair, d'ailleurs
si délicate, de ces pauvres bêtes? Erik avait d'autres préoccupations : il examinait avec intention le sol de la banquise et
constatait que ce sol était loin d'être homogène. De nombreuses
crevasses, des fissures, qui s'étendaient en certains cas sur
toute la largeur du champ de glace, pouvaient faire craindre
qu'au moindre choc il ne se divisât en plusieurs fragments. Il
est vrai que ces fragments auraient encore été d'une belle
grandeur. Mais la possibilité seule d'un pareil accident indiquait l'impérieuse nécessité de se tenir le plus possible à portée
du dépôt de vivres, si l'on ne voulait être exposé à s'en trouver
inopinément séparé. Ces fissures étaient d'ailleurs partout
recouvertes par l'épaisse couche de neige tombée la veille, et
qui commençait déjà, en fondant, à les fermer ou tout au
moins à les calfater. Erik résolut de reconnaître avec soin,
parmi les divisions ainsi délimitées, la plus massive et la plus
résistante, afin de l'adopter comme quartier général en y trans-
portant le dépôt de vivres.

C'est dans cet esprit que maaster Hersebom et lui reprirent
leur exploration du côté ouest, après s'être reposés pendant
quelques minutes à la pointe nord. Ils suivaient maintenant ce
bord de la banquise, qui, deux heures plus tôt, dessinait encore
le rivage du golfe où le yacht américain était venu se faire
acculer. Klaas courait en avant, animé par la fraîcheur de l'air,
et semblait se trouver dans son véritable élément sur ce tapis
de neige, qui lui rappelait sans doute les plaines du Groënland.

Tout à coup, Erik le vit humer l'air, partir comme une
flèche, et s'arrêter en aboyant devant un objet encore caché
par un amas de glaces.

« Encore un ougiouk ou un phoque! » se dit-il sans presser
le pas.

29

Ce n'était ni un ougiouk ni un phoque qui gisait au bord
de la banquise et motivait l'émoi de Klaas. C'était un homme,
un homme inanimé et sanglant, dont le costume de peaux
n'appartenait certainement pas à un matelot de l'*Alaska*. Cela
frappa tout d'abord Erik comme un souvenir de l'hivernage de
la *Véga*. Il souleva la tête de cet homme, elle était couverte
d'une épaisse chevelure rouge, et remarquable par un nez
écrasé comme celui d'un nègre...

Erik se demanda s'il n'était pas le jouet d'une illusion. Sa
main ouvrit le gilet de l'homme, mit à nu sa poitrine. C'était
peut-être moins encore pour vérifier si le cœur battait que pour
y chercher un nom...

Ce nom s'y trouvait, tatoué en bleu, dans un écusson grossièrement dessiné : « Patrick O'Donoghan, *Cynthia*. »

Et le cœur battait !... Et l'homme n'était pas mort !... Il avait
seulement une large blessure à la tête, une autre à l'épaule, et,
sur la poitrine, une contusion qui devait grandement gêner
ses mouvements respiratoires.

« Il faut le transporter à notre abri, le panser, le rappeler à la vie ! » dit Erik à maaster Herschom.

Et il ajouta à voix basse, comme s'il craignait d'être
entendu :

« C'est lui, père, celui que nous cherchons depuis si longtemps sans l'atteindre, Patrick O'Donoghan !... Le voilà et
presque sans souffle ! »

La pensée que le secret de sa vie était là, sous ce crâne
épais et sanglant, où la mort semblait déjà avoir posé son empreinte, allumait dans les yeux d'Erik une flamme sombre. Son
père adoptif devina ce qui se passait en lui et ne put s'empêcher
de hausser les épaules. Il semblait dire :

« La belle avance, quand même on pourrait tout savoir
maintenant !... Et comme tous les secrets du monde importent
dans notre position ! »

Il n'en prit pas moins le corps par les jambes, tandis qu'Erik le tenait sous les bras, et, chargés de ce fardeau, ils se remirent en marche.

Le mouvement fit ouvrir les yeux au blessé. Bientôt la douleur que lui causaient ses plaies fut si vive, qu'il exhala des plaintes confuses, où le mot anglais « drink » — à boire — semblait dominer. On était encore loin du dépôt de vivres. Erik prit le parti de s'arrêter, d'adosser le malheureux contre un hummock sur le lit de neige et de lui mettre aux lèvres sa bouteille de cuir.

Elle était presque vide, mais la gorgée d'eau-de-vie que but O'Donoghan sembla lui rendre la vie. Il regarda autour de lui, poussa un profond soupir et dit :

« Où est Jones?...

— Nous vous avons trouvé seul au bord de la banquise, lui dit Erik. Y a-t-il longtemps que vous étiez là?

— Je ne sais pas, répliqua le blessé avec effort. Donnez-moi encore à boire! » reprit-il en fixant ses yeux sur ceux d'Erik.

Il avala une seconde gorgée d'eau-de-vie et retrouva la force de parler.

« Quand la tempête a éclaté, expliqua-t-il, le yacht allait couler bas. Quelques-uns des hommes ont eu le temps de se jeter dans les embarcations, les autres ont péri. Dès le premier moment, M. Jones m'avait fait signe d'aller avec lui dans un petit « kaïak » de sauvetage, suspendu à l'arrière, et que tout le monde dédaignait à cause de ses faibles dimensions, mais qui s'est trouvé insubmersible!... C'est le seul qui soit arrivé à la banquise!... Toutes les chaloupes ont chaviré avant d'y accoster! Nous avons été terriblement meurtris sur le drift-ice, quand les lames y ont jeté notre kaïak; mais enfin nous avons pu nous traîner hors de leur portée et attendre le jour!... Ce matin, M. Jones m'a quitté pour aller voir s'il pouvait trouver

à tuer un phoque ou quelque oiseau de mer pour notre nour-
riture. Je ne l'ai plus revu...

— Ce M. Jones est un officier de l'*Albatros?* demanda Erik.

— C'est le propriétaire et le capitaine, répondit O'Donoghan
d'un ton où perçait quelque surprise de la question.

— Le propriétaire n'est donc pas M. Tudor Brown?

— Je... je ne sais pas, » dit en hésitant le blessé, qui parut
se demander s'il ne s'était pas trop avancé en parlant comme
il l'avait fait.

Erik ne crut pas devoir insister sur ce point. Il avait tant
d'autres choses à demander !

« Voyons, dit-il à l'Irlandais en s'asseyant sur la neige
auprès de lui, vous avez refusé l'autre jour de venir à mon
bord causer avec moi, et ce refus a déjà causé bien des malheurs !
Mais, à présent que nous sommes réunis, profitons-en pour
parler sérieusement et en gens raisonnables ! Vous voici sur
une banquise flottante, blessé, sans vivres, incapable d'échapper par vous-même à la mort la plus cruelle !... Mon père
adoptif et moi, nous avons ce qui vous manque, des vivres, des
armes, du brandevin ! Nous ne demandons qu'à vous soigner, à
partager toutes ces choses avec vous et à vous remettre sur
pied !... En échange de nos soins, ne nous accorderez-vous pas
un peu de confiance ? »

L'Irlandais attacha sur Erik un regard indécis, où la reconnaissance paraissait se mêler à la crainte,—une crainte obscure,
indéterminée.

« Cela dépend du genre de confiance que vous souhaitez !
dit-il évasivement.

— Oh! vous le savez bien ! répondit Erik en faisant effort
pour sourire et prenant dans ses mains celle du blessé. Je vous
l'ai dit l'autre jour ; vous savez ce que j'ai besoin d'apprendre, ce
que je suis venu chercher dans ces mers lointaines !... Voyons,
Patrick O'Donoghan, un petit effort ; dites-moi ce secret qui a

pour moi une si grande importance, apprenez-moi ce que vous
savez sur « l'enfant à la bouée » ! Donnez-moi seulement une
indication qui me permette de retrouver ma famille !... Que pouvez-vous craindre? Quel danger y a-t-il pour vous à me satisfaire?... »

O'Donoghan ne répondait pas et paraissait peser dans sa
tête obtuse les arguments que lui présentait Erik.

« Mais, dit-il enfin avec effort, si nous nous tirions d'affaire,
si nous arrivions dans un pays où il y aurait des juges, vous
pourriez me faire avoir du mal !

— Non, je vous le jure !... Je vous le jure sur tout ce qu'il
y a de plus sacré !... dit Erik avec feu. Quels que soient vos
torts envers moi ou envers d'autres, je vous garantis qu'il n'en
résultera pour vous aucune conséquence fâcheuse !... D'ailleurs,
il y a une chose que vous semblez ignorer, c'est qu'il y a maintenant prescription sur tout cela, — je veux dire que ces événements, quels qu'ils soient, s'étant passés depuis plus de vingt
ans, la justice humaine n'a plus le droit de vous en demander
compte !

— Vraiment? demanda Patrick avec un reste de défiance.
M. Jones m'a dit pourtant que l'*Alaska* était envoyé par la
police, et vous-même vous avez parlé de tribunaux...

— C'était à propos de faits tout récents, d'un accident qui
nous est arrivé au début de notre voyage ! Soyez sûr que
M. Jones s'est moqué de vous, Patrick ! Sans doute, il a quelque
intérêt à ce que vous ne parliez pas !

— Pour sûr, il y a intérêt ! dit l'Irlandais avec conviction.
Mais enfin, comment avez-vous découvert que je sais le secret?
reprit-il en regardant Erik.

— Par Mr. Bowles et mistress Bowles, du *Red-Anchor*, à
Brooklyn, qui vous ont souvent entendu parler de « l'enfant
sur la bouée ».

— C'est vrai !... » dit l'Irlandais.

Et il réfléchit encore.

« Alors, vous n'êtes pas envoyé par la police, bien sûr? reprit-il.

— Mais non, — quelle idée absurde!... Je suis envoyé par moi-même, par l'ardent désir, par la soif que j'ai de savoir quel est mon pays, quels sont mes parents, voilà tout! »

O'Donoghan eut un sourire vaniteux.

« Ah! voilà ce que vous voulez savoir? dit-il. Eh bien, c'est vrai, je puis vous le dire, moi!... C'est vrai, je le sais!...

— Dites-le-moi, O'Donoghan, dites-le-moi! s'écria Erik, qui le vit ébranlé. Dites-le-moi, et je vous promets le pardon pour vos torts, si vous en avez, la reconnaissance, s'il m'est donné de vous la prouver! »

L'Irlandais donna un coup d'œil de convoitise sur la bouteille de cuir.

« Cela dessèche le gosier de tant parler, dit-il d'une voix pâteuse. Je boirais bien un peu d'eau-de-vie, si vous vouliez...

— Il n'y en a plus ici, mais on va aller vous en chercher au dépôt de vivres! Nous en avons deux grosses pièces, » répliqua Erik en remettant la bouteille à maaster Hersebom.

Celui-ci s'éloigna aussitôt, suivi de Klaas.

« Il ne sera pas long à revenir, reprit le jeune homme en se retournant vers le blessé. Allons, mon brave, ne me marchandez pas votre confiance!... Mettez-vous un instant à ma place! Supposez que toute votre vie vous ayez ignoré le nom de votre pays, celui de votre mère, que vous vous trouviez en présence d'un homme qui sait tout cela et que cet homme vous refuse un renseignement si précieux pour vous, au moment même où vous venez de le sauver et de lui rendre la vie!... Ce serait cruel, n'est-ce pas?... ce serait intolérable!... Je ne vous demande pas l'impossible!... Je ne vous demande pas de vous accuser, si vous avez quelque chose à vous reprocher!... Donnez-moi seulement une indication, si légère

TUDOR BROWN RECEVAIT UNE BALLE AU FRONT.

qu'elle soit; mettez-moi sur la voie, c'est tout ce qu'il me faut !...

—Ma foi, autant vous faire ce plaisir, dit Patrick évidemment
ému. Vous saurez donc que j'étais novice à bord du *Cynthia*...»

Il s'arrêta court.

Erik était suspendu à ses lèvres... Touchait-il enfin au
but?... Allait-il savoir le mot de l'énigme? connaître le nom de
sa famille? celui de sa patrie?... En vérité, cet espoir ne semblait plus chimérique... Tout entier aux paroles du blessé, il
attachait ses yeux sur lui, prêt à boire avec avidité ce qu'il était
au moment d'apprendre. Pour rien au monde il n'aurait troublé
ce récit par une interruption ou même par un geste. Il ne
remarqua même pas qu'une ombre venait de surgir derrière
lui. C'était pourtant la vue de cette ombre qui coupait court au
récit de Patrick.

« M. Jones !... » dit-il du ton d'un écolier », surpris en fla-
grant délit de bavardage.

Erik se retourna et vit Tudor Brown, debout devant un
hummock voisin, qui l'avait jusqu'à ce moment caché aux regards. L'exclamation de l'Irlandais confirmait le soupçon qui,
tout à l'heure, s'était présenté à sa pensée : MM. Jones et Tudor
Brown ne faisaient qu'un seul et même individu !

A peine eut-il le temps de formuler dans sa pensée cette
constatation.

Deux coups de feu éclatant à trois secondes d'intervalle
venaient de faire deux cadavres.

Tudor Brown, épaulant son fusil, avait frappé au cœur
Patrick O'Donoghan, qui se renversa foudroyé.

Avant d'avoir seulement eu le temps d'abaisser son rifle,
Tudor Brown recevait une balle au front et tombait sur la face.

« J'ai bien fait de revenir, en voyant des pas suspects sur
la neige! » dit maaster Hersebom, qui reparut, son fusil fumant
à la main.

CHAPITRE XX

Erik avait poussé un cri et s'était jeté à genoux devant Patrick O'Donoghan, cherchant un dernier souffle de vie, une lueur d'espoir!... Mais l'Irlandais était bien mort, cette fois, emportant son secret.

Quant à Tudor Brown, son corps eut une convulsion suprême, ses mains laissèrent échapper l'arme qu'elles serraient au moment de sa chute, et il expira sans prononcer une parole.

« Père, qu'avez-vous fait? s'écria amèrement Erik. Pourquoi supprimer la dernière chance qui me restait de connaître le mystère de ma vie?... Ne valait-il pas mieux nous jeter sur cet homme et le faire prisonnier?

— Et le temps, crois-tu qu'il nous l'aurait laissé?... répondit maaster Herscbom. Son second coup était pour toi, sois-en sûr!... J'ai vengé le meurtre de ce malheureux, puni le crime de la Basse-Froide et peut-être d'autres crimes encore?... Quoi qu'il arrive, je ne le regrette pas!... Qu'importe d'ailleurs le mystère de ta vie, mon enfant, dans une situation comme la nôtre?... Le mystère de ta vie, nous irons, avant peu sans doute, le demander à Dieu! »

A peine achevait-il ces mots, qu'un coup de canon retentit; répercuté par les icebergs et les banquises. On aurait dit une

30

réponse aux paroles découragées du vieux pêcheur. C'en était
plutôt une sans doute aux deux coups de feu qui venaient d'éclater sur le radeau de glace.

« Le canon de l'*Alaska!*... Nous sommes sauvés !... » s'écria
Erik en se relevant pour sauter sur un hummock et explorer du
regard la mer sans limites.

Il ne vit rien d'abord que les icebergs emportés par la brise
et se balançant au soleil. Mais maaster Hersebom, qui avait
immédiatement rechargé son fusil, ayant tiré en l'air, un
coup de canon lui répondit presque aussitôt.

Cette fois, Erik aperçut nettement un filet de fumée noire,
se dessinant vers l'ouest sur le bleu du ciel. Coups de fusil et
coups de canon se donnèrent dès lors la réplique à des inter-
valles de quelques minutes, et bientôt l'*Alaska,* dépassant un
iceberg, apparut courant à toute vapeur vers le nord de la
banquise.

Erik et maaster Hersebom s'étaient jetés, en pleurant de
joie, dans les bras l'un de l'autre. Ils agitaient leurs mouchoirs,
lançaient leurs bonnets en l'air, cherchaient par tous les moyens
à se signaler à leurs amis.

Enfin, l'*Alaska* s'arrêta. Une baleinière se détacha du bord,
et vingt minutes ne s'étaient pas écoulées qu'elle accostait la
banquise.

Comment dire la joie profonde du docteur Schwaryencrona,
de M. Bredejord, de M. Malarius et d'Otto en retrouvant sains
et saufs ceux qu'ils croyaient perdus !

On se raconta tout : les épouvantes et les désespoirs de la
nuit, les vains appels, les impuissantes colères. L'*Alaska,* en
se trouvant, au jour, presque libre de glaces, avait eu recours
à la mine pour achever de se dégager. M. Bosewitz ayant pris
le commandement, en qualité de second officier, on s'était
aussitôt mis en quête de la banquise flottante, dans la direction
du vent qui l'avait entraînée. Cette navigation au milieu des

L'ALASKA VINT ACCOSTER LE FLANC DE LA BANQUISE.

glaces, mises on mouvement, était la plus périlleuse que l'*Alaska*
eût encore accomplie. Mais, grâce aux excellentes habitudes
données à l'équipage par son jeune capitaine, à l'expérience
acquise, à la précision des manœuvres, on était parvenu à se
mouvoir sans encombre entre ces masses errantes. L'*Alaska*
avait d'ailleurs bénéficié de cette circonstance qu'il courait dans
le sens même des glaces, avec une vitesse supérieure à la leur.
Le bonheur avait voulu que sa poursuite ne fût pas vaine. A
neuf heures du matin, la grande banquise avait été signalée au
vent, on avait pu en reconnaître jusqu'à la forme du haut du
« nid du corbeau », et bientôt deux coups de feu donnaient
l'espoir que les deux naufragés s'y trouvaient toujours.

Le reste importait peu désormais. On allait cingler directement sur l'Atlantique, et ce serait bien le diable, si l'on n'y
arrivait pas, — à la voile, puisqu'il n'y avait plus de charbon.

« Non pas à la voile ! dit Erik. J'ai deux autres idées. La
première, c'est de nous faire remorquer par la banquise, aussi
longtemps qu'elle ira vers le sud ou l'ouest. Cela nous épar-
gnera des combats incessants avec les icebergs que notre
radeau se chargera de chasser devant lui. La seconde, c'est
d'y récolter le combustible nécessaire pour achever notre
voyage, quand il nous conviendra de reprendre notre autonomie.

— Que veux-tu dire ? La banquise recélerait-elle en ses
flancs une mine de houille ? demanda en riant le docteur.

— Non pas précisément une mine de houille, répondit Erik,
mais ce qui revient à peu près au même, une mine de carbone
animal, sous la forme de graisse d'ougiouk. Je veux tenter
l'expérience, puisque nous avons un foyer spécialement aménagé pour ce genre de combustible. »

Avant tout, on commença par rendre les derniers devoirs
aux deux morts, en les jetant à l'eau avec un obus aux pieds.

Puis, l'*Alaska* vint accoster le flanc de la banquise, de
manière à en suivre le mouvement, tout en étant protégé par

sa masse. Cela permit de remettre aisément à bord les vivres qui avaient été débarqués et qu'il importait de ne pas perdre. L'opération terminée, le navire alla s'amarrer à l'extrémité nord du radeau de glace où il était mieux protégé contre les icebergs. Erik s'était déjà assuré qu'on filait, ainsi remorqué, une moyenne de six nœuds, ce qui était très suffisant jusqu'à nouvel ordre, étant donné surtout qu'on n'avait plus à s'inquiéter des glaces flottantes.

Tandis que la banquise s'en allait ainsi majestueusement vers le sud, comme un continent à la dérive, en traînant un satellite à sa remorque, la chasse aux ougiouks fut régulièrement conduite.

Deux ou trois fois par jour, des partis armés de fusils et de harpons, accompagnés de tous les chiens groënlandais, débarquaient sur le champ de glace et cernaient les monstres marins endormis au bord de leurs trous. On les tuait d'une balle dans l'oreille, on les dépeçait, on levait le lard, dont on chargeait des traîneaux que les chiens tiraient à l'*Alaska*. Cette chasse était si facile et si fructueuse qu'en huit jours, les soutes se trouvèrent littéralement bondées de lard.

L'*Alaska*, toujours remorqué par la banquise, était alors par le 40e degré de longitude est, sur le 74e parallèle, c'est-à-dire qu'il avait laissé derrière lui la Nouvelle-Zemble, en la dépassant au nord.

Le radeau de glace était à ce moment réduit de près de moitié, et le reste, craquelé par le soleil, traversé de fissures de plus en plus profondes, approchait manifestement de la décomposition. Le moment venait où cette grande île allait se résoudre en « drift-ice ». Erik ne voulut pas l'attendre. Il fit lever l'ancre et mettre le cap droit à l'ouest.

Le lard de morse, immédiatement utilisé dans le foyer *ad hoc* que portait l'*Alaska*, concurremment avec une faible proportion de houille, se trouva un combustible excellent. Son seul défaut était d'encrasser la cheminée et de nécessiter un nettoyage quotidien. Quant à son odeur qui aurait sans doute impressionné désagréablement des passagers méridionaux, elle n'était pour un équipage suédois et norvégien qu'un inconvénient très secondaire.

Toujours est-il que, grâce à ce supplément, l'*Alaska* put rester sous vapeur jusqu'à la dernière heure, franchir rapidement, malgré les vents contraires, la distance qui le séparait encore des mers d'Europe et arriver, le 5 septembre, en vue du Cap-Nord de Norvège, sans même s'arrêter à Tromsoë, comme il l'aurait pu, en cas de besoin; il poursuivit activement sa route, contourna la péninsule scandinave, repassa le Skager-Ragg et revint à son point de départ.

Le 14 septembre, il jetait l'ancre devant Stockholm, dans les eaux mêmes qu'il avait quittées le 10 février précédent.

Ainsi se trouvait accompli, en sept mois et quatre jours, le premier périple circumpolaire, par un navigateur de vingt-deux ans.

Ce tour de force géographique, qui venait compléter et contrôler si promptement la grande expédition de Nordenskiold, devait bientôt avoir dans le monde un retentissement prodigieux. Mais, pour le moment, les journaux et revues n'en avaient pas encore expliqué les mérites. Quelques initiés à peine étaient en état de les apprécier, et une personne au moins n'avait garde de les soupçonner, — c'était Kajsa.

Il fallait voir le sourire de supériorité avec lequel elle accueillit le récit du voyage.

« S'il y a du bon sens à s'en aller volontairement s'exposer à des dangers pareils! » dit-elle pour tout commentaire.

Sans compter qu'à la première occasion, elle ne manqua pas d'ajouter à l'adresse d'Erik :

« Enfin, nous voilà toujours débarrassés de cette ennuyeuse affaire, maintenant que le fameux Irlandais est mort! »

Quelle différence de ce jugement sec et froid avec la lettre pleine d'effusions et de tendresses qu'Erik reçut bientôt de Noroë! Vanda lui contait dans quelles transes elle et sa mère avaient passé ces longs mois, comme leur pensée n'avait pas cessé d'être avec les voyageurs, comme elles étaient heureuses de les voir enfin revenus à bon port!... Si l'expédition n'avait pas eu tous les résultats qu'en attendait Erik, il ne fallait pas s'en affliger outre mesure. Erik savait bien qu'à défaut de sa véritable famille, il en avait une dans le pauvre village norvégien, qui l'aimait tendrement et s'associait toujours à lui par la pensée. Ne viendrait-il pas bientôt la revoir, cette famille, qui le considérait toujours comme sien et qui ne voulait pas renoncer à lui? Il pourrait bien, s'il en cherchait le moyen, trouver un petit mois à lui donner!... C'était le vœu le plus cher de sa mère adoptive et de sa petite sœur Vanda, etc., etc.

Tout cela, enveloppant trois jolies fleurettes cueillies au bord du fiord, et dans le parfum desquelles il semblait à Erik qu'il retrouvait toute son enfance insouciante et gaie. Ah! que ces choses étaient douces à son pauvre cœur désappointé et qu'elles lui faisaient porter légèrement le déboire final de son expédition!

Bientôt, pourtant, il fallut se rendre à l'évidence. Le voyage de l'*Alaska* était un événement qui égalait en grandeur celui de la *Véga*. Le nom d'Erik était associé de toutes parts au nom glorieux de Nordenskiold. Les journaux ne parlaient plus que du nouveau périple. Les navires de toutes les nations, mouillés à Stockholm, s'entendaient un peu pour se pavoiser en l'honneur de cette victoire nautique. Erik, surpris et confus, se voyait accueilli partout par les ovations réservées aux triomphateurs. Les Sociétés savantes venaient en corps souhaiter la bienvenue au commandant et à l'équipage de l'*Alaska*, les pouvoirs publics proposaient pour eux une récompense nationale.

Tous ces éloges et ce bruit gênaient Erik. Il avait conscience d'avoir principalement obéi, dans son entreprise, à des considérations d'ordre personnel, et se faisait scrupule de récolter une gloire qu'il trouvait au moins exagérée. Aussi saisit-il la première occasion qui se présenta de dire franchement ce qu'il était allé chercher dans les mers polaires, — sans l'avoir trouvé d'ailleurs, — le secret de sa naissance, de son origine, du naufrage du *Cynthia.*

L'occasion se présenta sous la figure d'un personnage imberbe, haut comme une botte, vif comme un écureuil, attaché en qualité de reporter à l'un des principaux journaux de Stockholm, et qui se présenta à bord de l'*Alaska,* pour solliciter la faveur d'une « entrevue personnelle » avec le jeune commandant. Le but de l'intelligent gazetier, disons-le bien vite, était tout uniment de soutirer à sa victime les éléments d'une biographie de cent lignes. Il ne pouvait tomber sur un sujet mieux disposé à se soumettre à la vivisection. Erik avait soif de dire la vérité et de proclamer qu'il ne méritait pas d'être pris pour un Christophe Colomb.

Il conta donc tout sans réticence, refit son histoire, expliqua comment il avait été recueilli en mer par un pauvre pêcheur de Noroë, élevé par M. Malarius, amené à Stockholm par le docteur Schwaryencrona, comment on était venu à savoir que Patrick O'Donoghan connaissait probablement le mot de l'énigme, comment on avait appris qu'il se trouvait à bord de la *Véga,* comment on était allé l'y chercher, comment on avait été conduit à changer d'itinéraire, puis à pousser jusqu'à l'île Ljakow, jusqu'au cap Tchélynskin... Tout cela, Erik le disait pour se disculper en quelque sorte d'être un héros. Il le disait parce qu'il avait honte maintenant de se voir accablé d'éloges pour ce qui lui semblait si naturel et si simple.

Et, pendant ce temps, le crayon du reporter, M. Squirrélius, courait sur le papier avec une rapidité sténographique. Les

dates, les noms, les moindres détails, — tout était noté.
M. Squirrélius se disait, le cœur palpitant, que ce n'était pas
cent lignes, mais cinq ou six cents qu'il allait tirer de cette con-
fession. Et quelles lignes !... Un récit vibrant, pris sur le vif,
émouvant comme un feuilleton !

Le lendemain, ce récit remplissait trois colonnes dans le
journal le plus répandu de la Suède. Comme il arrive presque
toujours en pareil cas, la sincérité d'Erik, loin de diminuer ses
mérites, les mit au contraire en valeur, par la modestie qu'elle
attestait et l'intérêt romanesque qu'elle apportait à son histoire.
La presse et le public s'en emparèrent avec avidité. Ces détails
biographiques, bientôt traduits dans toutes les langues, ne tardèrent pas à faire le tour de l'Europe.

C'est ainsi qu'ils arrivèrent à Paris et pénétrèrent un soir,
sous la bande encore humide d'un journal français, dans un
modeste salon situé rue de Varennes, au second étage d'un vieil
hôtel.

Deux personnes se trouvaient dans ce salon. L'une était
une dame en vêtements noirs et en cheveux blancs, quoiqu'elle
parût jeune encore, et dont toute la personne portait l'empreinte d'un grand deuil éternel. Assise sous l'abat-jour de la
lampe, elle travaillait machinalement à une broderie, tandis que
ses yeux se fixaient dans l'ombre sur quelque souvenir inou-
bliable et accablant.

De l'autre côté de la table, un grand vieillard parcourait
d'un regard distrait le journal que son domestique venait de lui
apporter.

C'était M. Durrien, consul général honoraire et l'un des
secrétaires de la Société de géographie, — celui-là même qui
s'était trouvé à Brest, chez le préfet maritime, au moment du
passage de l'*Alaska*.

Sans doute, à raison de ce fait, le nom d'Erik frappa particulièrement son attention, car, en lisant l'article biographique

consacré au jeune navigateur suédois, il eut comme un tres-saillement. Puis, il relut cet article avec une profonde attention. Peu à peu, une pâleur intense se répandit sur son visage déjà si pâle. Ses mains furent prises d'un tremblement nerveux. Son trouble devint si manifeste que sa silencieuse compagne s'en aperçut.

« Mon père, est-ce que vous souffrez? demanda-t-elle avec sollicitude.

— Je... crois qu'on s'est trop hâté de faire du feu!... Je vais aller prendre l'air dans mon cabinet!... Ce n'est rien!... un malaise passager!... » répondit M. Durrien en se levant pour passer dans la pièce voisine.

Comme par mégarde, il emporta le journal qu'il tenait à la main. Si sa fille avait pu lire dans sa pensée, elle y aurait vu dominer, au milieu de l'afflux tumultueux d'espoirs et de craintes qui s'y heurtaient, la volonté arrêtée de soustraire le journal à ses regards.

Un instant elle songea à suivre M. Durrien dans son cabinet. Mais elle crut deviner qu'il désirait être seul, et se plia discrètement à ce caprice. Bientôt, d'ailleurs, elle se rassura en entendant son père aller et venir, marcher à grand pas, ouvrir et fermer la fenêtre.

C'est seulement au bout d'une heure qu'elle se décida à entre-bâiller la porte, pour voir ce que faisait M. Durrien. Elle constata qu'il s'était assis à son bureau et qu'il écrivait une lettre.

CHAPITRE XXI

UNE LETTRE DE PARIS

Ce qu'elle ne vit pas, c'est qu'il avait, en écrivant, les yeux pleins de larmes.

Depuis son retour à Stockholm, Erik recevait presque chaque jour de tous les pays de l'Europe une correspondance volumineuse. C'étaient des corps savants ou des particuliers qui lui adressaient leurs félicitations, des gouvernements étrangers qui lui décernaient des honneurs ou des récompenses; des armateurs, des négociants qui sollicitaient de lui quelque renseignement applicable à leurs intérêts. Aussi fut-il peu surpris en se voyant remettre, un matin, deux plis au timbre de Paris.

Le premier qu'il ouvrit était une invitation de la Société de géographie de France, pour lui et pour ses compagnons de voyage, à venir en personne recevoir une grande médaille d'honneur, décernée en séance solennelle « à l'auteur du premier périple circumpolaire par les mers arctiques ».

La seconde enveloppe fit tressaillir Erik quand il la rompit. Elle portait en guise de cachet, sur la gomme qui la fermait, un médaillon gravé aux initiales E. D. entourées de la devise *Semper idem...*

Ces initiales et cette devise se trouvaient reproduites au

coin de la lettre enfermée dans l'enveloppe, et qui était de M. Durrien. La lettre disait ce qui suit :

« Mon cher enfant, laissez-moi vous donner ce nom à tout événement. Je viens de lire dans un journal français une note biographique traduite du suédois et qui me bouleverse plus que je ne saurais dire. Cette note vous concerne. S'il faut en croire ce qu'elle raconte, vous auriez été recueilli en mer, il y a vingt-deux ans, par un pêcheur norvégien des environs de Bergen, sur une bouée portant le nom de *Cynthia;* votre voyage arctique aurait eu pour but spécial de retrouver un survivant du navire de ce nom, naufragé en octobre 1858 par le travers des îles Féroë; enfin vous seriez revenu de votre expédition sans avoir pu rien apprendre à ce sujet.

« Si tout cela est vrai (oh ! que ne donnerais-je pas pour que ce fût vrai!), je vous demande en grâce de ne pas perdre une minute, de courir au télégraphe et de me le dire.

« C'est que dans ce cas, mon enfant, — comprenez mon impatience, mon anxiété et ma joie, — dans ce cas vous seriez mon petit-fils, celui que je pleure depuis tant d'années, celui que j'ai cru perdu à jamais, celui que ma fille, ma pauvre fille, au cœur brisé, hélas! par le drame du *Cynthia,* appelle encore et réclame tous les jours, — son unique enfant, le sourire, la consolation, puis le désespoir de son veuvage !...

« Vous retrouver, vous retrouver vivant et glorieux, serait un bonheur trop extraordinaire et trop grand! Je n'ose pas y croire avant qu'un signe de vous m'y autorise!... Et pourtant, cela semble maintenant si vraisemblable !... Les détails et les dates concordent si rigoureusement !... Votre physionomie et vos manières me rappellent si clairement celles de mon malheureux gendre. Dans l'unique occasion où le hasard nous a rapprochés, je me suis senti entraîné vers vous par une sympathie si soudaine et si profonde!... Il semble impossible que tout cela n'ait pas de raison d'être!

« Un mot, un mot tout de suite au télégraphe!... Je ne vais pas vivre jusqu'à l'arrivée de cette dépêche. Puisse-t-elle me donner la réponse que j'attends, que je désire si ardemment! Puisse-t-elle apporter à ma pauvre fille et à moi un bonheur qui effacera toute une vie de regrets et de larmes!

« E. DURRIEN,

Consul général honoraire,
104, rue de Varennes, Paris. »

A cette lettre était jointe une note justificative qu'Erik dévora avidement. Elle était également de la main de M. Durrien et contenait ce qui suit :

« J'étais consul de France à la Nouvelle-Orléans, quand ma fille unique, Catherine, épousa un jeune Français, M. Georges Durrien, notre parent éloigné et ainsi que nous d'origine bretonne. M. Georges Durrien était ingénieur des mines. Il venait aux États-Unis pour explorer des sources de pétrole récemment signalées, et comptait y rester quelques années. Accueilli à mon foyer comme devait l'être un homme de son mérite, portant le même nom que nous et fils d'un ami bien cher de ma jeunesse, il me demanda la main de ma fille. Je la lui donnai avec joie. Peu de temps après ce mariage, je fus inopinément désigné au poste consulaire de Riga, et, mon gendre se trouvant retenu aux États-Unis par des intérêts considérables, je dus y laisser ma fille. Elle y devint mère d'un enfant, qui reçut mes prénoms avec celui de son père, et fut appelé *Émile-Henri-Georges.*

« Six mois plus tard, mon gendre trouvait la mort dans un accident de mine. Aussitôt après avoir fait régler ses affaires, ma pauvre fille, veuve à vingt ans, s'embarquait à New-York, sur le *Cynthia,* à destination de Hambourg, pour venir me rejoindre par la voie la plus directe.

« Le 7 octobre 1858, le *Cynthia* faisait naufrage à l'est des îles Féroë. Les circonstances de ce naufrage ont depuis paru suspectes et sont restées inexpliquées. Toujours est-il qu'au milieu du désastre, au moment même où les passagers prenaient place les uns après les autres dans la chaloupe, mon petit-fils, âgé de sept mois, que sa mère venait d'attacher sur une bouée de sauvetage, glissa ou fut poussé à la mer, et disparut emporté par la tempête.

« Ma fille, affolée par cet affreux spectacle, voulait se précipiter dans les flots. Elle fut sauvée de vive force, jetée évanouie dans une embarcation où se trouvaient trois autres personnes, et qui seule échappa au désastre. L'embarcation aborda, au bout de quarante-neuf heures, sur l'une des îles Féroë. C'est de là que ma fille me revint, après une mortelle attente de sept semaines, grâce aux soins dévoués d'un matelot qui l'avait sauvée et qui me la ramena. Ce brave garçon, nommé John Denman, est mort depuis à mon service, en Asie Mineure.

« Nous n'avions aucun espoir sérieux que le pauvre bébé eût pu survivre au naufrage. Je fis pourtant tenter des recherches aux îles Féroë, aux îles Shetland et sur la côte norvégienne au nord de Bergen. L'idée que le berceau fût allé plus loin encore paraissait inadmissible. Je ne renonçai pourtant à mon enquête qu'au bout de trois années, et, pour que Noroë n'y ait pas été compris, il faut que ce soit un point singulièrement reculé et sans rapports directs avec la côte maritime.

« Quand tout espoir fut définitivement perdu, je me consacrai exclusivement à ma fille, dont la santé physique et morale exigeait de grands ménagements. J'obtins d'être envoyé en Orient, je cherchai à la distraire par des voyages et des entreprises scientifiques. Elle a été la compagne inséparable de tous mes travaux ; mais jamais je n'ai pu arriver à la guérir de son incurable tristesse. Enfin, depuis deux ans j'ai pris ma retraite, et nous sommes rentrés en France. Nous habitons alternativement Paris et la vieille maison que je possède au Val-Féray, près de Brest.

« Nous serait-il donné d'y voir entrer mon petit-fils, celui que nous pleurons depuis tant d'années? Cet espoir est trop beau pour que j'ose en parler à ma fille, tant qu'il ne sera pas transformé en certitude. Ce serait une véritable résurrection. Et pourtant, s'il fallait maintenant renoncer à cette idée, la déception serait cruelle!...

« Nous sommes aujourd'hui à lundi. Samedi prochain, me dit-on à la poste, je pourrais avoir une réponse!... »

Erik avait peine à achever cette lecture; les larmes obscurcissaient sa vue. Lui aussi, il craignait de s'abandonner trop vite à l'espérance, qui lui était subitement rendue. Il se disait bien que toutes les vraisemblances se trouvaient réunies, — la concordance des dates, celle des événements et des moindres détails. Mais c'était trop beau! Il n'osait pas y croire! Retrouver du même coup une famille, une vraie mère, une patrie!... Et quelle patrie!... Celle-là même qu'il aurait choisie entre toutes, parce qu'elle incarne en quelque sorte les grandeurs, les grâces et les dons suprêmes de l'humanité, parce qu'en elle sont venus se réunir et se fondre le génie des civilisations antiques, la flamme et l'esprit des temps nouveaux!

Il avait peur que tout cela ne fût qu'un rêve. Si souvent déjà ses espoirs s'étaient trouvés déçus!... Peut-être le docteur allait-il d'un mot faire crouler l'échafaudage. Avant tout, il fallait le prendre pour juge.

Le docteur lut attentivement les documents qui lui étaient soumis, non sans s'interrompre à plusieurs reprises, en laissant échapper une exclamation de surprise ou de joie.

« Il n'y a pas l'ombre d'un doute à conserver! dit-il enfin. Tous les détails concordent rigoureusement, jusqu'à ceux-là même que ton correspondant omet de mentionner, — les initiales du linge, la devise gravée sur le hochet, et qui sont celles de sa lettre!... Mon cher enfant, ta famille est retrouvée, cette fois! Il faut immédiatement télégraphier à ton grand-père...

— Mais que lui dire? demanda Erik pâle de joie.

— Dis-lui que dès demain tu prendras le courrier pour aller
te jeter dans les bras de ta mère et dans les siens! »

Le jeune capitaine ne prit que le temps de serrer sur son
cœur la main de l'excellent homme, et se jeta dans un cabriolet
pour courir au télégraphe.

Le jour même, il quittait Stockholm, prenait le chemin de
fer qui le débarquait à Malmö, sur la côte nord-ouest de la
Suède, traversait le détroit en vingt minutes, se jetait à
Copenhague dans l'express de Hollande et Belgique, puis à
Bruxelles dans le train de Paris.

Le samedi, à sept heures du soir, exactement six jours après
que M. Durrien avait mis sa lettre à la poste, il avait la joie
d'attendre son petit-fils à la gare du Nord. Des dépêches successives, expédiées par Erik au cours du voyage, avaient aidé
à lui faire prendre patience.

Enfin, le train entra en grondant sous la haute coupole de
verre. M. Durrien et son petit-fils tombèrent dans les bras l'un
de l'autre. Ils avaient tant vécu ensemble par la pensée dans
ces derniers jours d'attente, qu'il leur semblait s'être toujours
connus.

« Ma mère? demanda Erik.

— Je n'ai pas osé tout lui dire, tant que je ne te tenais pas!
répondit M. Durrien, en adoptant d'emblée ce tutoiement doux
comme une caresse maternelle, que toutes les langues envient
au français.

— Elle ne sait rien encore?

— Elle soupçonne, elle craint, elle espère! Depuis ta
dépêche, je la prépare de mon mieux à la joie inouïe qui l'attend! Je parle d'une piste sur laquelle j'aurais été mis par un
officier suédois, par ce jeune marin que j'ai vu à Brest et dont
je lui ai souvent parlé!... Elle ne sait pas, elle hésite encore,
mais je crois qu'elle doit commencer à démêler la venue pro-

chaîne de quelque chose de nouveau! Ce matin, à déjeuner,
j'avais une peine extrême à cacher mon impatience! J'ai fort
bien vu qu'elle m'observait avec attention! Deux ou trois fois
même, j'ai cru qu'elle allait me demander une explication formelle!... J'en avais grand'peur, je l'avoue! Si quelque malen-
tendu, quelque contretemps soudain, ou, pis encore, quelque
malheur était venu nous tomber sur la tête!... On craint tout
dans une aventure comme la nôtre!... Aussi n'ai-je point dîné
avec elle ce soir. J'ai prétexté d'une affaire, et je me suis sous-
trait par la fuite à une situation intolérable! »

Sans attendre les bagages, on partit dans le coupé qui avait
amené M. Durrien.

Cependant, Mme Durrien, toute seule dans le salon de la rue
de Varennes, attendait le retour de son père avec impatience. Il
avait deviné juste en redoutant, pour le dîner, une demande
d'explications. Depuis plusieurs jours, elle était inquiète de
ses allures, des dépêches incessantes qu'il recevait, des sous-
entendus singuliers que semblaient recéler toutes ses paroles.
Habituée à échanger avec lui les moindres pensées et les moindres impressions, elle ne comprenait même pas qu'il pût songer
à lui cacher quelque chose. Plusieurs fois déjà, elle avait été
sur le point de réclamer le mot de l'énigme. Puis, elle s'était
tue devant l'évident parti pris de son père.

« Il s'agit sans doute de me préparer quelque surprise, s'était-
elle dit. Il ne faut pas marchander son plaisir! »

Mais, dans les deux ou trois derniers jours et spécialement
le matin, elle avait été plus vivement frappée de l'espèce d'impatience qui éclatait dans tous les mouvements de M. Durrien,
de l'air de bonheur qui animait son regard, de l'insistance avec
laquelle revenaient sur ses lèvres ces allusions si longtemps
évitées au désastre du *Cynthia*. Tout à coup, une sorte d'illu-
mination sourde s'était faite en elle. Elle avait vaguement compris qu'il y avait du nouveau, que son père se croyait, à tort ou

32

à raison, sur la trace d'un indice favorable, que peut-être il s'était repris à l'espoir si longtemps caressé de retrouver son enfant, et, sans supposer un instant que les choses fussent bien avancées, elle avait pris la résolution de demander à tout savoir.

Jamais Mme Durrien n'avait définitivement renoncé à l'idée que son fils pût encore être vivant. Tant qu'une mère n'a pas vu de ses yeux son enfant à l'état de cadavre, elle se refuse à sanctionner, pour ainsi dire, par son adhésion, ce fait irréparable de la mort. Elle se dit que les témoins peuvent s'être trompés, que les apparences peuvent les avoir abusés. Elle croit toujours à la possibilité d'un retour soudain. On pourrait presque dire qu'elle s'y attend. Des milliers de mères de soldats et de marins ont eu cette illusion touchante. Mme Durrien avait plus qu'une autre le droit de la conserver. A la vérité, la scène tragique était toujours devant ses yeux, après vingt-deux ans comme au premier jour. Elle se représentait le *Cynthia* envahi par les eaux et près de couler à chaque lame qui venait le battre. Elle se voyait attachant elle-même, de ses mains, son petit enfant sur une large bouée, tandis que passagers et matelots se ruaient, s'entassaient sur les chaloupes, puis laissée en arrière, implorant, suppliant qu'on emmenât au moins le bébé. Un homme lui prenait des mains le cher fardeau. On la jetait dans un canot. Et presque aussitôt un coup de mer, une trombe d'eau sur elle, et l'horreur de voir la bouée rasant la coque du steamer sur le dos d'une lame, la tempête s'engouffrant dans la mousseline du berceau et emportant sa proie comme une plume, au milieu des embruns! Alors un cri déchirant parmi tant d'autres cris, une lutte corps à corps, un plongeon dans la nuit, — et l'inconscience! Puis, le réveil, le désespoir sans fin, les nuits de fièvre et de délire! Puis, la douleur incessante, les longues recherches sans effet, et la conviction de son impuissance grandissant peu à peu, s'étalant, submergeant tout!... Oh! oui, elle se rappe-

« MON FILS!... VOUS ÊTES MON FILS! »

lait tout cela, la pauvre femme! Pour mieux dire, son être tout
entier avait reçu de ce drame une si rude secousse, qu'il était
resté irréparablement meurtri. Il y avait presque un quart de
siècle que ces choses s'étaient passées, et, comme au premier
jour, Mme Durrien pleurait son enfant! Ce cœur tout maternel
s'était replié sur son deuil et consumait lentement sa vie dans
la morne contemplation de l'unique souvenir!

Par une sorte de mirage moral, elle se figurait parfois son
fils passant par les phases successives de l'enfance, de l'adoles-
cence et de l'âge viril. D'année en année, elle se le représentait
comme il aurait été, comme il était peut-être, — car elle con-
servait toujours une sorte de croyance obstinée à la possibilité
de son retour! Contre cet espoir obscur, rien n'avait jamais
prévalu, ni démarches vaines, ni recherches inutiles, ni temps
écoulé!

Et c'est pourquoi, ce soir-là, elle attendait son père avec la
ferme volonté d'avoir le cœur net de ses soupçons.

M. Durrien entra. Il était suivi d'un jeune homme qu'il
présenta en ces termes :

« Ma fille, voici M. Erik Hersebom dont je t'ai souvent
parlé, et qui vient d'arriver à Paris. La Société de géographie
va lui décerner sa grande médaille d'honneur, et il me fait le
plaisir d'accepter notre hospitalité. »

Il avait été convenu dans la voiture que les choses se passe-
raient ainsi, qu'Erik parlerait plus tard incidemment de l'enfant
recueilli à Noroë, et qu'on essayerait de faire arriver, sans
secousse trop subite, l'aveu de son identité. Mais quand il se
trouva en présence de sa mère, la force lui manqua pour soutenir ce rôle. Il devint d'une pâleur mortelle et s'inclina profondément sans pouvoir articuler une parole.

Elle, cependant, s'était soulevée sur son fauteuil et le regardait avec bonté. Tout à coup, ses yeux se dilatèrent; sa lèvre
frémit, sa main se tendit vers lui.

« Mon fils !... Vous êtes mon fils ! » s'écria-t-elle.

Et s'avançant d'un pas vers Erik :

« Oui ! tu es mon enfant ! dit-elle. Ton père tout entier revit dans chacun de tes traits ! »

Et, tandis qu'Erik, fondant en larmes, tombait à genoux devant sa mère, la pauvre femme, lui prenant la tête à deux mains, s'évanouissait de joie et de bonheur en mettant un baiser sur son front.

UNE FÊTE INTIME RÉUNISSAIT TOUTE LA FAMILLE ADOPTIVE D'ERIK

CHAPITRE XXII

Un mois plus tard, une fête intime réunissait au Val-Féray, à une demi-lieue de Brest, toute la famille adoptive d'Erik, auprès de sa mère et de son grand-père. Une pensée délicate de Mme Durrien avait voulu associer à sa profonde, à son inexprimable joie les êtres simples et bons qui lui avaient sauvé son fils. Elle avait exigé que dame Katrina et Vanda, que maaster Hersebom et Otto fussent du voyage avec le docteur Schwaryencrona et Kajsa, avec M. Bredejord et M. Malarius.

Au milieu de cette rude nature bretonne, près de cette sombre mer armoricaine, ses hôtes norvégiens se sentaient moins dépaysés qu'ils ne l'eussent été, sans doute, à la rue de Varennes. On faisait de longues promenades dans les bois, on se racontait tout ce qu'on ignorait les uns des autres, on mettait en commun les lambeaux de vérité qu'on possédait sur toute cette histoire encore obscure. Et peu à peu bien des points inexpliqués cessaient de l'être. La lueur jaillissait du rapprochement des circonstances, des longues causeries, des discussions.

D'abord, qu'était-ce que Tudor Brown? Quel si grand intérêt avait-il eu à empêcher qu'on fût mis, par Patrick O'Donoghan, sur la trace de la famille d'Erik? Un mot du malheuroux Irlandais suffisait à l'établir. Tudor Brown s'appelait en réalité M. Jones, seul nom sous lequel Patrick O'Donoghan le connût. Or, M. Noah Jones était l'associé du père d'Erik pour l'exploitation d'une mine de pétrole découverte par le jeune ingénieur en Pensylvanie. Le seul énoncé du fait jetait un jour sinistre sur des événements si longtemps restés mystérieux. Le naufrage suspect du *Cynthia*, la chute de l'enfant à la mer, peut-être la mort du père d'Erik, — tout cela, hélas ! devait avoir eu pour origine un traité d'association que M. Durrien retrouva dans ses papiers et qu'il élucida de quelques commentaires.

« Plusieurs mois avant son mariage, expliqua-t-il aux amis d'Erik, mon gendre avait découvert près de Harrisburg une source de pétrole. Il lui manquait le capital nécessaire pour s'assurer cette propriété, et il se voyait exposé à en perdre tous les avantages. Le hasard le mit en relations avec ce Noah Jones, qui se donnait pour un marchand de bœufs du Far-West, mais était en réalité,—on le sut plus tard,—un importateur d'esclaves de la Caroline du Sud. Cet individu s'engageait à verser la somme nécessaire pour acheter la source *Vandalia* et l'exploiter. Il sut faire signer à Georges, en échange de son apport, un traité absolument léonin. Ce traité, j'en ignorais la teneur au moment du mariage de ma fille, et, selon toute apparence, Georges lui-même n'y songeait plus. Personne n'était moins expert que lui en pareille matière. Admirablement doué sous plus d'un rapport, mathématicien, chimiste, mécanicien hors ligne, il n'entendait absolument rien aux affaires, et avait deux fois déjà payé d'une véritable fortune ses inexpériences à cet égard. Nul doute qu'il n'ait eu avec Noah Jones son laisser-aller habituel. Très probablement il signa les yeux fermés le traité d'association qui lui fut soumis. En voici les articles principaux, extraits et résumés de la phraséologie anglo-saxonne sous laquelle ils se trouvaient enveloppés :

« ... Art. 3. La propriété de la source *Vandalia* restera indivise entre l'inventeur, M. Georges Durrien, et le commanditaire, M. Noah Jones.

« Art. 4. M. Noah Jones aura l'administration de tous deniers par lui versés pour l'exploitation de la source. Il vendra les produits, encaissera les recettes, soldera les dépenses, à charge par lui d'en justifier tous les ans à son associé et de partager les nets profits avec ledit associé. M. Georges Durrien dirigera les travaux d'art et les services techniques de l'exploitation.

« Art. 5. Au cas où l'un des propriétaires-associés désirerait vendre sa part, il sera tenu de donner le droit de préemption par offre formelle à son associé, qui aura trois mois pleins pour l'accepter, et deviendra propriétaire unique en payant le capital à trois pour cent du revenu net constaté au dernier inventaire.

« Art. 6. Les enfants seuls de chacun des deux associés héritent de ses droits. A défaut d'enfant de l'associé décédé, ou en cas de mort avant l'âge de vingt ans révolus de l'enfant ou des enfants de l'associé décédé, la propriété entière fait retour à l'associé survivant, à l'exclusion de tous autres héritiers du défunt.

« *N. B.* Le présent article est motivé par la nationalité différente des deux associés et par les complications de procédure que ne manquerait pas d'amener tout autre régime. »

« ... Tel était, reprit M. Durrien, le traité qu'avait signé mon futur gendre, à une époque où il ne songeait même pas à se marier, et où tout le monde, sauf peut-être M. Noah Jones, ignorait l'immense valeur que devait acquérir plus tard la source *Vandalia*. On en était encore à la période des tâtonnements et des déboires. Le projet du Yankee se réduisait probablement alors à dégoûter son associé de l'affaire en exagérant les difficultés du début, de manière à s'assurer à peu de frais la

propriété exclusive. Le mariage de Georges avec ma fille, la
naissance de notre cher enfant et la constatation soudaine de
la prodigieuse richesse de la source vinrent modifier la situation du tout au tout. Il ne pouvait plus être question de s'assurer pour un morceau de pain cette splendide propriété ; mais
il suffisait, pour qu'elle fît retour à Noah Jones, que Georges
d'abord, puis son unique héritier, disparussent de ce monde.
Or, deux ans après son mariage, six mois après la naissance
de mon petit-fils, Georges était relevé mort auprès d'un puits
d'extraction, asphyxié, dirent les médecins, par des gaz irres-
pirables. Je n'étais déjà plus aux États-Unis, ma nomination
de consul à Riga étant survenue dans l'intervalle ; les affaires
de la succession furent réglées par un solicitor. Noah Jones se
montra de bonne composition et souscrivit à tous les arrange-
ments pris pour ma fille. Il resta convenu qu'il continuerait à
exploiter le fonds commun et payerait semestriellement à la
Central-Bank de New-York la part de nets profits revenant à
l'enfant. Hélas! il ne devait même pas en solder le premier
semestre!... Ma fille prit passage sur le *Cynthia* pour venir me
rejoindre. Le *Cynthia* se perdit corps et biens dans des conditions si suspectes que la Compagnie d'assurances réussit à se
faire exonérer de toute responsabilité, et, dans ce naufrage,
l'unique héritier de Georges disparut. Dès lors, Noah Jones
restait seul propriétaire de la source *Vandalia*, qui lui a donné
en moyenne, depuis cette époque, cent quatre-vingt mille dollars de revenu annuel !

    — N'aviez-vous jamais soupçonné son intervention dans ces
drames successifs? demanda M. Bredejord.

    — Je l'avais certes soupçonnée, c'était trop naturel, et une
pareille accumulation de prétendus accidents, tournant tous au
même but, était malheureusement trop claire. Mais comment
donner un corps à mes soupçons et surtout comment les établir
en justice? Je n'avais sur le fait que des données trop vagues.

Je savais par expérience combien peu il faut compter sur les tribunaux dans les contestations internationales. Et puis, j'avais à consoler, tout au moins à distraire ma fille, et un procès n'aurait fait que raviver ses douleurs, sans compter que la cupidité seule en aurait paru le mobile! Bref, je me résignai en silence. Ai-je eu tort? Faut-il le regretter? Je ne le crois pas, et je reste convaincu que je n'aurais obtenu aucun résultat. Voyez comme il nous est difficile, encore aujourd'hui, et même en réunissant toutes nos impressions, tous les faits à notre connaissance, d'arriver à une conclusion précise!

— Mais comment s'expliquer dans tout cela le rôle de Patrick O'Donoghan? reprit le docteur Schwaryencrona.

— Sur ce point comme sur beaucoup d'autres, nous en sommes évidemment réduits aux conjectures; mais il me semble qu'en voici une assez plausible. Cet O'Donoghan, novice à bord du *Cynthia,* attaché au service personnel du capitaine, était en rapports constants avec les passagers de première classe, qui mangent toujours à la table du commandant. Il savait donc certainement le nom de ma fille, il connaissait sa nationalité française et pouvait aisément la faire retrouver. Avait-il été chargé par Noah Jones de quelque mission ténébreuse? A-t-il eu la main dans le naufrage si suspect du *Cynthia,* ou simplement dans la chute de l'enfant à la mer, — c'est ce que nous ne saurons jamais exactement, puisqu'il est mort. Quoi qu'il en soit, il est certain qu'il connaissait l'importance qu'avait pour l'ex-associé de Georges « l'enfant sur la bouée ». De là à exploiter cette notion, il n'y a qu'un très faible intervalle pour un individu tel qu'on nous le représente, ivrogne et paresseux. O'Donoghan savait-il que « l'enfant sur la bouée » était réellement vivant? Avait-il même aidé à le sauver, soit en le recueillant en mer, pour le laisser ensuite près de Noroë, soit par quelque autre moyen? C'est encore un point douteux. Mais il aura, en tout cas, affirmé à Noah Jones

33

que « l'enfant sur la bouée » avait survécu au naufrage ; il se
sera vanté de connaître le pays où il avait été recueilli ; sans
doute aussi il aura donné à entendre que ses précautions
étaient prises pour tout faire savoir à l'enfant, s'il lui arrivait
malheur, à lui O'Donoghan. Noah Jones se sera vu obligé de
payer son silence. Telle était sans doute la source des revenus
intermittents que l'Irlandais touchait à New-York chaque fois
qu'il y revenait !

— Cela me paraît très vraisemblable, dit M. Bredejord. Et
j'ajoute que la suite des événements confirme pleinement cette
hypothèse. Les premières annonces du docteur Schwaryencrona sont venues inquiéter Noah Jones. Il a cru indispensable
de se débarrasser de Patrick O'Donoghan, mais s'est vu obligé
d'agir prudemment, précisément parce que l'Irlandais affirmait
avoir pris ses précautions. Il s'est donc contenté de l'épouvan-
ter, probablement en lui faisant craindre, grâce à ces annonces,
une intervention immédiate de la justice criminelle. Cela
résulte du récit même que nous a fait à New-York l'aubergiste
du *Red-Anchor*, M. Bowles, et de la hâte avec laquelle O'Donoghan a pris la fuite. Il faut évidemment qu'il se soit cru menacé d'extradition pour avoir émigré aussi loin, — jusque
chez les Samoyèdes, et sous un nom d'emprunt. Noah Jones,
qui lui avait sans doute donné ce conseil, a dû alors se croire
à l'abri de toute surprise. Mais les annonces réclamant Patrick
O'Donoghan lui ont remis, comme on dit, martel en tête. Il a
donc fait le voyage de Stockholm tout exprès pour nous donner
l'assurance que Patrick O'Donoghan était mort, et, sans doute
aussi, pour voir de ses propres yeux jusqu'où notre enquête
avait été poussée. Enfin est survenue la correspondance de
la *Véga* et le départ de l'*Alaska* pour les mers arctiques. Noah
Jones ou Tudor Brown, se voyant alors en péril imminent, —
car sa confiance en Patrick O'Donoghan devait être des plus
limitées, — n'a plus reculé devant aucun forfait pour s'assurer

l'impunité. Par bonheur, les choses ont bien tourné; mais nous pouvons maintenant nous dire que nous l'avons échappé belle!

— Qui sait! peut-être ces dangers mêmes ont-ils contribué à nous faire arriver au but! dit le docteur. Sans l'affaire de la Basse-Froide, il est fort probable que nous aurions poursuivi notre route par le canal de Suez, et que nous serions arrivés au détroit de Behring trop tard pour y trouver la *Véga*. Il est au moins douteux encore que nous eussions pu tirer quelque chose d'O'Donoghan, si nous l'y avions rejoint en compagnie de Tudor Brown!... Au fond, notre voyage tout entier a été déterminé par les tragiques événements du début, et c'est uniquement au périple accompli par l'*Alaska,* à la célébrité qui en est résultée pour Erik, que nous devons d'avoir retrouvé sa famille!

— Oui, dit fièrement Mme Durrien en passant sa main sur les cheveux de son fils, c'est la gloire qui me l'a rendu! »

Et presque aussitôt elle ajouta :

« ... Comme c'est le crime qui me l'avait pris, — comme c'est votre bonté à tous qui me l'a conservé et qui en a fait un homme supérieur...

— Et comme c'est la scélératesse de Noah Jones qui aura abouti à faire de notre Erik un des hommes les plus riches des deux Amériques! » s'écria M. Bredejord.

Tout le monde le regarda avec surprise.

« Sans doute, reprit l'éminent avocat. Erik n'est-il pas l'héritier de son père dans sa part de propriété de la source *Vandalia?*... N'a-t-il pas été indûment privé de son revenu depuis vingt-deux ans? Et ne suffira-t-il pas pour l'obtenir d'une simple preuve d'identité filiale à établir, avec nous tous comme témoins, depuis maaster Herschom que voilà et dame Katrina, jusqu'à M. Malarius et nous-mêmes? Si Noah Jones a laissé des enfants, ces enfants sont responsables de cet énorme arriéré, qui absorbera probablement toute leur part

du capital social. S'il n'y a pas d'enfants de ce gredin, aux
termes du traité que nous a lu M. Durrien, Erik est le seul
héritier de la propriété entière. De toutes façons, donc, il doit
avoir en Pensylvanie quelque chose comme cent cinquante ou
deux cent mille dollars de rente!

— Eh! eh!... dit en riant le docteur Schwaryencrona, voilà
le petit pêcheur de Noroë devenu un assez beau parti!... Lauréat de la Société de géographie, auteur du premier périple
circumpolaire, affligé d'un modeste revenu de deux cent mille
dollars, c'est un mari comme on n'en trouve pas beaucoup à
Stockholm!... Qu'en dis-tu, Kajsa? »

La jeune fille avait vivement rougi à cette interpellation,
dont son oncle ne soupçonnait assurément pas la cruauté.
Kajsa était précisément en train de se dire, depuis un instant,
qu'elle avait été un peu bien maladroite en rebutant un soupirant aussi distingué, et qu'il faudrait à l'avenir lui montrer plus
de considération.

Mais Erik, chose singulière, n'avait plus d'yeux pour elle
depuis qu'il se sentait au-dessus de ses injustes dédains. Soit
que l'absence et les réflexions de ses nuits de quart lui eussent
ouvert les yeux sur la sécheresse de cœur de Kajsa, soit que
la satisfaction de ne plus être à ses yeux un misérable « enfant
trouvé » lui suffît, — il ne lui accordait plus aujourd'hui que
la part de stricte courtoisie à laquelle elle avait droit comme
jeune fille et comme nièce du docteur Schwaryencrona.

Toutes ses préférences étaient pour Vanda, qui véritablement devenait de plus en plus charmante, en achevant de perdre ses petites gaucheries villageoises sous le toit d'une femme
aimable et distinguée. Son exquise bonté, sa grâce native, sa
simplicité parfaite la faisaient aimer de quiconque l'approchait.
Elle n'avait pas passé huit jours au Val-Féray, que Mme Durrien
déclarait hautement qu'il lui serait désormais impossible de se
séparer d'elle.

Erik se chargea d'arranger tout en décidant maaster Hersebom et dame Katrina à laisser Vanda en France, sous la condition expresse que, chaque année, elle irait avec lui les embrasser à Noroë. Il avait bien songé à garder en Bretagne toute
sa famille adoptive, et offrait même d'y faire transporter de
toutes pièces, au bord de la rade de Brest, la maison de bois
où il avait passé son enfance. Mais ce projet d'émigration en
masse fut généralement jugé impraticable. Maaster Hersebom
et dame Katrina étaient trop âgés pour un pareil changement
dans leurs habitudes. Ils n'auraient pu être pleinement heureux dans un pays dont ils ne connaissaient ni la langue ni les
mœurs. Force fut donc de les laisser repartir, non sans leur
assurer pour leurs vieux jours cette aisance que toute une vie
de labeur et d'honnêteté avait été jusqu'alors impuissante à
leur conquérir.

Erik aurait voulu au moins garder Otto. Mais, lui aussi, il
préférait son fiord à toutes les rades de la terre, et il ne voyait
pas d'existence préférable à celle de pêcheur. S'il faut tout dire,
les cheveux gris de lin et les yeux bleus de Regnild, la fille du
gérant de la fabrique d'huile, n'étaient pas étrangers à cette
attraction invincible que Noroë gardait pour Otto. C'est du
moins ce qu'il fut permis de conclure, quand on apprit qu'il
allait l'épouser à « Yule » (Noël) prochain.

M. Malarius compte bien faire l'éducation de leurs enfants
comme il a fait celle d'Erik et de Vanda. Il a modestement
repris sa place à l'école du village, après s'être vu associé aux
honneurs décernés par la Société de géographie de France au
commandant de l'*Alaska*. Il corrige actuellement les épreuves
de son magnifique ouvrage sur la flore des mers arctiques,
édité aux frais de la Société Linnéenne. Quant au docteur
Schwaryencrona, il n'a pas encore mis la dernière main au
grand Traité iconographique, qui doit transmettre son nom à
la postérité.

La dernière affaire judiciaire dont se soit occupé M. l'avocat Brodejord a été le procès engagé par lui pour établir les droits d'Erik à la propriété entière de la source *Vandalia*. Il l'a gagné en première instance et en appel, ce qui n'est pas un mince succès.

Erik a profité de ce succès, et de la grosse fortune qui lui est échue, pour acheter l'*Alaska,* qui est devenu son yacht de plaisance. Il s'en sert tous les ans pour aller, en compagnie de Mme Durrien et de Vanda, voir à Noroë sa famille adoptive. Quoique son état civil ait été rectifié et qu'il porte aujourd'hui légalement son nom d'Émile Durrien, il a tenu à y ajouter celui d'Hersebom, et tous les siens ont conservé l'habitude de l'appeler Erik.

Le vœu secret de sa mère est de lui voir épouser un jour Vanda, qu'elle aime comme sa fille ; et ce vœu est trop conforme à sa propre inclination pour qu'un jour ou l'autre il ne soit pas réalisé.

En attendant, Kajsa reste fille, avec le vague sentiment qu'elle a, comme on dit, « manqué le coche ». Le docteur Schwaryencrona, M. Brodejord et le professeur Hochstedt jouent toujours au whist.

Un soir que le docteur se montrait plus mauvais joueur que de raison, M. Brodejord s'est donné le plaisir de lui rappeler, en tapotant sa tabatière, une circonstance trop oubliée :

« Quel jour comptez-vous donc m'envoyer votre Pline d'Aldo Manuce? lui dit-il avec un éclair malicieux dans les yeux. Vous ne pensez plus sans doute qu'Erik soit d'origine irlandaise? »

Le docteur resta un instant étourdi sous le coup. Mais, se remettant bientôt :

« Bah ! un ex-président de la République française descend bien des rois d'Irlande ! dit-il avec conviction. Il n'y aurait rien d'étonnant à ce qu'il en fût de même de la famille Durrien!

— Évidemment, répliqua M. Bredejord. C'est même si vraisemblable que, pour un peu, je vous enverrais mon Quintilien! »

TABLE

			Pages.
Chapitre	I.	L'ami de M. Malarius.	2
—	II.	Chez un pêcheur de Noroë	13
—	III.	Les idées de maaster Hersebom.	29
—	IV.	A Stockholm.	41
—	V.	Tretten yule dage.	55
—	VI.	La décision d'Erik.	67
—	VII.	L'opinion de Vanda.	77
—	VIII.	Patrick O'Donoghan.	89
—	IX.	Cinq cents livres sterling de récompense.	101
—	X.	Tudor Brown, esquire.	111
—	XI.	On nous écrit de la *Véga*.	123
—	XII.	Passagers imprévus.	135
—	XIII.	Appuyons au sud-ouest.	145
—	XIV.	La Basse-Froide.	157
—	XV.	Le chemin le plus court.	171

			Pages.
Chap.	XVI.	De Serdze-Kamen à Ljakow	185
—	XVII.	Enfin!	197
—	XVIII.	Coup de canon	209
—	XIX.	Coup de fusil	221
—	XX.	La fin du périple	233
—	XXI.	Une lettre de Paris	243
—	XXII.	Le Val-Féray. — Conclusion	253

———

Paris. — Typ. G. Chamerot, 19, rue des Saints-Pères. — 1886.

Éducation ✳ Récréation

300 OUVRAGES

POUR

l'Enfance et la Jeunesse

COLLECTION

Hetzel

JOURNAL ILLUSTRÉ DE TOUTE LA FAMILLE

MAGASIN ILLUSTRÉ

D'ÉDUCATION ET DE RÉCRÉATION

COURONNÉ PAR L'ACADÉMIE FRANÇAISE

DIRIGÉ PAR

P.-J. STAHL, JULES VERNE

Et, pour la partie scientifique, par

JEAN MACÉ

La collection complète du *MAGASIN D'ÉDUCATION*

42 BEAUX VOLUMES GRAND IN-8° ILLUSTRÉS

PRIX

Brochés......... **294** fr.   Séparés, brochés ..... **7** fr.
Cartonnés dorés.... **420** fr.   — cartonnés dorés. **10** fr.

(Il paraît deux volumes par an.)

En Préparation pour 1886

| Un **Roman inédit** | Jean Casteyras |
| de JULES VERNE | Par A. BADIN |

| La Madone de Guido Reni | Les Douze |
| Par BENEDICT | Par M. BERTIN |

Catalogue C S

Albums Stahl illustrés in-8° (1er âge)

FRŒLICH

† Mlle Lili en Suisse.	Les Jumeaux.
La journée de M. Jujules.	Un drôle de Chien.
L'A perdu de Mlle Babet.	La fête à Papa.
Alphabet de Mlle Lili.	Mademoiselle Lili à la campagne.
Arithmétique de Mlle Lili.	Monsieur Toc-Toc.
Bonsoir, petit père.	Le 1er Chien et le 1er Pantalon.
Cerf-Agile, histoire d'un jeune sauvage.	L'Ours de Sibérie. — Le petit Diable.
Commandements du Grand-Papa.	1er Cheval et 1re Voiture.
La Fête de Mlle Lili.—Journée de Mlle Lili.	Premières armes de Mlle Lili.
Grammaire de Mlle Lili. (J. Macé.)	La Salade de la grande Jeanne.
Le Jardin de M. Jujules.	La Crème au chocolat.
Lili aux Eaux. — Les Caprices de Manette.	M. Jujules à l'école.

LES JUMEAUX... (noted above)

L. BECKER . . . . L'Alphabet des Oiseaux.
   — . . . . L'Alphabet des Insectes.
COINCHON (A.) . . . . Histoire d'une Mère.
DETAILLE . . . . Les bonnes Idées de mademoiselle Rose.
   — . . . . Le docteur Bilboquet.
FATH . . . . Gribouille. — Jocrisse et sa Sœur.
   — . . . . Les Méfaits de Polichinelle. — Pierrot à l'École.
   — . . . . La Famille Gringalet.—Une folle soirée chez Paillasse
FROMENT . . . . La Boîte au lait. — Histoire d'un pain rond.
   — . . . . La Petite Devineresse. — Le petit Escamoteur.
GEOFFROY . . . . Le Paradis de M. Toto.—1re cause de l'avocat Juliette.
GRISET . . . . † La Découverte de Londres.
JUNDT . . . . L'École Buissonnière.
LALAUZE . . . . Le Rosier du petit frère.
LAMBERT . . . . Chiens et Chats.
LANÇON . . . . Caporal, le chien du régiment.
MARIE (A.) . . . . Le petit Tyran.
MATTHIS . . . . Les deux Sœurs.
MÉAULLE . . . . Petits Robinsons de Fontainebleau.
PIRODON . . . . Histoire d'un Perroquet. — Histoire de Bob aîné.
   — . . . . La Pie de Marguerite.
SCHULER (TH.) . . . . Les Travaux d'Alsa.
VALTON . . . . Mon petit Frère.

Albums Stahl illustrés grand in-8°

FRŒLICH

Mlle Mouvette.	Voyage de Mlle Lili autour du Monde.
M. Jujules et sa Sœur Marie.	Voyage de découvertes de Mlle Lili.
Petites Sœurs et petites Mamans.	La Révolte punie.

CHAM . . . . Odyssée de Pataud.
FROMENT . . . . La belle petite princesse Ilsée. — La Chasse au volant.
GRISET (E.) . . . . Aventures de trois vieux Marins. — Pierre le Cruel.
SCHULER (T.) . . . . Le premier Livre des petits enfants.
VAN BRUYSSEL . . . . Histoire d'un Aquarium.

Albums Stahl en couleurs in-4°

TROJELLI . . . . Alphabet musical de Mlle Lili.

L. FRŒLICH
Chansons & Rondes de l'Enfance

Sur le Pont d'Avignon.	Au clair de la Lune. — Cadet-Roussel.
La Boulangère a des écus.	Le bon roi Dagobert. — Compère Guilleri.
La Mère Michel. — Giroflé-Girofla.	Malbrough s'en va-t-en guerre.
Il était une Bergère. — M. de La Palisse.	La Marmotte en vie.
La Tour prends garde.	Nous n'irons plus au bois.

L. FRŒLICH

La Bride sur le cou. — M. César.	Jean le Hargneux (16 planches).
Le Cirque à la maison. — Mlle Furet.	Hector le Fanfaron.
Moulin à paroles.— Pommier de Robert.	La revanche de François.

COURBE . . . . L'Anniversaire de Lucy.
G. FATH . . . . Une drôle d'École.
GEOFFROY . . . . Monsieur de Crac. — Don Quichotte. — Gulliver.
   — . . . . † Le pauvre Âne.
JAZET . . . . † L'Apprentissage du Soldat.
DE LUCHT . . . . La Leçon d'Équitation. —La Pêche au Tigre.
MATTHIS . . . . Métamorphoses du Papillon.
MARIE . . . . Mademoiselle Suzon.
TINANT . . . . Une Chasse extraordinaire.— Les Pêcheurs ennemis.
   — . . . . La Guerre sur les Toits.
   — . . . . La Revanche de Cassandre.

3

Volumes grand in-8° jésus, Illustrés

BIART (L.) . . . . Aventures d'un jeune Naturaliste.
— . . . . Don Quichotte (Adaptation pour la jeunesse).
BLANDY (S.) . . . . Les Epreuves de Norbert.
CLÉMENT (CH.) . . . . Michel-Ange, Raphaël, Léonard de Vinci.
FLAMMARION (C.) . . . . . Histoire du Ciel.
GRANDVILLE . . . . Les Animaux peints par eux-mêmes.
GRIMARD (É.) . . . . Le Jardin d'Acclimatation.
LA FONTAINE . . . . Fables, illustrées par Eug. Lambert.
MALOT (HECTOR) . . . . . ✠ Sans Famille.
MEISSAS (DE). . . . . Histoire Sainte.
MICHELET (J.) . . . . Hist. de la Révol. française. T. I et II réunis, III et IV.
MOLIÈRE. . . . . Édition Sainte-Beuve et Tony Johannot.
STAHL ET MULLER . . . . Nouveau Robinson suisse.

JULES VERNE

VOYAGES EXTRAORDINAIRES

28 VOLUMES IN-8° JÉSUS ILLUSTRÉS

Autour de la Lune.
Aventures de trois Russes et de trois Anglais.
Aventures du capitaine Hatteras.
Un Capitaine de 15 ans.
Le Chancellor.
Cinq Semaines en ballon.
Les Cinq cents millions de la Bégum.
De la Terre à la Lune.
Le Docteur Ox.
Les Enfants du capitaine Grant.
Hector Servadac.
L'Ile mystérieuse.
Les Indes-Noires.

La Jangada.
Kéraban-le-Têtu.
La Maison à vapeur.
Michel Strogoff.
Le Pays des Fourrures.
Le Tour du monde en 80 jours.
Les Tribulations d'un Chinois en Chine.
Une Ville flottante.
Vingt mille lieues sous les Mers.
Voyage au centre de la Terre.
Le Rayon-Vert.
L'École des Robinsons.
L'Étoile du sud.
L'Archipel en feu.
✠ Mathias Sandorf.

HISTOIRE DES GRANDS VOYAGES ET DES GRANDS VOYAGEURS

Découverte de la Terre. — Les Grands Navigateurs du XVIII° siècle
Les Voyageurs du XIX° siècle

J. VERNE et TH. LAVALLÉE. Géographie illustrée de la France, nouvelle édition revue et corrigée par M. Dubail.

BIBLIOTHÈQUE DES PROFESSIONS

Industrielles, Commerciales & Agricoles

Le premier mérite des volumes qui composent cette Encyclopédie c'est d'être accessibles par la forme, par le fond et par le prix, aux personnes qui ont le plus souvent besoin d'indications pratiques sur la profession dont elles font l'apprentissage, ou dans laquelle elles veulent devenir plus intelligemment habiles.

A ces personnes dont le nombre est très grand, il faut des guides pratiques exacts, d'un format commode, d'un prix modéré, rédigés avec clarté et méthode, comme est clair et méthodique l'enseignement direct du professeur à l'élève ou celui du maître à l'apprenti. Telle a été la pensée qui a présidé à la publication de la Bibliothèque des professions industrielles, commerciales et agricoles.

Elle se compose de onze séries, qui se subdivisent comme suit :

A. Sciences exactes. — B. Sciences d'observation. — C. Art de l'Ingénieur. — D. Mines et Métallurgie. — E. Professions commerciales — F. Professions militaires et maritimes. — G. Arts et métiers, Professions industrielles. — H. Agriculture, Jardinage, etc. — I. Économie domestique, Comptabilité, Législation, Mélanges. — J. Fonctions politiques et administratives, Emplois de l'État, Départementaux et Communaux, Services publics. — K. Beaux-arts, Décoration, Arts graphiques.

Les volumes de cette collection sont publiés dans le format grand in-18; la plupart d'entre eux sont illustrés de gravures qui viennent mieux faire comprendre le texte; des atlas renferment les dessins qui exigent d'être représentés à grandes échelles et avec plus de détails.

Volumes in-18

ALDRICH, † Un Écolier américain.
AMPÈRE, Journal et Correspondance. 3 vol.
ANDERSEN, Nouveaux Contes.
ANQUEZ, Histoire de France.
ASTON (G.), L'Ami Kips.
AUDOYNAUD, Entretiens familiers sur la Cosmographie.
B *** (LUCIE), Une Maman qui ne punit pas. Aventures d'Édouard et Justice des choses.
BENTZON, Yette.
BERTRAND (A.), Les fondateurs de l'Astronomie.
BERTRAND, Lettres sur les révolutions du Globe.
BIART (L.), Aventures d'un jeune Naturaliste. — Entre Frères et Sœurs. — Monsieur Pinson. — La Frontière indienne. — Le Secret de José. — Lucia Avila. — † Voyage et Aventures de deux Enfants dans un Parc.
BLANDY (S.), Le Petit Roi. — † Les Épreuves de Norbert.
BOISSONNAS, ⚜ Une Famille pendant la guerre de 1870-71.
BOISSONNAS (B.), Un Vaincu.
BRACHET (A.), ⚜ Grammaire historique.
BRÉHAT (DE), Aventures de Charlot. — Aventures d'un petit Parisien.
CANDÈZE (Dʳ), Aventures d'un Grillon. — La Gileppe.
CARLEN, Un brillant Mariage.
CAUVAIN, † Le Grand vaincu.
CHAZEL (P.), Le Chalet des Sapins.
CHERVILLE (DE), Histoire d'un trop bon Chien.
CLÉMENT (CH.), Michel-Ange, etc.
DEQUET, Histoire de mon Oncle.
DUBAIL, Cours classique de Géographie.
DESNOYERS (L.), Aventures de Jean-Paul Choppart.
DURAND (HIP.), Les Grands Prosateurs. — Les Grands Poètes.
EGGER, Histoire du Livre.
ERCKMANN-CHATRIAN, L'Invasion. — Madame Thérèse. — Les deux Frères.
FARADAY. Histoire d'une Chandelle.
FATH (G.), Un drôle de voyage.
FOUCOU, Histoire du travail.
FRANKLIN (J.). Vie des Animaux, 6 vol. non illustrés).
GÉNIN, La Famille Martin.
GENNEVRAYE, Théâtre de Famille.
GRAMONT (COMTE DE), ⚜ Les Vers français et leur Prosodie.
GRATIOLET (P.), De la Physionomie.
GRIMARD, Histoire d'une Goutte de Sève. — Jardin d'Acclimatation.
HIPPEAU, Cours d'Économie domestique.
HIRTZ (Mˡˡᵉ), Méthode de Coupe et de Confection.
HUGO (VICTOR), Les Enfants.
IMMERMANN, La Blonde Lisbeth.
LAPRADE (V. DE), Le Livre d'un père.
LAURIE ANDRÉ, La Vie de collège en Angleterre. — Mémoires d'un Collégien. — † Une Année de Collège à Paris.
LAVALLÉE (TH.), Histoire de la Turquie (2 volumes). ⚜ Frontières de la France, avec Carte.

LEGOUVÉ (E.), Les Pères et les Enfants (2 volumes). — Conférences parisiennes. — Nos Filles et nos Fils. — L'Art de la Lecture. — La Lecture en Action.
LEMAIRE, † Les Expériences de la petite Madeleine.
LOCKROY (Mᵐᵉ), Contes à mes nièces.
MACAULAY, Histoire et Critique.
MACÉ (JEAN), Contes du Petit-Château. — Arithmétique du Grand-Papa. — Histoire d'une Bouchée de Pain. — Les Serviteurs de l'Estomac.
MAURY, Géographie physique. — Le Monde où nous vivons.
MAYNE-REID, Les Chasseurs de Girafes. — Les Chasseurs de Chevelures. — Le Désert d'eau. — Les deux Filles du Squatter. — Les Jeunes Esclaves. — Les Jeunes Voyageurs. — Les Naufragés de l'Ile de Bornéo. — Le Petit Loup de mer. — Les Planteurs de la Jamaïque. — Les Robinsons de Terre ferme. — Le Chef au bracelet d'or. — La Sœur perdue. — William le Mousse. — Les Exploits des Jeunes Boërs. — † La Montagne perdue.

(Av. de Terre et de Mer.)

MICKIEWICZ (ADAM), Histoire populaire de la Pologne.
MORTIMER D'OCAGNE, Les Grandes Écoles civiles et militaires de France. — Historique. — Programmes d'admission. — Régime intérieur. — Sortie, carrière ouverte.
MULLER, Jeunesse des hommes célèbres. — Morale en actions par l'histoire. † Les Animaux célèbres.
NOEL (E.), La Vie des fleurs.
NODIER (CH.), Contes choisis (2 volumes).
ORDINAIRE, Dictionnaire de Mythologie. — Rhétorique nouvelle.
DE PARVILLE, Un Habitant de la planète Mars.
RATISBONNE, ⚜ Comédie enfantine.
RECLUS, Histoire d'un Ruisseau. — Histoire d'une Montagne.
RENARD, Le fond de la Mer.
ROULIN (F.), Histoire naturelle.
SANDEAU (J.), La Roche aux Mouettes.
SAYOUS, Conseils à une Mère. — Principes de Littérature.
SILVA (DE), Le Livre de Maurice.
SIMONIN, Histoire de la Terre.
STAHL (P.-J.), ⚜ Contes et Récits de Morale familière. — ⚜ L'Histoire d'un Ane et de deux Jeunes Filles. — La Famille Chester. — Les Histoires de mon parrain. — ⚜ Les Patins d'argent. — Mon premier voyage en mer *(adaptation)*. — ⚜ Maroussia. — Les quatre Filles du docteur Marsch. — Les Quatre Peurs de notre général. — † Jack et Jane.
STAHL ET MULLER, Le Nouveau Robinson suisse.
STAHL ET DE WAILLY, Scènes de la vie des Enfants en Amérique. — Les Vacances du Riquet et de Madeleine. — Mary Bell, William et Lafaine.
STEVENSON, † L'Ile au Trésor.
SUSANE (GÉNÉRAL), Histoire de la Cavalerie (3 vol.). — Histoire de l'Artillerie.
THIERS, Histoire de Law.
TYNDALL, Dans les Montagnes.
VALLERY-RADOT, ⚜ Journal d'un Volontaire d'un an.

Volumes in-18 (*Suite*)

Voyages extraordinaires — **VERNE (JULES)**, Autour de la Lune. — L'Archipel en feu. — Aventures de trois Russes et de trois Anglais. — Les Anglais au pôle Nord. — Un Capitaine de 15 ans (2 vol.). — Le Chancellor. — Cinq Semaines en ballon. — Les Cinq cents millions de la Bégum. — L'Étoile du sud. — Le Désert de glace. — Le Docteur Ox. — Les Enfants du Capitaine Grant (3 vol.). — Hector Servadac (2 vol.). — La Jangada (2 vol.).— Kéraban-le-Têtu (2 vol.). — L'Île mystérieuse (3 vol.). — La Maison à vapeur (2 vol.). — † Mathias Sandorf (3 vol.). — Les Indes-Noires. — Michel Strogoff (2 vol.). — Le Pays des Fourrures (2 vol.). — De la Terre à la

Voyag. extraord. — Lune. — Le Tour du monde en 80 jours — Les Tribulations d'un Chinois en Chine. — Une Ville flottante. — Vingt mille lieues sous les Mers (2 vol.). — L'École des Robinsons. — Le Rayon-Vert. — Voyage au centre de la Terre.

Découverte de la Terre (2 vol.).
Les Grands Navigateurs du xviiie siècle (2 vol.).
Les Voyageurs du xixe siècle (2 vol.).
WENTWORTH HIGGINSON. Histoire des États-Unis.
ZURCHER ET MARGOLLÉ, Les Tempêtes. — Histoire de la Navigation. — Le Monde sous-marin.

PRIX DIVERS

BRACHET (A.)	※ Dictionnaire étymologique de la langue française.
CLAVÉ	Principes d'économie politique.
GRIMARD	La Botanique à la campagne.
MACÉ (JEAN)	Théâtre du Petit-Château.
SOUVIRON	Dictionnaire des termes techniques.

CAHIERS D'UNE ÉLÈVE DE SAINT-DENIS

COURS COMPLET ET GRADUÉ D'ÉDUCATION

POUR LES FILLES & POUR LES GARÇONS

A suivre en 6 années, soit dans la pension, soit dans la famille

PAR DEUX ANCIENNES ÉLÈVES DE LA MAISON DE LA LÉGION D'HONNEUR

ET

LOUIS BAUDE

ANCIEN PROFESSEUR AU COLLÈGE STANISLAS

17 volumes in-18, br., 57 fr., cart., 61 fr. 50. Chaque volume se vend aussi séparément.

◁ ŒUVRES POÉTIQUES DE VICTOR HUGO ▷

Édition elzévirienne sur papier de Hollande.

10 VOLUMES

Odes et Ballades, 1 vol. — Orientales, 1 vol. — Feuilles d'Automne, 1 vol. — Chants du Crépuscule, 1 vol. — Voix intérieures, 1 vol. — Rayons et Ombres, 1 vol. — Contemplations, 2 volumes. — La Légende des Siècles, 1 vol. — Les Chansons des Rues et des Bois, 1 vol.

Tous les Âges

Albums in-folio illustrés

COLIN (A.)	Études de Dessin d'après les grands maîtres.
FRŒLICH	Sept Fables de La Fontaine, illustrées de 9 planches.
GRANDVILLE ET KAULBACH.	Album (œuvres choisies).
CONTES DE PERRAULT.	Illustrés par G. Doré.

Publication faite par ordre du Ministre de la Marine

LA MARINE FRANÇAISE A L'EXPOSITION DE 1878

Deux grands volumes in-8° accompagnés de leurs Atlas

4248. — Imprimeries réunies, C. rue du Four, 54 bis, Paris

www.ingramcontent.com/pod-product-compliance
Lightning Source LLC
Chambersburg PA
CBHW071847020726
47502CB00003B/645